丘の屋敷

八十年の歳月を，闇を抱いてひっそりと建ち続ける〈丘の屋敷〉。心霊学研究者モンタギュー博士は調査のため，そこに協力者を呼び集めた。ポルターガイスト現象の経験者エレーナ，透視能力を持つセオドラ，そして〈屋敷〉の持ち主の甥ルーク。迷宮のように入り組んだ〈屋敷〉は，まるで意志を持つかのように四人の眼前に怪異を繰り広げる。そして，図書館に隠された一冊の手稿が〈屋敷〉の秘められた過去を語りはじめるとき，果たして何が起きるのか？〈魔女〉と称された幻想文学の才媛が描く，美しく静かな恐怖。スティーヴン・キングが「過去百年の怪奇小説の中で最もすばらしい」と絶賛した古典的名作，待望の新訳決定版。

登場人物

ジョン・モンタギュー博士……心霊学研究者
エレーナ・ヴァンス…………〈丘の屋敷〉調査の参加者
セオドラ……………………〈丘の屋敷〉調査の参加者
ルーク・サンダースン………〈丘の屋敷〉所有者の甥
ダドリー夫妻…………………管理人
ヒュー・クレイン……………〈丘の屋敷〉を建設した人物。故人
モンタギュー夫人……………博士の妻
アーサー・パーカー…………モンタギュー夫妻の知人。学校長

丘 の 屋 敷

シャーリイ・ジャクスン
渡 辺 庸 子 訳

創元推理文庫

THE HAUNTING OF HILL HOUSE

by

Shirley Jackson

1959

レナード・ブラウンへ

丘の屋敷

第一章

1

この世のいかなる生き物も、現実世界の厳しさの中で、つねに正気を保ち続けていくというのは難しい。ヒバリやキリギリスにしたって、夢は見るというのだから。そしてその〈丘の屋敷〉も、どこか夢に見るような姿で、内に黒い闇を抱え、いくつもの小高い丘を背にしてぽつんと淋しく建っていた。これまでの八十年間、これはそうして存在してきたし、この先の八十年間も、このまま残っていくだろう。中に入れば今も壁はまっすぐに立っていて、積まれた煉瓦に崩れはなく、床は堅く頑丈で、ドアも隙間なくきちんと閉まっている。それら〈屋敷〉を構成している木材や石材には、どこも静寂が重く降りていて、ここを歩く者はみな、ひとりひっそり歩くしかない。

ジョン・モンタギューは哲学博士だった。といっても、もともとは人類学を修めており、それは、この分野に学べば、自分が真に求めている研究——すなわち超常現象を分析するという仕事が、ずっと身近にできるだろうという漠然とした思いがあったからである。もっともこの手の研究は、非科学的なものとみなされているので、彼は自分の受けた教育に付随する体面の良さ、さらに言えば学術的権威者の雰囲気を得るための道具として、哲学博士の肩書きを巧みに利用していた。博士は誰かに頼るということを潔しとしない人物であり、〈丘の屋敷〉を三ヶ月間借りる上では、金銭面とプライド面とでかなりの代償を払うことになった。しかし彼にすればそんな苦労も、一般に〝幽霊屋敷〟と呼ばれる建物で見られる心霊現象の因果関係を解き明かした論文を発表し、それによって称賛が得られれば、いずれ充分に報われるものと信じていた。博士はこれまでずっと、本物の幽霊屋敷を探し求めてきた。だから〈丘の屋敷〉の噂を知った時は、初めに疑い、やがて希望を持ち、最後には調査の手配に奔走した。やっと見つけた〈丘の屋敷〉を、彼はみすみすあきらめたりはしなかった。

〈丘の屋敷〉の調査にあたり、モンタギュー博士は、十九世紀の豪胆なゴーストハンターたちの流儀にのっとることにした。つまり〈屋敷〉へ出向いてそこに住み込み、実際に何が起こるか確かめようというのだ。最初に考えたのは、かつてある貴婦人が〈バレチン・ハウス〉に滞在してひと夏にわたるパーティを催し、そこに霊の存在を信じる者と信じない者との両方を招いて、余興にクロッケーだけでなく幽霊見物を行ったという先例にならう方法だった。しかし今日では、霊の存在を信じる者、信じない者、クロッケーの上手な者を一堂に集めるのは難しい話で、モンタギュー博士は助手を雇わなければならなかった。これがヴィクトリア朝のゆったりとした時代であれば、心霊現象に興味を持って快く手を貸してくれる人は、ずっと楽に見つかっただろう。いや、そうして集めた現象を丹念に記録して、そこから霊的存在の有無を証拠づけるというやり方自体が、今では時代遅れなのかもしれない。だがそれはそれとして、モンタギュー博士は助手を雇わなければならないだけでなく、まずその適任者を探さなければならなかった。

みずからを実直かつ慎重な人間だと自負しているだけあって、博士はこの助手探しに多大な時間を費やした。つまり心霊研究団体の記録や、タブロイド紙のバックナンバー、超心理学者の報告書などをしらみつぶしにあたって、どんな短期間のあいまいな出来事でも、なんらかの形で一度は異常体験をしたという人物をリストアップしていったのだ。そこから彼は、まず死亡者の名前を除いた。次に、売名行為が目的と思われる者、平均より知能が劣ると思われる者、目立ちたがりの傾向があって調査には不向きだと思われる者を除くと、リストに残る名前は十名あまりとなった。やがてこの人々のもとに、この夏のお好きな期間、建物は古いけれども、電気、水道、ガス、セントラル・ヒーティング、清潔なベッドが完備された快適な田舎屋敷で過ごしてみませんかという、モンタギュー博士の招待状が届いた。滞在の目的については、この屋敷は完成して以後、八十年にわたって何かと芳しくない噂が囁かれているので、それを観察し調査するため、と記されていた。〈丘の屋敷〉は幽霊屋敷ですと博士が明言しなかったのは、彼も科学の徒であり、自分で〈屋敷〉での心霊現象を実地に体験するまでは、このような研究対象にめぐり逢えた幸運を過信することができなかったためである。その結果、彼の手紙は、読み手側にそれ相応の想像を与えようと努める、かなりあいまいな表現に終始した。こうして出した十通あまりの手紙に対し、モンタギュー博士が受け取った返事は四通で、残り八人ほどの候補者は、転居届も出さずに引っ越したのか、超常現象に興味を失ったのか、あるいは、そんな人物などはなから存在しなかったかのように、まるで連絡がなかった。返事をよこした四人に、モンタギュー博士はまた手紙を書き、くだんの屋敷で正式に宿泊できるようになる予定日を知らせ、そこへ行くための道順を事細かに記してやった。というのも、これは手紙でも説明せざるをえなかったのだが、屋敷への道順を誰かに尋ねようと思っても、ことに相手が屋敷の周辺に住む地元住民であると、ほとんど協力が望めないからなのだ。〈丘の屋敷〉に出発する前日になって、モンタギュー博士は、屋敷を所有する一族の一員を、彼の秘密の調査隊に加えるようにと要求され、さらに招待客のひとりからは、みえすいた言い訳をもとに、参加を辞退するという電報が届いた。もうひとりは、おそらく個人的に差し迫った事情でもあったのだろうが、屋敷には現れず、連絡もなかった。しかし残りのふたりはやってきた。

2

〈丘の屋敷〉を訪れた時、エレーナ・ヴァンスは三十二歳になっていた。母親が亡くなった今、彼女がこの世で最も嫌っているのは実の姉だった。義兄のことも嫌いだったし、五歳になる姪も嫌いで、しかも友達はひとりもいなかった。こんなことになったのは十一年もの長い間、病弱な母親の世話にかかりっきりだったせいで、彼女は介護人として腕を上げたものの、いつしか強い陽射しに瞬きせずには外へ出ることのできない人間になっていた。成人してからこの方、エレーナには本当に楽しかったと思える記憶がまるでない。小言しか言わない母親との生活で、彼女は小さくなりながら、ぬぐいきれない無力感と終わりのない絶望感にじわじわ押さえ込まれてきたのだ。内気で控えめな性格になどなりたかったわけではないのに、愛する人もいないまま、あまりに長く孤独な暮らしをしてきた彼女は、単なる普通の会話をするにも恥ずかしさが先に立ち、言いたい言葉がうまく見つけられない口下手な女性になっていた。そんな彼女の名前がモンタギュー博士のリストに載ったのは、ある昔の出来事がきっかけだった。それはエレーナが十二歳、姉が十八歳だった時のことで、父親が死んでひと月とたたないある日、なんの前触れもなく、理由も目的もわからないまま、いきなり石がシャワーのように天井から降り、壁という壁を転がり落ち、窓を破り、屋根を叩いて轟音を響かせた。この現象は断続的に三日間続いたが、その間、エレーナと姉が困り果てたのは、降ってくる石そのものよりも、毎日玄関の前に集まってくる近所の住人や野次馬たち、そして、これは引っ越してきた当初から自分の悪口ばかり言っている意地悪な近所の仕業だとヒステリックに騒ぎたてる母親の方だった。三日後、エレーナと姉が友人の家に避難すると、石のシャワーはぴたりとやんで、やがてふたりが家に戻っても、もう降ってくることはなかった。それでエレーナたちは、また元通りに生活をはじめたのだが、近所全体を敵にまわした状態は変わることがなかった。この事件は、モンタギュー博士の問い合わせに応じた人を別にすれば、すでにほとんどの人の記憶から消えており、当時は互いに相手のせいだと思っていたエレーナや姉にしても、すっかり忘れていたことだった。

　物心ついてからというもの、エレーナは心のどこかで、今回の〈丘の屋敷〉調査のような出来事を、ずっと待ち続けていた。不機嫌な母親を抱え上げて椅子からベッドへ移したり、スープとオートミールのお盆を幾度も上げ下げしたり、汚物にまみれた洗濯物を始末したり、そんな介護生活を送りながら、いつの日か自分の身にもきっと何かが起こるはずだと信じるようになっていた。それで彼女は〈丘の屋敷〉の招待状に、折り返し承諾の返事を出した。もっとも彼女の義兄は、まず二、三の人に問い合わせをし、博士と名乗るその男が、彼女の姉をして、未婚の娘が知るには不適当だと考える内容と無縁ではない忌まわしい儀式にエレーナを誘い込もうとしているのではないことを確かめるべきだと主張していた。おそらく彼は寝物語で妻に囁かれたのだろう。モンタギュー博士──これだって本当の名前かどうか怪しいものだけど──このモンタギュー博士とやらは、こうして集めた女性をある種の、つまり……〝実験〟に使う気に違いない。〝実験〟と言えばわかるでしょう、ほら、あの手の連中がやることよ、と。エレーナの姉は、博士と名のつく人間たちが行ったという実験の噂に、とことんこだわっていた。しかしエレーナ自身はそんな実験が待っているとは思わなかったし、思ったところで、それを恐れたりしなかった。要するに彼女は、家を出てどこかへ行きたかったのだ。

　セオドラ──これが、いつも彼女の名乗っている〝フルネーム〟だった。彼女の描いたスケッチには〝セオ〟のサインがあるし、アパートのドア、自分の店のウィンドウ、電話帳、薄い水色をした便箋、炉棚に飾ってあるポートレート写真の下隅、そういったところにも、決まって書かれているのは〝セオドラ〟だけで——セオドラは、エレーナと正反対の女性だった。義務や道義心などというものは、セオドラにすれば、ガールスカウトの世界に属する概念。彼女は明るくやわらかな色にあふれた自分の世界に生きていた。そんな彼女がモンタギュー博士のリストに載ったのは——華やかな花の香りをまとい、にぎやかな笑い声とともに、ある研究所に登場した——彼女が、自分の持つ不思議な能力に楽しくはしゃぎながら、姿も見えず声も聞こえない場所にいる助手が順に掲げた二十枚のカードを、最初は十八枚、次は十五枚、そして十九枚と、次々に的中させてみせたことによる。研究所の記録の中でセオドラの名前はひときわ輝いており、それがモンタギュー博士の目にとまったのは当然のことだった。博士から届いた最初の手紙を面白く思ったセオドラは（たぶん彼女の中に目覚めている、実験でカードの模様《シンボル》を教えてくれたあの能力が〈丘の屋敷〉へ行けと駆り立てたのだろう）好奇心から返事を出したのだが、本当はこの招待を初めから断るつもりでいた。ところが——あの駆り立てるような切羽詰まった感覚にまたも心を誘われたのか——モンタギュー博士から確認の手紙がふたたび届くと、セオドラは深い考えも何もなかったのに、なぜかルームメイトと信じられない大喧嘩をはじめてしまった。それはどちらにとっても、時間の流れに頼ることでしか癒せないひどいものだった。セオドラは友達が作ってくれた可愛らしい自分の小像を無情にもわざと叩きつけて壊したし、相手は相手で、セオドラが誕生日に贈ったアルフレッド・ド・ミュッセの本を、それもセオドラが心を込めて贈呈の言葉とサインを書き綴ったページは特に念を入れて、ずたずたに引き裂いたのだ。こんな仕打ちは当然ながら簡単に忘れられるはずもなく、この喧嘩をふたりが笑いあうには、それ相応の時間が必要だった。そこでセオドラは、その晩に招待を受けるという返事をモンタギュー博士に書いて、翌日には挨拶ひとつない冷え冷えとした雰囲気の中を屋敷へと旅立った。

ルーク・サンダースンは嘘つきだった。その上、手癖も悪かった。彼の叔母は〈丘の屋敷〉の所有者で、甥が最高の教育を受け、最高の服を身につけ、最高の趣味を持っていながら、自分が知る限り最悪の仲間と付き合っていることを、ことあるごとに嘆いてみせるのが趣味だった。そして、この甥を数週間でも自分のそばから追い払えるなら、願ったり叶ったりだと思っていた。そこで彼女の命を受けたサンダースン家の顧問弁護士が、あの屋敷を借りて滞在したいなら、参加者の中に一族の一員を加えるようにと、モンタギュー博士を説得したのだが、博士は初顔合わせでルークの持つ一種の強さ――言いかえれば、自己保存能力に長けた猫のような本能に気づき、サンダースン夫人に負けない熱心さで、彼をあの屋敷に連れていきたいと思った。いずれにせよ、ルーク自身はこの試みを面白がっていたし、彼の叔母は喜んだし、モンタギュー博士も大満足だった。サンダースン夫人は顧問弁護士に、どうせあの屋敷にはルークが盗めるような物は何もないから大丈夫ですよ、と話していた。古い銀器にはそれなりの価値があるが、だからこそルークの手には負えない。あれを盗み出して換金するには、かなりの労力が必要なのだ。しかしサンダースン夫人は、ルークの資質を見誤っていた。ルークは一族の財産である銀器や、モンタギュー博士の腕時計、セオドラのブレスレットなどをくすねるようなタイプではないのだ。彼の犯す罪は、せいぜいが叔母の財布からまとまった現金を抜き取るか、いかさまカードをやる程度のもの。あるいは、叔母の友人たちが頬を染めながら嬉しそうにくれた時計やシガレット・ケースなどを、賢く売りさばくくらいだ。〈丘の屋敷〉はいずれルークが相続することになっていたが、彼はそこに住んでいる自分の姿など考えたこともなかった。

3

「とにかくおれは、車なんか使わせるべきじゃないと思うね」エレーナの義兄が頑固に言った。「半分はわたしの車よ」とエレーナが言った。「わたしだって、買う時にお金を出したもの」「とにかくおれは、使わせるべきじゃないと思う」義兄は妻に訴えた。「エレーナだけがこの夏ずっと車を使って、おれたち一家はまるで使えないなんて、そんなのは不公平じゃないか」「いつも乗っているのはキャリーで、わたしは今までガレージから出したこともないわ」とエレーナが言い返した。「それに義兄《にい》さんたちは夏の間、山で過ごすんだし、あそこで車は使えないはずよ。キャリー、あなただって、山で乗るつもりなんかないでしょう？」
「でも、うちの可愛いリニーが、もし病気にでもなったら？　医者へ連れていくのに車が必要になったら、どうすればいい？」

「半分はわたしの車よ」とエレーナはくり返した。「だから乗っていきます」

「ひょっとするとキャリーだって、病気になるかもしれない。なのに医者に来てもらえなくて、こっちから病院へ行かなきゃならなくなったら、困ると思わないか？」

「わたし、使いたいの。だから乗っていきます」

「やっぱり賛成できないわ」キャリーが言葉を選ぶように、ゆっくりと言った。「あんたがどこへ行くつもりなのか、こっちは何も知らないのよ。そうでしょ？　目的地だとか予定だとか、そういう詳しい話を、あんたは一切してくれてない。なのに黙って車を貸さなきゃいけないなんて、そんな法はないわよ」

「半分はわたしの車だもの」

「だめよ」とキャリー。「使わせない」

「そうとも」義兄がうなずく。「おれたちだって必要なんだ。キャリーが言っているようにな」

キャリーはかすかに笑みを浮かべた。「ねぇ、エレーナ、もしあんたに車を貸して、万一のことが起こったりしたら、あたし一生、自分が許せないと思うの。その教授とかいう男だって、うかつに信用できないわ。なんだかんだ言っても、あんたはまだ若い女性なんだし、それに車ってのは高価なものなんですからね」

「でも、キャリー、そのことだったら、わたしも興信所のホーマーに電話して訊いてみたの。そしたら、この教授はカレッジかどこかの、立派な地位にある人物で――」

キャリーは笑みを浮かべたまま言った。「もちろん、彼がきちんとした人物だって証拠は、いくらでもあるんでしょうよ。でも肝心のあんた自身が、あたしたちに何も話してくれないじゃない。行き先はもちろん、こっちが車を返してほしい時に、どうやって連絡を取ればいいのかってこともね。つまり旅先で何か起こったって、こっちにはそれがわからないんだわ。だから、たとえあんたが」彼女は自分のティーカップに目を落としたまま、慎重に言葉を継いでいった。「エレーナ本人が、得体の知れない男の招待に、この世の果てまで飛んでいく覚悟を決めているにしたって、そのためにうちの車を使っていい理由なんか、これっぽっちもありゃしないのよ」

「半分はわたしの車よ」

「うちの大事なリニーが山で病気にでもなって、近くに誰も助けてくれる人がいなかったら？医者がいなかったら、どうすればいい？」

「とにかくエレーナ、あたしはね、母さんだったら、こう判断したに違いないと信じている通りのことを言ってるの。母さんはあたしを信頼してくれていた。あんたに車を貸して、どこだか知らない場所へ勝手に行かせるような真似、母さんなら絶対に認めたりしないはずだわ」

「もしかしたら、このおれだって、山の中で病気になるかもしれないし――」

「母さんが生きてたら、あたしの意見に賛成してくれたはずよ、エレーナ」

「それにだ」突然ひらめいたように、義兄が言った。「車が無疵で戻ってくる保証なんかどこにある？」

物事にはなんだって最初の時がある——エレーナは自分にそう言い聞かせた。まだ夜が明けて間もない早朝、タクシーを降り立った彼女は、姉夫婦も今頃は何か変だと気がついて騒ぎはじめているかもしれないと思い、つい身震いをした。彼女は急いでスーツケースをおろし、それにあわせて運転手が、助手席に置いてあった段ボール箱をよこしてくれた。運転手に多めのチップをわたしている間も、エレーナは姉夫婦が近くまで追ってきているんじゃないか、「ほら、あそこにいる。思った通りだ、泥棒め。捕まえてやる」と口々に言いながら、今にそのへんの角から現れるんじゃないかと落ち着かなかった。それで通りのそこかしこに気をとられたまま、車が置いてある町営の大駐車場へ急ごうと焦って身を翻《ひるがえ》し、とたんに、かなり小柄な女性とぶつかった。相手は持っていたいくつかの包みを、はずみで周囲に放り出してしまった。歩道に落ちて破れた袋から、崩れたチーズケーキや薄切りトマト、堅いロールパンがこぼれ出たのを見て、エレーナは狼狽した。「ちょっと、なんてことをしてくれたんだい！」年老いた小さな女性は金切り声をあげながら、エレーナにむかってぐっと顔を突き出した。「うちに持って帰るとこだったんだよ！　それをこんなにしちまって！」

「ご、ごめんなさい」エレーナは謝ってすぐに身をかがめたが、トマトやチーズケーキの残骸を拾い集めて、破れた紙袋に戻すのはとても無理な話だった。老婆は怖い顔でエレーナをにらみつけると、彼女が手を出すよりも早く、ほかの包みをさっさと拾った。仕方なくエレーナは立ち上がり、謝意をこめた笑みを反射的に浮かべた。「本当に、すみません」

「まったく困ったもんだね」老婆はなおも毒づき、それでも口調はいくぶんやわらいでいた。「これは昼のささやかな食事に、持って帰るところだったんだ。それが、まあ、あんたのおかげで――」

「あの、弁償させてもらえませんか?」エレーナは財布を取り出したが、老婆は考え込んだ顔で、じっと立っている。

「こんなのに、お金はいただけないよ」と、やがて老婆が言った。「見ての通り、買ったもんじゃないんだ。みんな〝残り物〟でね」彼女は怒りと悔しさのこもった口調で続けた。「あんたも、あそこでハムを見たらわかるだろうさ。でもハムは誰かに取られちまった。チョコレートケーキもそうだし、ポテトサラダも。小さな紙皿に載った砂糖菓子だって。あたしは出遅れて、みんな取りそこなっちゃったんだよ。なのに今度は……」老婆とエレーナは歩道に散らばった残骸をちらりと見やり、それから老婆が続けた。「だからお金はね、こんな残り物の代金にって、あんたの手からいただくわけにいかないんだ」

「それじゃ、何か代わりのものを買って、あなたに差し上げるのは? 今、すごく急いでるんですけれど、どこか、お店があいていれば――」

小柄な老婆は小ずるい笑みを浮かべた。「だけどまだ、こんだけ残ってるしね」彼女は包みのひとつをぎゅっと抱きしめた。「なんなら、うちまでのタクシー代を出してくれるかい? そうすりゃ、また誰かに突き飛ばされる心配もないし」

「ええ、喜んで」エレーナは承知すると、面白そうな顔でことの成り行きを見守っていたタクシー運転手を振り返った。「このご婦人を、お宅まで送ってもらえます？」

「二ドルあれば充分ですよ。もちろん、運転手さんにわたすチップは別だけど」老婆はそう言ってから、しつこいように説明した。「あたしみたいに小さいとね、誰かに突き飛ばされるっていうのは、ほんとに、とんでもなく、怖くて大変なことなんですよ。それでも、あんたさんみたいに、お詫びをしますと言ってくれる人に会えるのは、とてもありがたいことでね。なかには人を突き飛ばしといて、見向きもせずに行っちまう奴が結構いるんだから」老婆はエレーナの手を借りて、包みと一緒にタクシーに乗り込んだ。エレーナが財布から二ドル五十セントを出して渡すと、老婆はその金を小さな手にしっかり握りしめた。

「それじゃ、お客さん、どちらまで？」運転手が声をかける。

老婆はクスッと含み笑いをした。「それは車が出てから言うよ」彼女はそう答えると、エレーナに顔を戻した。「そいじゃ、ごきげんよう、お嬢さん。これからは誰かを突き飛ばさないよう、注意するんだよ」

「おばさんも、お気をつけて」とエレーナ。「本当に、ごめんなさい」

「なに、もう気にしてないさ」動き出したタクシーの中で、老婆が手を振った。「あんたの無事を祈ってるからね」

タクシーを見送りながら、エレーナは思った。そうね、これでわたしの無事を祈ってくれる人がひとりはできたわけだわ。なにはともあれ、ひとりだけは。

4

その日は今年に入ってはじめての夏らしい上天気に恵まれたが、エレーナはいつもこの時期になると、胸がきゅんとするような子供時代を思い出してしまう――あの頃は毎日がまるで夏のようだった。冬という季節を覚えたのは、父親が死んでしまった、あの冷たく湿った日からあとのことだ。飛ぶように過ぎていった年月の中で、自分はこれまで夏の日々に一体何をしてきたのかと、最近のエレーナはよく考える。どうしてせっかくの素敵な時間を、あんなつまらない生き方で無駄にしてしまったのだろう。あんたは馬鹿よ――毎年、夏の訪れを感じる頃になると、彼女はいつも心でつぶやいてきた。あんたって、本当に馬鹿だわ。もちろん今では大人になって、物事の価値はわかっている。だから彼女は、無為に過ぎていく子供時代も含め、本当は人生に無駄な経験などひとつもないのだと、頭では信じてきた。それでも夏が来るたびに、たとえばある朝、暖かい風が吹いている街を歩いているような時、わたしはいつまでこんな時間を費やしていくのかと、そんな寒々しい不安が胸をよぎるのはどうしようもなかった。しかし今朝のエレーナは、姉と共有している小さな車を運転していた。結局車を持ち出して勝手に出てきてしまったことを、まだ姉夫婦が気づいてなければいいけれどと思いながら、彼女は交通の流れにのって、止まるところでは止まり、曲がるところでは曲がりながら、快調に車を走らせていった。そして道を斜めに照らす朝の陽射しに微笑んで、行くんだわ、わたし、ついに第一歩を踏み出したのよ、と思った。

これまで姉の許可をもらって車を使っていた時は、うっかり小さな疵でもつけて姉を怒らせたりしないようにと、つねに細心の注意を払って安全運転に努めたものだが、後部座席に段ボール箱が、その足元にはスーツケースが置いてあって、さらに助手席には手袋とハンドバッグと薄手のコートが置いてある今日は、この車もエレーナひとりだけのものとなり、彼女だけの心地よい小世界になっていた。わたし、本当に行くんだわ、と彼女は改めて思った。

広いハイウェイに入る直前の、この街最後の信号で止まると、エレーナは青になるのを待つ間に、ハンドバッグに入れてあったモンタギュー博士の手紙を取り出した。これなら地図は必要なさそうだわ、と彼女は思った。どうやら博士は何事においても慎重なタイプの人らしい。手紙にはこう説明してあった。「……三十九号線でアシュトンまで来たら、そこを左に降りて五号線に入り、西へ向かってください。三十マイル弱ほど進んだあたりに、ヒルズデールという小さな村があります。ヒルズデールを通っていくと、左にガソリンスタンド、右に教会の建っている角があるので、そこを左へ。細い田舎道のような道路が続いているはずです。かなり荒れた道ですが、そのまま丘の方へ登ってきてください。道なりに突き当たりまで――およそ六マイルほど――来れば〈丘の屋敷〉の表門に着くはずです。以上、いささか詳しく道順の説明をしましたが、それは何故かといいますと、ヒルズデール村で誰かに道を尋ねることはあまりお勧めできないからです。村の住民はよそ者に対して不親切ですし、〈丘の屋敷〉について尋ねる人間には敵意をあらわにしますから。

「あなたが〈丘の屋敷〉でわたしたちとご一緒してくださることを、心より嬉しく思っています。あなたとお目にかかれる六月二十一日の木曜日を、大変楽しみにしております……」

信号が変わった。エレーナはハイウェイに車を進め、ついに街を脱出した。これでもう誰にも捕まらない、と彼女は思った。わたしがどっちの方向へ行ったのかさえ、みんなは知らないのだから。

ひとりでこんなに遠くまで運転するのは初めてだった。でも、こんなに素敵な自分だけの旅を、時間や距離で計るのは馬鹿げている。彼女は車道に引かれたラインと道端に並んでいる木立のラインとの間を正確にたどりながら、こうして走っていく一秒ごとに、見たこともない新しい道が次々と目の前に広がって、自分を未知の世界へ連れていってくれる様子をしっかりと胸に刻んでいた。彼女にすれば、こうして旅に出たこと自体が意味のある行動であって、目的地の方は、うまく想像できないほど漠然としており、ひょっとすると存在すらしていないような気がした。彼女はこの旅で見つけるひとつひとつを心から楽しむ思いで、目に飛び込んでくる道や、木立や、家々や、ぱっとしない町並みに目を輝かせ、今ならどこでも好きなところに、ずっと留まることもできるんだという想像に胸を躍らせた。そう、このハイウェイの端に車を止めて――それが禁じられているのは承知しているし、実際にそんなことをしたら罰を受けるだろうが――車なんか放っておいて、ぶらぶらと木立を抜け、そのむこうに広がる穏やかな、やさしい顔の田舎景色をのんびり歩いていくことだってできる。蝶を追ったり、小川の流れをたどったり、疲れ果てるまで歩きまわって、日が暮れたら、貧しい樵《きこり》の小屋へでも行けば、一夜の宿が借りられるだろう。そして、イースト・バリントンかデズモンド、あるいは新しく合併してできたバークの村にでも家を構えて、ずっと住み続けるのだ。あるいは、この道を決してはずれることなく、タイヤが張り裂けるまで、どこまでもどこまでも車を飛ばして、世界の果てまで行ってみようか。

しかし彼女はこうも思った。このまま素直に〈丘の屋敷〉へ向かうのも悪くない。むこうではわたしを待っているのだし、行けば雨露をしのげる建物があって、部屋と食事が用意されている。外の世界を見るために、わたしが故郷での義理やしがらみを打ち捨ててきたことに対する、ささやかな報酬ももらえるはずだ。モンタギュー博士とは、一体どんな人物なのだろう？〈丘の屋敷〉とはどんな建物なのだろう？　そこでは、ほかにどんな人たちが待っているのだろう？

すでに街は遠くなり、エレーナは三十九号線に入るための分岐点を見逃さないように注意した。三十九号線は、自分を待つ〈丘の屋敷〉へ彼女が間違いなく着けるようにと、世界じゅうの道の中からモンタギュー博士が選んでくれた魔法の道だ。ほかの道では、ここから、彼女の望む場所へと導いてはくれないのだから。モンタギュー博士の説明はやはり正しく、その証拠に、三十九号線への分岐点を示す標識の下に〈アシュトンまで　百二十一マイル〉と書かれた別の標識がかかっていた。

今やすっかり仲のよい友人となった道は、カーブしたり坂になったりしながら、思いがけない出逢い――ある時はフェンス越しにこちらを眺めている牛、ある時はそっけない顔をした犬

——の待つ場所を次々と追い越して、小さな町が広がる盆地をいくつも通り、果樹園の点在する田園風景を抜けていく。ある村の大通りで、エレーナは大きな家の前を通りかかった。塀に囲まれたその家には飾り柱が立っていて、窓という窓は雨戸に閉ざされ、玄関前の階段には二頭のライオン像が門番よろしく置かれている。それを見たエレーナは、いっそこんな家に住むことにして、朝はあの像の埃を払ってやり、夜はおやすみの挨拶をしながら軽く叩いてやる暮らしも悪くないと考えた。今は六月で、まだ朝がはじまったばかりの時刻であることはわかっていたが、エレーナにとって今日という日は、時間さえもが不思議と新しく感じられる、まっさらな世界だ。そこで、まっさらな今の数秒間に、彼女はライオン像のある家で暮らす自分の人生を詰め込んでみた——わたしの日課は、朝になるとポーチの掃き掃除をしてライオン像の埃を払い、夕方には頭を叩いておやすみを告げること。週に一度はお湯と洗剤《ソーダ》を使って、顔とたてがみと丸い足先の部分を洗い、歯の間も綿棒できれいにしてやっている。家の中は、どの部屋も天井が高く、床や窓はぴかぴかに磨かれて、きちんと整っているはずだ。わたしの世話係は小柄で上品な老婦人で、彼女はお盆に載せた銀の茶器を恭《うやうや》しいしぐさで運んだり、わたしの健康を気遣って、グラスに一杯のエルダーベリー・ワインを毎晩用意してくれたりする。夕食はいつもひとり、細長い静かな食堂室のつややかなテーブルでいただくのだが、ここは背の高い窓と窓をつないでいる壁の白い鏡板が、シャンデリアの明かりに照り映えて、とても美しい。その中で、わたしは小鳥料理と、庭でとれたラディッシュと、自家製のプラムのジャムをたいらげていく。夜は白いオーガンジーの天蓋がついているベッドに入り、ホールから射し込む明かりに守られて健《すこ》やかな眠りにつく。町の人々は、うちの玄関のライオン像をとても自慢に思っているので、わたしの姿を見かけると、誰もが会釈してみせる。そして、わたしが死んだ時には……。

しかしそんな夢の町も、気がつけば、もう遠く過ぎ去ったあとで、エレーナの車は店を閉めている軽食の屋台や、ちぎれた看板が並んでいる薄汚れた一帯にさしかかった。だいぶ昔のことになるが、かつてこの近くでは祭り市《フェア》がよく立って、それと一緒にオートバイ・レースも開催されていた。その頃の看板が、断片となった文字のいくつかを今も残している。ある文字は「大胆な《デア》」と書かれ、またある文字は「邪悪な《イーヴル》」と書かれ――そこで彼女は、どこへ行っても凶兆めいた要素ばかりを拾って見つける自分の才能に、つい笑った。なんのことはない、看板には「命知らずの《デアデビル》」と書いてあるだけなのだ。エレーナ、命知らずのドライバー。彼女は車を飛ばしすぎていたことに気づいてスピードをゆるめた。こんな調子で走り続けたら、〈丘の屋敷〉に早く着きすぎてしまう。

ところが途中のある場所で、とうとう彼女は道端に車を止めると、不思議な光景に信じられない思いで見入ってしまった。四分の一マイルほど走ってきたその道筋には、見事なまでに手入れされた夾竹桃の並木が、白やピンクの目にも鮮やかな花を咲かせながら、延々と続いていた。今はその夾竹桃に守られるように立っている門のそばへ来たところなのだが、木立は門の奥の方まで、さらにずっと続いていた。門柱そのものは、ただの朽ちかけた石の柱で、そこから延びた私道の先には、がらんとした野原が広がっている。見ればその私道も、夾竹桃を切り払って作られたもので、残った木立は広場のような野原をはさんだまま、はるか一番奥に流れる小さな川まで続いていた。夾竹桃に囲まれた広場には、家も建物も何もなく、ただひたすらにまっすぐな道が、突き当たりの小川まで延びているだけなのだ。一体ここはなんなのだろうと、エレーナは不思議に思った。以前はここに何かがあって、でも、それが失われてしまったのだろうか。それとも、何かができるはずだったのに、それが実現しないまま終わってしまったのだろうか。その〝何か〟って、家？　庭園？　それとも果樹園？　それがみんな撤去されてしまったの？　それともいずれ造り直されるの？　夾竹桃には毒があるという話を、彼女はふと思い出した。それじゃ、この木立は何かを守るためにあるのだろうか？　もしも……もしも、わたしが車を降りて、この古びた石門を通り抜け、あの魔法のような夾竹桃の広場に入ったら、ここを通る人々の目から毒の魔力で守られてきたお伽《とぎ》の国へ、さまよい込んでしまうのかしら？　そう、この魔法の門へ足を踏み入れたら、それは見えない防御壁を通り抜けることになって、まやかしの呪文が解けるのかもしれない。すると目の前には噴水や、低いベンチや、蔓バラをはわせた四阿《あずまや》のある美しい庭が広がって、そこには一本の——王様の娘が小さなサンダルひとつで歩いても痛くないように、ルビーやエメラルドのような宝石を敷きつめた——道があり、それをまっすぐたどった先には、魔法にかけられた宮殿が待っているのだ。わたしは低い石段をゆっくり上って、宮殿を守る石のライオン像の横を通り、噴水が躍っている中庭へ、王女が戻ってくる日を祈って、泣きながら待っている女王のそばへ歩いていく。女王はわたしを見たとたん、手にしていた刺繡の道具を落とし、宮殿の召使たちを大声で呼び——こうして彼らもとうとう長い眠りから覚める——ついに呪いが解けて、宮殿が元の姿に戻ったことを祝う饗宴の支度を申しつけるだろう。そしてわたしたちは、いつまでもいつまでも幸せに暮らし続けるのだ。

でも、もちろん、そんなことはしないわ——と、エレーナはエンジンをかけ直して思った。あの宮殿が見えて呪いが解けたら、本当にすべての魔法が解けてしまって、夾竹桃の外側に広がる田園風景までが、ゆらゆらと消えて元の姿に戻り、町や看板や牛の姿は、お伽《とぎ》の絵本から抜け出たような、やわらかい緑の草原に変わってしまうだろう。すると、小高い丘のむこうから、銀色と緑のまばゆい装束に包まれた王子様が馬に乗って現れるに違いない。うしろには弓を携えた百人もの騎士が従っていて、旗がひらめき、馬が跳ね、宝石がきらきら光って……。

エレーナは笑い声をあげると、夾竹桃の木立を振り返り、魔法の世界にさよならの笑みを投げた。そのうちね。そのうちいつか、きっとここへ戻ってきて、あなたたちの魔法を解いてあげるわ。

走り出してから百マイル以上来たところで、エレーナはお昼を食べるために休憩を取った。かつて水車小屋だったことを宣伝にしている田舎レストランを見つけた彼女は、自分でも意外なことに、激しい流れの上に張り出しているバルコニーのテーブルにつき、濡れた岩や見ていて飽きることのない眩《まばゆ》い水の動きをすぐ下に眺めながら、カットグラスの器に入ったカッテージチーズと、ナプキンに包まれたコーンスティックを前にした。こういう夢のような時間や旅路は、あっという間に過ぎて終わるものだから、彼女はできるだけゆっくりと昼食を取りたかった。どうせ〈丘の屋敷〉には、今日中に着けばそれでいいのだ。レストランで食事していたのは、ほかに一家族だけ――父親と母親、それに小さな男の子と女の子の四人で、一家はやさしく穏やかな雰囲気で会話をかわしていたが、そのうちに振り向いた女の子が、好奇心丸出しの様子でエレーナをじろじろと眺めはじめ、やがてにっこり笑顔を見せた。水面で照り返した光は、天井やなめらかなテーブルに反射し、さらに幼い少女の巻毛をも、かすめるように照らしている。すると、母親が言った。「この子ったら、お星さまのカップがほしいだけなんですよ」

エレーナはびっくりして顔を上げた。椅子の背にのけぞりながら、ミルクはいやだと拒絶している不機嫌な少女のそばで、父親は顔をしかめ、男の子はクスクス笑い、そして母親が穏やかに言った。「この子、お星さまのカップがほしいだけなんです」

それはそうよね、とエレーナは思った。わたしだって、そうだもの。お星さまのカップ、それが一番。

「自分の小さなカップのことなんですよ」この店自慢のおいしいミルクに、こんな子供がなぜ文句を言うのかと驚いているウェイトレスにむかって、母親が申し訳なさそうに笑いながら説明していた。「底のところに星の模様がついているんですけど、いつも家では、そのカップでミルクを飲んでいるものですから。ミルクを飲み終わると、お星さまが現れるので、この子、〝お星さまのカップ〟って呼んでいるんです」ウェイトレスはわかったようなわからないような顔でうなずき、母親は娘に言い聞かせた。「今夜、おうちに帰ったら、お星さまのカップでミルクが飲めるわ。でも今だけちょっと、すごくお利口さんになって、このグラスでミルクを飲んでちょうだい、ね？」

そんな手に乗っちゃだめよ、とエレーナは心で少女に語りかけた。お星さまのカップがいいって、言い張るの。みんなと同じにしましょうなんて言葉の罠にはまったら最後、あなたは二度とお星さまのカップに会えなくなってしまうんだから。言う通りにしちゃだめ。すると少女はちらりとエレーナを振り返って、よくわかったというように、えくぼの浮かんだ小ずるい笑みを見せ、差し出されたグラスにむかって、頑固なまでに首を振った。勇敢な子だわ、とエレーナは感心した。なんて賢くて勇敢な女の子かしら。

「おまえが甘やかすからいけないんだ」と父親の声がした。「こんなわがままは許しちゃいかん」

「今日だけのことですよ」と母親は答え、持っていたミルクのグラスを置くと、娘にやさしく触れて言った。「じゃ、アイスクリームを食べなさいね」

一家が店をあとにする時、少女が〝バイバイ〟と手を振ってみせたので、エレーナも手を振り返してやった。そして、自分の下を流れていく水のにぎやかな音を聞きながら、ひとりになった気安さの中で、ゆっくりとコーヒーを飲んだ。ここから先の道のりは、そんなに遠くないはずだ。もう半分以上は来たのだから。旅が終わる――そう思ったとたん、どこか記憶の片隅で、ある歌の文句が、一筋のきらめく小川のように、すっと遠く流れていった。「ぐずぐずしてても、はじまらない」エレーナは心でくり返した。「ぐずぐずしてても、はじまらない」

アシュトンの手前まで来たところで、エレーナは庭に隠れるように建っている小さなコテージを見つけ、去りがたい気持ちにかられた。ここなら、ひとりで住むにはちょうどいいかもしれないと思いながら、彼女は車のスピードをゆるめて、庭にくねくねと延びている私道の奥をのぞき込み、小さな青い正面玄関と、そこの階段にとても似合いの白い猫がいるのを目にした。こんなバラの茂みの奥に隠れてしまえば、きっと誰にも見つからないだろうし、心配だったら道路沿いに夾竹桃を植えればいい。寒い夜には暖炉に火を入れ、そこで焼きリンゴを作ろう。白い猫を飼い、窓には手製の白いカーテンをかけ、たまには家の外に出て、シナモンや紅茶やパンを買いに店へ行く。人々は運勢を占ってもらうために我が家を訪れ、わたしは気の毒な娘たちに媚薬を調合してあげるのだ。それからコマドリも飼って……しかし、夢のコテージはもはや遠ざかったあとで、そろそろモンタギュー博士が念入りに示してくれた新たな道を探すべき時が来ていた。

「左に降りて五号線に入り、西へ向かってください」と書かれた手紙の指示は、博士がどこか遠い場所から、車をじかに操作して導いてくれているかのように、わかりやすくて確かだった。五号線に入って西へ進むと、いよいよ旅も終点に近づいた。博士から受けた注意は頭の中にあったものの、彼女はヒルズデールでいったん止まり、ちょっとコーヒーでも飲もうと決めた——だってせっかくの長旅が、こんなに早く終わるなんて、残念でたまらないもの。それに寄り道したところで、博士の言いつけを破るわけじゃないわ。手紙には、ヒルズデール村で道を尋ねるのはあまりお勧めできないとあっただけで、コーヒーを飲みに立ち寄っちゃいけないとは書いてなかったし、〈丘の屋敷〉の話さえしなければ、べつに問題はないはずよ。とにかく、これはわたしにとって、最後のチャンスなんだから……そんなことを、彼女は漠然と思った。

気がつけば車は、いつの間にやらヒルズデールに入っていた。そこは曲がりくねった道に薄汚い家がごちゃごちゃと並んでいる小さな村で、中央の広い通りまで来てしまうと、ガソリンスタンドと教会が目印の角はすぐにわかった。見たところ、この村でコーヒーの飲める場所は一軒しかないらしく、それもパッとしない食堂だったが、ヒルズデールで寄り道することにこだわっていたエレーナは、歩道の縁石が崩れている店の前で車を降りた。彼女は少し考えてから黙ってうなずき、後部座席の箱とその足元に置いてあるスーツケースのために、車のドアをロックした。どうせ長居するわけじゃない――そう思ってはみたものの、ぐるりと眺めた周囲の風景は、明るい陽射しに照らされていながら、どこか暗くくすんで見えた。壁際の日陰では犬が落ち着かない様子で眠っているし、通りの反対側では戸口に立った女がエレーナをじっと見ているし、フェンスのそばでたむろしている少年ふたりは、息を殺してこちらをうかがっている。見慣れぬ犬も、人を小馬鹿にする女も、年若い不良も苦手なエレーナは、バッグと車のキーをしっかりつかんで、足早に食堂へ向かった。店に入ると、カウンターの中には疲れた顔の鈍重そうな若い女がいて、客はカウンターの奥の席で食事している男ひとりだけだった。灰色のカウンターと、ドーナツを盛った皿にかぶせてあるガラス容器の汚れが目についたエレーナは、こんなところへ飛び込まなきゃならなかったなんて、この客はよほど空腹だったに違いないと少しあきれた。「コーヒーを」エレーナがカウンターの女に声をかけると、彼女はのろのろと棚を振り返り、積んであったカップの山から、転がし落とすようにひとつ取った。自分で飲むと決めたんだから、このコーヒーは飲まなきゃだめよ、とエレーナは自分を叱咤した。でも次からは、モンタギュー博士の忠告をきちんときくことにしよう。

ふたりの間では暗黙のうちに通じあう冗談でもあったのか、エレーナの前にコーヒーを置いた女が薄笑いを浮かべて男にちらっと視線を送ると、男は肩をすくめて見せ、すると彼女が声を出して笑った。エレーナが顔を上げると、女は自分の爪を調べていて、男はパンで皿をぬぐっていた。もしかしてこのコーヒーには毒が入っているのかも……実際、それはいかにもそんな感じに見えた。どうせなら少しだけでもヒルズデール村のことを知っておこうと思い立ち、エレーナはまた女に声をかけた。「そのドーナツも、ひとつください」すると彼女はまた男を横目に見てから、ドーナツを皿に取ってエレーナの前に置き、それから男の視線を受けて笑い声をあげた。

「小さくてかわいい町ね」エレーナは女に話しかけた。「ここはなんと呼ばれているの?」

女はまじまじとエレーナを見つめた。このヒルズデールにむかって「小さくてかわいい町」などと大胆な発言をした人間は、これまで誰もいなかったに違いない。やがて彼女は同意を求めるように、またしても男に視線を送り、それから「ヒルズデールよ」と答えた。

「あなたはここに住んで長いの?」とエレーナは尋ねた。〈丘の屋敷〉のことは絶対口にしませんからねと、彼女は遠くにいるモンタギュー博士に誓った。わたしはただ、ちょっと時間つぶしがしたいだけなんです。

「ええ」

「こういう小さな町に住むのは、きっと楽しいでしょうね。わたしは街から来たんだけれど」

「へえ？」

「あなたは、ここ、気に入ってるの？」

「まあね」女はまた男を見た。男はじっと会話に聞き入っている。「退屈なところだけど」

「町の大きさはどれくらい？」

「せまいところよ。コーヒー、おかわりする？」後半の問いかけは、ちょうど音を立ててカップを受け皿に戻した男へ投げられた言葉だ。ここでエレーナははじめてコーヒーを一口すすり、こんなのをよくおかわりできるものだと軽く身震いした。

「訪れる人は多いの？」男にコーヒーを注いだ女が、棚にもたれかかるのを待って、エレーナはまた尋ねた。「つまり、旅行者とかだけど」

「なんのために？」唖然とした沈黙が予想外に長く続いたあと、女が突然噛みつくように言った。「誰が何をしに、こんなところへ来るっていうの？」彼女はむっつりとした表情で男の方を見ながら続けた。「映画館ひとつないってのに」

「でも小高い丘のあたりはとても素敵だわ。こういう小さな鄙《ひな》びた町って、よく都会の人間がやってきては、ああいう丘に家を建てたりするものでしょう。静かな生活を求めて」

　女が短く笑った。「こんな場所じゃ、それもないわよ」

「あるいは、古い建物を手直しして――」

「静かな生活をする」そう言って、また女が笑った。

「わたしの話、なんか意外だったみたいね」男の視線を感じながら、エレーナが言った。

「まったくよ」と女。「これで映画館のひとつでも建ってりゃ、まだわかるけど」

「実はね」とエレーナは慎重に続けた。「わたし、この一帯を見てまわろうかと思っていたの。ほら、古い家って、たいてい安く手に入るし、それを自分なりに改装するのは楽しいから」

「このあたりじゃ無理ね」

「じゃあ、このへんには、そういう古い家がないの？　丘を登ったむこうの方はどうかしら？」

「ないわ」

その時、男が立ちあがり、ポケットの小銭を出しながら、はじめて口をひらいた。「みんなこの町を出て行くばかりだ。入ってくる奴なんかいないね」

男が店を出てドアが閉まるや、女はエレーナに愛想のない視線を戻した。その目には、あんたのおしゃべりのせいで彼が出ていってしまったんだと言いたげな苛立ちが浮かんでいた。

「あの人の言う通りよ」やがて女が言った。「みんな出ていくの。運のいい連中はね」

「なぜ、あなたは逃げ出さないの？」エレーナの問いかけに、彼女は肩をすくめた。

「ここを出たところで、あたしに何かいいことがあると思う？」そう問い返すと、女は気のない様子でエレーナから金を受け取り、釣り銭を返した。それからカウンターの端に残っている空っぽの皿を思い出したように見て、どこか嬉しそうな表情になった。「あの人も毎日来てくれるしね」その言葉に、エレーナが微笑み返して何か言おうとしたとたん、女はくるりと背を向けて、忙しそうに棚のカップを片付けはじめた。エレーナは肩透かしをされた気分で、それでもこのコーヒーから解放されることに感謝して席を立ち、車のキーとバッグを取った。「ごちそうさま」と声をかけると、女が背を向けたまま言った。「お気をつけて。目当ての家が見つかるといいわね」

5

ガソリンスタンドと教会の角から先は、地面に深い轍《わだち》が残り、ところどころに岩が見えているような、本当に悪い道が続いていた。エレーナの小さな車は、がたがた揺れてはがたんと跳ねて、この厄介な山道を行くのは勘弁してくれと言いたげに、少しずつ進んでいったが、そうするうちにも、道の両側に鬱蒼《うっそう》と茂る木立にさえぎられて、日は急速に暮れていくようだった。エレーナは行く手に現れた意地悪い岩を急ハンドルで避けながら、こんな道では車など普段からろくに通っていないのだろうと、忌々しい気分で思った。ここを六マイルも走ったら、車の方がおかしくなってしまいそうだ。そこで彼女は、ここ何時間かぶりに姉のことを思い出し、笑ってしまった。姉夫婦も、さすがにこの時間になったら、わたしが車で出てきたことに気づいているに違いない。しかしふたりは、わたしが今どこにいるのか知らないのだ。まさかエレーナがこんなことをするとは夢にも思わなかったと、お互いに愚痴りあっているだろうか。なにしろわたし自身、こんなことをするなんて思ってもいなかったんだから――彼女は笑い続けながら思った。もうすべてが変わったのだ。家を遠く離れて、わたしは新しい人間になったのだ。「ぐずぐずしてても、はじまらない……今の喜びと笑いは、今だけのもの……」その時、岩に当たった衝撃があって、車がガクンと後退し、車体の下側をこする、いやな音がした。エレーナははっと息を呑んだが、慌てることなくハンドルを立て直し、また坂道を辛抱強く登りはじめた。伸びた枝先がフロントグラスをかする中、周囲はますます暗くなってきた。〈丘の屋敷〉もたいそうな場所にわざわざ入口を構えたものだと、エレーナは思わずにいられなかった。ここには日の光が射すことなんてあるのだろうか？　それでも最後の力を振り絞り、道に積もった落ち葉や枯れ枝の荒波を乗り切ると、ついに広くひらけた〈丘の屋敷〉の門前にたどり着いた。

なぜ、ここへ来てしまったのだろう？――ふいに彼女は、どうしようもない後悔にかられた。なぜわたしは、ここへ来てしまったのだろう？　どっしりと背の高いその門は、どこか不吉な表情を漂わせ、木立の中へと続いている石塀にしっかり取りつけられていた。門にかかった南京錠や格子の間を通してぐるぐる巻きにしてある鎖は、車の中からでもよく見える。門のむこう側には、さらに道が続いていて、その先は、両脇に生い茂っている静かな薄暗い木立へとカーブして消えていた。

こんなにがっちりと鍵のかかった門を見て――なにしろ錠が二重に下りている上に、鎖と閂《かんぬき》までかかっているのに、これで入りたいと思う人などいるだろうか？――さすがにエレーナは車から降りる気をなくしたが、それでも念のためにクラクションを鳴らした。いきなり響き渡った音に、門も木立も身震いして、わずかに身をひそめたようだった。一分ほど待ってから、もう一度クラクションを鳴らしてみると、奥から男が歩いてくるのが見えた。その姿は南京錠さながらに暗く無愛想で、男はすぐに鍵をはずそうともせず、門の格子の間からエレーナをにらみつけた。

「なんの用だ?」彼は嚙みつくような意地の悪い声で言った。

「すみません、中へ入れてください。その鍵をあけてほしいんです」

「なんで?」

「だって——」エレーナはひるんで口ごもり、やがて「わたし、入っていいことになってるんです」と、やっとの思いで言った。

「なんのために?」

「招待されたから」本当に? 急に彼女は自信がなくなった。はるばる来たのに、まさかここで行き止まりなんだろうか?

「誰に?」

もちろんエレーナにはわかっていた。この男は、自分に与えられた職権を必要以上に振りかざして威張りくさっているだけなのだ。いったん門をあけてしまえば、客より自分が上だという幻想など、はかなく消えてしまうと思って——それなら、こっちの有利な点はなんなのだろう? 客だといっても、今のわたしは、まだ門の外にいる身だ。しかし、ここで癇癪《かんしゃく》を起こしたら損だということはエレーナも承知していた。日頃〝怒っても無駄〟とあきらめている彼女は、滅多に腹を立てない方で、だから今もわめき散らしたあげく、男が奥へ引き返してしまったら、なんの解決にもならないことはよくわかっていた。それに、この傲慢な態度についてあとで叱責された時、この男が無実を言いたてる姿も想像できた——意地の悪いとぼけた笑みに、わざとらしく目を見張り、彼は哀れな声を出して、きっとこう訴えるだろう。ええ、こちらの娘さんをすぐに入れることはできましたよ。入れてさしあげようと思いましたが、本物のお客だなんて、どう確認すりゃあよかったんです？　あっしにはあっしの役目があるんだ、そうでしょう？　命じられたことには従わなければならんでしょう？　もしも入れてはいけない人をうっかり中へ通しちまったら、あとで責任を問われるのはあっし自身じゃありませんか……エレーナの頭の中に、男が肩をすくめながら、恥を忍んでおこなった彼女の精一杯の努力を嘲笑っている場面が浮かんだ。

男は彼女に視線をあてたまま、ゆっくりと後退した。「出直してくるんだな」そう言って、勝利者らしい悠々たる態度で背を向ける。

「待って」それでも声に怒りがにじまないよう気をつけながら、エレーナは彼を呼び止めた。「わたし、モンタギュー博士の客のひとりなの。博士はお屋敷でわたしを待っているはずで——お願い、話を聞いて！」

男は振り返って、にやりと笑った。「誰もあんたが来るなんて思ってやしないんじゃないのかね。なんせ、ここへやってきたのは、今まであんたひとりなんだから」

「それじゃ、屋敷の中には誰もいないっていうの？」

「おれの知ってる限りじゃな。もしかしたら女房のやつが、何か用意してるかもしれんが。だから今のところは、あんたを待ってる人間なんて、ここには誰もおらんわけさ」

エレーナは運転席に沈み込んで目を閉じた。〈丘の屋敷〉さん、あなたの門をくぐるのは、天国並みに難しいわ。

「ところであんた、自分がここへ何しに来たのか、わかってるんだろうね？　こっちへ来る前に、ちゃんと説明は受けたはずだが。屋敷の噂は知っているのかい？」

「わたしにわかるのは、自分がモンタギュー博士のお客として、ここに招待されたってことだけよ。だからあなたが門をあければ、わたしは中に入ります」

「あけてやるとも、そのうちにな。だが、ここがどういう場所なのか、あんたがそれを知ってるのかどうか、まずはそいつを確かめたい。あんた、以前にもここへ来たことがあるのか？　もしかして、所有者一族のひとりかね？」また門のそばに戻って格子の間からエレーナを見る、あざけりに満ちた表情は、南京錠や鎖と同じ、新たに増えた障害物のようだった。「おれが納得できないうちは通すわけにいかんのでね。あんたの名前は、なんといったかな？」

彼女はため息をついた。「エレーナ・ヴァンス」

「ということは、一族の人じゃないらしい。この屋敷について、何か噂を聞いたことは？」

今が運命の分かれ道なのかもしれない、と彼女は思った。これは、わたしに与えられた最後のチャンス。今なら門前で車を方向転換させ、さっさとこの地を去ることができるし、そうしたところで誰もわたしを責めたりはしないだろう。誰にだって、逃げる権利はあるのだ。彼女は車の窓から顔を突き出し、猛然とした口調で言った。「わたしの名前はエレーナ・ヴァンス。〈丘の屋敷〉の客人です。さっさと門をあけなさい」

「わかった、わかったよ」必要のない派手な音をわざとらしく立てながら、男は鍵をまわして南京錠をはずすと、巻きつけてあった鎖をほどき、車が楽に通れるように門を両側に広くひらいた。エレーナはゆっくり車を進めたが、男が素早く道端に飛びのくのを見て、どうやら彼はわたしの心を一瞬よぎった衝動に勘づいたらしいと思った。彼女は笑い、男が――安全を考えて横の方から――近づいてきたので、車を止めた。

「あんたはここがいやになる」と男が言った。「おれが門などあけなきゃよかったのにと、きっとあとで後悔するんだ」

「悪いけど、そこをどいてちょうだい」とエレーナ。「もう邪魔は充分にしたでしょう」

「あんた、ここの門番をやるような人間がほかにいると思うかい？　おれと女房のほかに、ここに長いこと住んでられる人間がいると思うかい？　ここにこんなに長いこと住んで、知ったかぶりのあんたら都会人のために、屋敷の管理をして、門の開け閉めをしてるおれらが、何も自分の思う通りにしちゃいけないと思うのかい？」

「お願い、車のそばを離れて」自分の怯えを悟られたくなくて、エレーナはわざと平然とした態度を取り続けたが、すぐそばで車のわきに寄りかかっている男の態度は醜悪だったし、その激しい憤りに、彼女の心は混乱した。確かにわたしは自分のために、わざわざ門をあけさせてしまった。しかし彼はこの屋敷や庭園を、自分の所有物だとでも思っているのだろうか？　ふと、モンタギュー博士の手紙にあった名前を思い出し、エレーナは用心深く尋ねた。「あなたが、管理人のダドリーさん？」

「ああ、おれが管理人のダドリーだとも」と、彼はおうむ返しに答えた。「ほかに誰がいるっていうんだ」

　古い屋敷に似合いの執事だわ、とエレーナは思った。気位が高く、忠誠心に厚く、そして徹底的に無愛想。「あなたと奥さんだけで、ここの管理をしているの？」

「ほかに誰がいる？」この言葉は彼の誇りの表れであり、悪態であり、口癖らしい。

　彼女は焦りを気取《け》られないように、さりげなく身を引くと、ダドリーがわきにどくことを願って、車を動かそうとする素振りを見せた。「あなたと奥さんに世話が頼めるなら、きっとお客は気持ちよく滞在できると思うわ」そして彼女は、この話はもう終わりだという調子を込めて言った。「とにかく、わたしは一刻も早くお屋敷に入りたいのよ」

　ダドリーはククッと不愉快な笑い方をした。「そうそう、このおれだが、日暮れあとには、ここにいないんだ」

　彼は満足したようにニヤリと笑って車から離れ、エレーナはそのことにほっとしつつも、見られていることに緊張して、ぎこちなく車を出した。なんだか彼はこの先の道でも、ひょこひょこ現れそうな気がした。そして日が暮れるまで、この屋敷で一緒に過ごしてくれる人を彼女が見つけて喜ぶたびに、ニヤニヤ笑いのチェシャ猫よろしく、姿を見せて邪魔するに違いない。

木立に浮かぶダドリー管理人の顔を想像した彼女は、自分が動揺していない証拠にわざと口笛を吹きはじめ、それが、ずっと頭の中を流れていたあの歌であることに気づいて、いやな気分になった。「今の喜びと笑いは、今だけのもの……」エレーナは不機嫌な気持ちで、もっと何か違うことを考えなさいと自分を叱った。なぜなら、この歌の残りの文句は、なかなか思い出せないものの、ここの雰囲気にはもっとも似つかわしくない内容だったはずだし、鼻歌まじりで〈丘の屋敷〉に着いたところを見られたりしたら、ひどくばつが悪い気がしたからだ。

やがて木立のむこう側、木立と丘のちょうど間に、〈丘の屋敷〉の屋根か塔とおぼしき部分が、ちらりちらりと見えてきた。この屋敷ができた頃は、確か変わった家を造るのが流行《はや》っていたはずだと、エレーナは思った。あの当時の建物には、決まって塔や小塔、控え壁や木製の縁飾りがあって、時にはゴシック様式の尖塔やガーゴイル像まで造られていることもあり、装飾のない部分などどこにも残っていなかったりする。おそらく〈丘の屋敷〉にも塔や隠し部屋はあるのだろう。あるいは、丘の方へ抜ける秘密の通路があって、密輸人たちがそこを使っていたかもしれない――こんな淋しい山の中で、密輸するような物があったかどうかは疑問だけれど。でも、ひょっとしたら、わたしだって、とてつもなくハンサムな密輸人に出会うかもしれない……。

最後のカーブを曲がって〈丘の屋敷〉の正面へ続くまっすぐな道へ入る。そこでエレーナは無意識にブレーキを踏み、座ったまま前を見つめた。

それは、ひどくいやな雰囲気の建物だった。エレーナは身震いし、心に湧き上がってきた言葉をそのまま思った――〈丘の屋敷〉は気持ち悪い。この建物は病んでいる。さあ、今すぐここを逃げ出すのよ。

第二章

1

人は、いやな雰囲気を感じる家を見た時、それがどの部分や輪郭のせいで不幸にもそんな〝顔〟に見えてしまうのか、なかなか判別できないものだが、〈丘の屋敷〉に限って言えば、その偏執的な対称・並列構造と不自然に曲がった角の部分、空にそびえる屋根の感じが、ここに絶望の場所という表情を与えていた。いや、それ以上に、こちらを見張るように並んだ人気《ひとけ》のない窓と、その軒先に眉のように張り出しているコーニスがやぶにらみの目を形作って、まるで〈丘の屋敷〉が深い眠りから覚めたような気味の悪さをかもし出していた。どんな家でも、ひょんなことで妙な角度から眺めれば、外装が面白い表情に見えることはよくあるし、ちょっと変わった小さな煙突や、えくぼのような屋根窓なんかが、見る者に身近な人間臭さを感じさせたりすることもある。しかし人を決して寄せつけないような、尊大で敵意の感じられる家には邪悪な雰囲気しか漂わない。そして目の前のこの屋敷は、みずからの内部に〝力《パワー》〟を呼び込むため、意志を持って建築職人たちを操り、望み通りの〝自分自身《くみ》〟を作り上げてみせたかのように、今は空にむかって傲然と頭を上げ、人間には与しない表情をしていた。やさしさのかけらもない、中に誰かを住まわせる気などまるでない、人間にも愛にも希望にも、まったくふさわしくない家。悪魔祓いの儀式をしても、決して表情の変わらない家――〈丘の屋敷〉は、いつか破壊されるその日まで、ずっとこのままの姿で存在し続けるに違いない。

門のところで引き返せばよかったと、エレーナは後悔した。この家を見たとたん、ずっと忘れていた何かと出くわしたような感覚に襲われ、みぞおちのあたりが気持ち悪くなった。彼女は屋根の輪郭に目を走らせて、ここに棲んでいる〝悪〟とでも呼ぶべきものの正体を知ろうとしたが、それはむなしい努力だった。不安と緊張から冷たくなった指先で不器用に煙草を取り出しながら、彼女は言いようのない恐怖感を縫って頭に響いてくる声を、〝ここから立ち去れ、立ち去るんだ〟と囁く不気味な声を聞いていた。

でも、あんたはこれと出会うために、はるばるやってきたのよ、とエレーナは自分に言い聞かせた。だから戻ることなんかできない。第一、慌てて逃げ帰ろうとしたら、門のところでさっきの男に笑われるに決まってる。

エレーナは屋敷を見ないように気をつけ――だから色や形や大きささえ正確には判断できなかったが、それでも、ひどく巨大で暗い建物が、じっと自分を見下ろしているのを感じながら――また車を出して、わずかに残った最後の道をまっすぐ進んだ。突き当たりには、正面玄関前のポーチに続く逃げ場のない階段が控えている。私道はそこで左右に分かれて建物を取り囲むように延びており、そのまま裏にまわれば車庫代わりの建物が見つかりそうだった。しかし車をしまうのは後回し。今のエレーナは、ここから出て行くための手段を、こんなに早々と手放してしまうのが不安だった。それで、あとから来る人たちの邪魔にならないように車は道端に寄せて止め――この屋敷を初めて訪れる人にとって、誰かの車が正面に止まっているような安堵の種が目に入るのは、なんともったいない話だろうと、彼女は皮肉に思った――それからコートとスーツケースを持って外へ出た。とにかく、とうとう着いてしまったんだからと、彼女は仕方ない気分で思った。

　足を上げて階段の一段目を踏むのは、精神的に体力のいる仕事だった。しかしどうにも気の進まない思いで、やっと足を下ろした瞬間、この屋敷は邪悪なものを漂わせているけれど、わたしの到着を辛抱強く待っていてくれたのだという確かな感触が、初めて鮮やかに伝わってきた。旅は愛するものとの出逢いで終わる――忘れていた歌詞が、ふいに頭に蘇った。旅は愛するものとの出逢いで終わる。エレーナは〈丘の屋敷〉の階段に立ったまま笑い出し、それから一段一段をしっかりと踏みしめて、玄関へと進んでいった。とたんに屋敷が彼女を包み込んできた。彼女は影にのみこまれ、ただ木製のポーチを歩く足音だけが、この屋敷を訪れる人など久しくなかったような静寂の中で、ひたすら大きく響きわたった。彼女は子供の顔をかたどった重い鉄製のノッカーに手を伸ばすと、自分の到着が〈丘の屋敷〉にもっとしっかり伝わることを願って、足音よりずっとにぎやかに、ひと打ちごとに大きく鳴らした。やがて返事もないまま、いきなり玄関がひらき、〝似たもの夫婦〟という言葉に従えば、確かに門番の妻に違いない女が目の前に現れた。

「ダドリー夫人？」エレーナは一呼吸おいて続けた。「わたし、エレーナ・ヴァンスです。招待を受けて来ました」

女は黙って脇へどいた。髪を整え、清潔なエプロンをしているにもかかわらず、彼女には夫とまるで変わらない、言葉にしがたい汚らしい感じがあって、疑い深そうな不機嫌な表情も、夫が見せた意地悪い短気な態度に通じるものがあった。いや、そんなことはない――エレーナは自分をたしなめた。彼女がそんなふうに見えてしまうのは、周囲の何もかもがひどく陰鬱で暗いせいだし、あの男の女房なら醜い女に違いないと思い込んでいたせいでもある。もし〈丘の屋敷〉とは違う場所でこの夫婦に会っていたら、わたしはこんな偏見を持ったりしただろうか？　それに彼らは単に屋敷の管理をしているだけなのだ。

ふたりが立っている玄関ホールは、黒っぽい木材と厳めしい彫刻に埋め尽くされた場所で、正面奥には幅のある階段が重々しく控えており、全体に薄暗かった。階段を上り切ったところからは別の廊下が続いているらしく、それも屋敷の幅一杯にずっと延びているようだ。エレーナが立っている場所からは上の広い踊り場と、二階の廊下にそって並んだドアが階段越しにいくつか見えた。また彼女の両側には、果物や穀物、動物を浮き彫りにした両開きの大扉があり、この家の中で目につくドアは、すべてしっかり閉まっていた。

ダドリー夫人に話しかけようとエレーナが何気なく出した声は、周囲の薄暗い静けさにすっと呑み込まれてしまい、彼女はもう一度、しっかり声を出して言った。「部屋へ案内してもらえます？」やっとそう伝えながら、彼女は床に置いてある自分のスーツケースを指し示した。下へ向けて動かした手が、磨きぬかれた床に映るいくつもの影のひとつとなって、同じように動いて見えた。「わたしが一番乗りのようね。あなた——確か、ダドリー夫人とおっしゃったわね？」エレーナはべそをかいた子供のように、今にも泣きそうな自分を感じていた。わたし、こんなところはいやだ……。

ダドリー夫人はきびすを返すと、すたすた階段を上がりはじめ、エレーナは自分のスーツケースを持つと、この屋敷の中に唯一存在している自分以外の人間のあとを大急ぎで追いかけた。いやだ、いやだ、こんな場所は大嫌い、と心でまたくり返す。階段を上ったダドリー夫人は右に曲がり、あとに従ったエレーナは、この屋敷の建築に携わった職人たちが——それが当初の計画通りであったのかどうかはともかく、この建物が目指している方向に気づいた時点で——どのような試みもあきらめてしまった様子を、妙に強く感じた。二階にはひたすら長い廊下が造られていて、そこに寝室のドアがずらりと並んでいるのだが、その単純すぎる配置から、当時の建築職人たちが一刻も早くここを去りたいがために、二階と三階には装飾らしい装飾をほどこしもせず、ひたすら急いで仕事を終わらせたことが、彼女にも一目で見て取れた。廊下の左端には別の階段があったが、あれはおそらく三階の使用人部屋へ続いていて、使用人はそこを通り、一階の持ち場へと行けるようになっているのだろう。一方、廊下の右端には別の一室が造られており、位置からすると、もっとも陽あたりのいい部屋のようだ。両方向にそって暗い壁板と精密さに欠けた見苦しくも貧弱な一連の彫刻が続いているこの廊下は、今ぴたりと閉じているたくさんのドアは別として、まっすぐ直線を描いていた。

ダドリー夫人は廊下を進み、たぶん適当に選んだのだろう、途中のドアをあけて「どうぞ、

〈青の間〉です」と言った。

階段で曲がった位置からすると、ここは建物の正面に面した部屋のはずだ。まるで〝アンお姉さま〟になったみたいだわ、と心の中でくり返しながら、エレーナは部屋からもれる明かりの方へ、ほっとする気持ちで近づいていった。そして戸口に立ったまま「素敵な部屋ね」と感想を言ったが、それは何か言わなければという思いから出た言葉だった。実のところ、その部屋は素敵でもなんでもなく、むしろ耐えがたい雰囲気しかなかった。〈丘の屋敷〉全体から感じられるのとまったく同じ、調和に欠けた気持ち悪さが室内に満ち満ちていた。

ダドリー夫人はエレーナを中へ通すために横へどくと、明らかに壁に向かって説明をはじめた。「夕食は六時きっかりに、食堂のサイドボードに用意しておきます。給仕はご自分でなさってください。食器の片付けは、わたしが翌朝にやります。朝食は午前九時までに用意しておきます。それが、わたしの請け負っている仕事ですので。わたしはお客様が望むように部屋を整える仕事はしませんし、ほかに手伝いをする者は誰ひとりおりません。それにわたしは給仕もしません。私が請け負っている仕事に、食事の際の給仕作業は入っておりませんので」

エレーナは戸口に立ったまま、ぼんやりとうなずいた。

「夕食の用意がすんだら、わたしはお屋敷におりません」ダドリー夫人は続けた。「日が暮れはじめたら、ここにはおりません。暗くなる前に帰るからです」

「わかったわ」とエレーナ。

「わたしどもは、六マイルほど先の町に住んでいます」

「そう」エレーナはヒルズデールを思い浮かべた。

「ですから、助けをお呼びになっても、近くには誰もおりません」

「よくわかったわ」

「夜に何を叫んでも、わたしどもには聞こえません」

「そんなことをするつもりは――」

「誰にもです。町からここまでの間に住んでいる者は誰もいません。あの町から少しでもこちらへ近づこうとする者は、誰もいないのです」

「わかりました」エレーナは面倒臭そうに答えた。

「夜になってしまったら」ダドリー夫人はあからさまな笑みを浮かべた。「暗くなってしまったら誰もおりませんから」そう言って、彼女はドアを閉め、去っていった。

エレーナは「ああ、ダドリー夫人、暗闇の中でも、わたしを助けてちょうだい」と呼びかけている自分を想像してクスクス笑いかけ、それからゾッと身震いした。

2

横にスーツケースを置き、腕にコートをかけたまま、ぽつんと取り残されたエレーナは、みじめきわまりない気分の中で、〝旅は愛するものとの出逢いで終わる〟の一節をつぶやきながら、今すぐ家に帰れたらどんなにいいだろうと思った。でも、背後に延びている家路には、まず薄暗い階段があって、よく磨かれた玄関ホールがあって、大きな玄関扉があって、ダドリー夫人がいて、門のところには嘲笑っているダドリーがいて、門にはいくつもの鍵があって、そのむこうにはヒルズデール村があって、花の咲き乱れるコテージがあって、あの家族と出会ったレストランがあって、夾竹桃の庭があって、正面にライオンの石像が控えている家がある。自分はそれらを全て通り越し、モンタギュー博士の確かな導きによって、この〈青の間〉へとたどり着いてしまったのだ。怖い、と彼女は思った。このまま動きたくなんかない。動いたら、ちょっとでも室内へ入る素振《そぶ》りをしてしまったら、きっとわたしはこの屋敷を受け入れたことになってしまう。それはいやだ、ここには泊まりたくない。しかし、ほかに行くあてはなかった。モンタギュー博士の手紙は彼女をここまで導いてくれたが、ここから先の道までは教えてくれないのだ。やがて彼女はため息をついて首を振ると、部屋へ入ってスーツケースをベッドに置いた。

わたしは〈丘の屋敷〉の〈青の間〉にいるわけね――エレーナはいくぶん大きめの声で確認するように言ってみたが、そんな必要もないくらい、その部屋はどこから見ても間違いなく、本当に青い部屋だった。玄関ポーチの屋根越しに芝生が見渡せるふたつの窓には、ディミティ織りの青いカーテンがかかっているし、床には模様の入った青い絨毯が敷かれている。それにベッドのシーツ類も青くて、足元の方には青いキルトが折り返してあった。壁は肩の高さくらいまでが黒っぽい板材で、そこから上の部分には、小さな青い花が集まって花輪を作っている繊細な柄の、青い壁紙に覆われていた。きれいな壁紙を貼ってみれば、部屋の雰囲気も明るくなるだろうと考えた人が、たぶん昔いたのだろう。そんな希望など〈丘の屋敷〉ではすぐにかき消され、ただその希望の痕跡だけが、遠くかすかなこだまのように残ってしまうとも知らずに……エレーナはぶるっと身を震わせると、室内の隅々まで観察しようと視線をめぐらせた。設計面によほどひどい失敗があったのだろうか、この部屋はあらゆるところに気持ちの悪いズレが感じられた。特に周囲の壁などは、同じ寸法であるはずの部分がわずかながらも、あるところでは肉眼でそれと感じるほどに長く、あるところでは短くなっているように見える。こんな部屋で気持ちよく休みなさいだなんて、とエレーナは信じられない気がした。だって、あの天井の隅の暗がりには、悪夢が息をひそめている――恐怖という名の存在が、眠ったわたしの口元に漂い近づいてくるはず……彼女はまた身震いしながら、自分自身に言い聞かせた。いいかげんにして、エレーナ、そんなことあるわけないじゃない。

彼女はベッドの上でスーツケースをあけながら、窮屈だったよそ行きの靴を脱ぎ捨ててホッとした。いやな気分を紛らわすには、楽な靴に履き替えるのが一番。そんな女性らしい信念を心の奥に抱きながら、彼女は荷ほどきをはじめた。昨日、自宅で荷造りをしていた時は、人里離れた田舎家で着るのにぴったりだと思える服ばかりを選んだ。それどころか、しまいには時間ぎりぎりに店へ走り――思い切った自分の行動に興奮しつつ――これまで穿いたことがあったかどうかも記憶にない服、つまりスラックスを二本も買ってしまった。母親がこれを見たら激怒するだろうと思いながら、彼女はそれをスーツケースの一番下に押し込んでおいた。こうしておけば、もし勇気がくじけてしまって穿く気になれなかった時でも、カバンからは出さないでおけるし、自分がこれを持っていることを誰にも知られずにすむからだ。しかし、こうして〈丘の屋敷〉に入った今、せっかく選んで持ってきた服は、どれもそれほど新鮮に見えなかった。彼女はぞんざいに荷物を出すと、ドレスは適当にハンガーに引っかけ、スラックスは大理石の天板がついた背の高いドレッサーの最下段に投げ入れて、履いてきた靴は大きな衣裳だんすの奥へ放り込んだ。持ってきた本にいたっては、今更どうでもいい気分だった。もしかしたら、泊まらずに帰るかもしれないんだし——そう考えながら、彼女は空になったスーツケースを衣裳だんすの隅に置いた。これならあとで荷造りするにも、五分とかからずできるだろう。ふと彼女は、自分が音を立てないようにそっとスーツケースを置いたことに気づき、それから、荷ほどきをしている間も、自分はずっとストッキングのままでいて、静寂を守ることが〈丘の屋敷〉で生き延びる手段であるかのように、できるだけ静かに動こうと努力していたことに気がついた。そして、ダドリー夫人もまた、足音ひとつ立てずに歩いていたことを思い出した。部屋の真ん中に立ちすくんだとたん、屋敷の威圧的な静けさがエレーナを取り巻くように戻ってきた。まるでわたしは怪物に丸呑みされた小さな生き物で、怪物は体内にいるわたしの動きを感じ取っているような——「だめよ！」思わず出した大声が、部屋の中でこだまする。彼女は足早に室内を歩くと、青いカーテンを引きあけた。しかし日の光は厚い窓ガラスにはばまれてうっすらとしか射し込まず、ガラスのむこうにはポーチの屋根と芝生の広がりが見えるだけだった。この下のどこかに自分の車が置いてある。それにまた乗り込めば、ここを出ていくことができる。でも〝旅は愛するものとの出逢いで終わる〟……ここに来ることを選んだのは自分だ。そう思って振り返った彼女は、元いた場所まで室内を歩くのが怖くなっている自分に気づいた。

窓に背を向けたまま、ドアから衣裳だんすへ、衣裳だんすからドレッサーへ、ドレッサーからベッドへと視線を移し、何も怖がることはないんだからと自分自身に言い聞かせる。その時、どこか下の方で車のドアの勢いよく閉まる音がし、ポーチを踊るように上ってくる軽快な足音が続いて、次の瞬間、鉄のノッカーを叩きつける、はっとするほど派手な音が響きわたった。そうか、ほかのお客さんが来たんだ、わたしはひとりぼっちになるわけじゃない。エレーナは笑い出しそうになりながら、部屋を駆け抜けて廊下へ飛び出し、下の玄関ホールをのぞきに階段のところへ急いだ。

「あなたが来てくれて大感謝だわ」彼女は階下の暗がりを見下ろして声をかけた。「誰かが来てくれるなんて、本当に感謝しちゃう」ホールにはダドリー夫人が陰気な顔でつっ立っていたが、エレーナは夫人が聞いてない気分で話していた自分に気づいても、慌てたりはしなかった。「こっちへ上がってらっしゃいよ。ただし、自分の荷物は自分で運ぶことになっているから気をつけてね」彼女は息つぎをする暇もなく、口が止まらないようにしゃべり続けた。普段の内気な性格は、安堵感で吹き飛んでいた。「わたし、エレーナ・ヴァンスです。あなたが来てくれて本当に嬉しいわ」

「あたしはセオドラよ。名字はなくて、ただのセオドラ。ねえ、この面妖なお屋敷なんだけど……」

「上もなかなかひどいものよ。上がってきて。その人に、わたしの隣の部屋をあてがってもらうといいわ」

セオドラはダドリー夫人のあとについて、どっしりした階段を上りながら、踊り場の窓にはまっているステンドグラスや、壁龕《へきがん》に飾られた大理石の壺、模様の入った絨毯を、うさん臭そうな目で眺めていた。セオドラのスーツケースはかなり大きく、しかもとても豪華なもので、手を貸そうと近づいたエレーナは、自分のケースを見えない場所にしまっておいてよかったと思った。「どんな寝室を見ても驚かないでね。わたしのところは、昔ミイラでも作っていたみたいな部屋なの」

「あたし、こういう家にずっと憧れていたのよねぇ」とセオドラが言った。「いつでもひとりきりになれて、好きなだけ考え事のできる小さな隠れ家。危険なことを考えてしまう場合は特にね。殺人とか自殺とか——」

「〈緑の間〉です」ダドリー夫人が冷ややかに言い、その瞬間エレーナは、この屋敷について批判的な言葉や軽率な冗談を言うことは、夫人の機嫌を損ねることにつながるらしいと素早く悟った。もしかしたらこの人は、屋敷自体が人間の会話を聞いていると思っているのかも——そんなことを考えてしまった自分を、エレーナは後悔した。それで気づかぬうちに身震いしてしまったらしい。振り向いたセオドラが素早く笑みを浮かべ、エレーナの肩をやさしく安心させるように触った。彼女って素敵な人だわ——そう感じて、エレーナは微笑み返した。こういう暗くて陰気な場所に来るような人とはとても思えない。しかしよく考えてみれば、エレーナだって、ここに似合っているわけではないのだ。わたしは〈丘の屋敷〉に適した種類の人間じゃない。そもそもそんな人間がこの世にいるなんて思えない。エレーナは、〈緑の間〉の戸口に立ったセオドラの表情を見て笑った。

「これはすごいわね」セオドラがエレーナを横目に見て言った。「どこから見ても魔法にかかった部屋そのもの。まさに女性用の寝室だわ」

「夕食は六時きっかりに、食堂のサイドボードに用意しておきます」とダドリー夫人が言った。「給仕はご自分でなさってください。食器の片付けは、わたしが翌朝にやります。朝食は午前九時までに用意しておきます。それが、わたしの請け負っている仕事ですので」

「あなた、怯えてるのね」セオドラはエレーナを見て言った。

「わたしはお客様が望むように部屋を整える仕事はしませんし、ほかに手伝いをする者は誰ひとりおりません。それにわたしは給仕もしません。私が請け負っている仕事に、食事の際の給仕作業は入っておりませんので」

「ええ、でもそれは、自分がひとりきりなんだって思っていた時のことよ」とエレーナ。

「午後六時以降、わたしはお屋敷におりません。日が暮れはじめたら、ここにはおりません」

「今はあたしがいる。だから大丈夫ね」とセオドラ。

「わたしたちの部屋、バスルームでつながってるの」だしぬけにエレーナが言った。「部屋の造りはそっくり同じよ」

セオドラの部屋の窓には、緑のディミティ織りのカーテンがかかり、壁には緑の花輪模様の壁紙が貼られていて、ベッドシーツもキルトも緑色、それに大理石の天板がついたドレッサーと大きな衣裳だんすがやはり同じように置いてあった。「こんなにすごいところ、わたし、生まれてはじめて見たわ」エレーナが声を上ずらせた。

「まるで一流のホテルね」とセオドラ。「あるいは、どこぞのお嬢さんキャンプって感じ」

「わたしは暗くなる前に帰ります」とダドリー夫人が続けた。

「夜中に叫んでも、誰にも聞こえないんですって」エレーナはセオドラに説明した。彼女はいつの間にかドアノブを握りしめていた自分に気がつき、セオドラの探るようなまなざしの前で手を離すと、しっかりした足取りで部屋へ入った。「あとでここの窓をなんとかあけなきゃならないわね」

「ですから、助けをお呼びになっても、近くには誰もおりません」ダドリー夫人はさらに続けた。「夜に何を叫んでも、わたしどもには聞こえません。誰にもです」

「気分、大丈夫？」セオドラの問いかけに、エレーナはうなずいた。

「町からここまでの間に住んでいる者は誰もいません。あの町から少しでもこちらへ近づこうとする者は、誰もいないのです」

「あなた、きっとお腹がへっているのよ」とセオドラが言った。「あたしも、もうぺこぺこだもの」彼女はベッドにスーツケースを置いて靴を脱いだ。「この世で何が一番いやかと言うと、私の場合は空腹ね。お腹がへると、怒鳴って、わめいて、ワーッと泣き出したくなっちゃう」

彼女はスーツケースからやわらかな仕立てのスラックスを取り出した。

「夜になってしまったら」ダドリー夫人は笑みを浮かべた。「暗くなってしまったら誰もおりませんから」そして彼女はドアを閉め、去っていった。

やがてエレーナが口をひらいた。「あの人も、物音ひとつ立てないで歩くのよ」

「愉快なお婆さんだわね」セオドラは振り返って自分の部屋を眺めた。「さっき一流ホテルだなんて言ったけど、それは取り消すわ。わたし、寄宿学校にいたことがあるんだけど、ここはそっちの方に雰囲気が似てる気がする」

「こっちへ来て、わたしの部屋を見て」エレーナはバスルームのドアをあけて〈青の間〉へ案内した。「とりあえず荷ほどきはしたんだけれど、やっぱりカバンに詰め直そうかなんて考えていたら、ちょうどあなたが来てくれたの」

「かわいそうに。それってお腹がへってる証拠よ。あたしね、さっき表でこの建物を初めて見た時、このまま前に突っ立って、屋敷が焼け落ちるのを眺めてみたら、どんなに面白いだろうって、そんなことばかり思ったの。もしかしたら、わたしたちの滞在中にだって……」

「ここにひとりでいるのって、すごく気味が悪かったわ」

「休暇中の寄宿学校がどんな感じか知っていたら、きっとそうでもなかったわよ」そう言って、セオドラは自分の部屋へ戻ってしまったが、ふたつの部屋の物音や誰かが動いている気配を感じるだけでも、エレーナはずっと楽しい気分になれた。彼女は衣裳だんすのハンガーにかけた衣類のゆがみをきちんと直し、持ってきた本は、ベッド脇のテーブルに揃えて置いた。「ねえ」と隣の部屋からセオドラが声をかけてきた。「なんかこれって、初めて学校へ行った日に似ていない？　見るものすべてが面白くもない変なものに見えてしまって、まわりは知らない人間ばかりで、自分は、着ている服をみんなに笑われたらどうしようかって心配したりしてね」

その言葉に、ちょうどドレッサーの抽斗《ひきだし》をあけていたエレーナは手を止めてしまったが、やがてスラックスを取り出すと、それを笑いながらベッドへ投げた。

「そういえば、さっきのダドリー夫人だけど」とセオドラが続けた。「確か、夜に悲鳴を上げたって飛んでこない、とか言ってたわよね」

「請け負っている仕事の内に入っていないからですって。あなた、門のところで年のいった愛想のいい管理人と会った？」

「ええ、楽しくおしゃべりしてきたわ。あいつ、中へは入れないなんて言うから、あたしは入るって言い返したの。で、ついでに車で撥《は》ね飛ばしてやろうと思ったんだけど、うまくよけられちゃった。ところであたしたち、部屋でおとなしくしてなきゃいけないのかしらね？　さっさと楽な服に着替えたいし——でも、夕食にはちゃんと正装しないといけないのかな。あなた、どう思う？」

「わたしはあなたの考えに従うわ」

「じゃ、あたしもあなたの考えに従おうっと。ふたりで行動すれば怖いもんなしよね。それじゃ部屋を出て、外を探険しに行きましょう。うっとうしい屋根なんて、頭の上からさっさとどけちゃいたいわ」

「でもこんな山の中じゃ、日が暮れるのも早いわよ。木立だってこんなに多いし……」そう言ってエレーナがまた窓に寄ってみると、芝生にはまだ日の光が射していた。

「本当に暗くなるまで、あと一時間は大丈夫よ。あたし外に出て、草の上に寝転んでみたいの」

エレーナは赤いセーターを選びながら、この屋敷のこの部屋で見るセーターの色が、サンダルの同じ赤い色と妙にぶつかって、まるで合わないことに気づいた。なぜだろう、昨日家にいた時には、あんなによく映えて見えたのに。でも今は、着たい服を素直に着た方がいい。こんな気持ちになるのは初めてのことなのだから。そう考えて着替えてみると、衣裳だんすの扉についている縦長の鏡に映った姿は、不思議とさまになっていて、着心地も悪くなかった。「ほかには、どんな人たちが来るのかしら？」とエレーナは隣室に声をかけた。「みんな、いつ頃来るか知ってる？」

「まずはモンタギュー博士よね」とセオドラが答えた。「あたし、博士は誰よりも先に来て待っているんだと思ってたわ」

「モンタギュー博士とは長いお付き合いなの？」

「全然。会ったこともないわ」とセオドラ。「あなたは？」

「わたしもよ。支度できた？」

「もちろん」バスルームを通って、セオドラが部屋に入ってきた。振り返ったエレーナは、彼女の美しさに改めて感心し、わたしもきれいだったらよかったのにと思った。セオドラは目の覚めるような明るい黄色のシャツを着ており、エレーナは思わず笑って言った。「あなたったら、そこの窓よりもこの部屋を明るくしてくれるのね」

セオドラはエレーナのそばへやってくると、鏡に映った自分の姿を満足そうに眺めた。「あんまり陰気なお屋敷だから、少しでも明るく見えるようにするのが、あたしたちの務めなんじゃないかって気がしてね。あなたの赤いセーターも最高。きっとあたしたち、屋敷の一番端っこにいたって、反対端からよく見えるわよ」彼女は鏡をのぞいたまま言った。「あなたもモンタギュー博士の手紙を受け取ったんでしょう？」

「ええ」突然の質問に、エレーナはまごつきながら答えた。「最初は、冗談なのか本当なのかわからなくって。でも、義理の兄が、博士のことを調べたの」

「実を言えば、あたしもそう」とセオドラがゆっくり言った。「本当に最後の最後まで――そうね、たぶんここの門前にたどり着くまでは――現実に〈丘の屋敷〉が存在してるかもしれないなんて、まるで思ってなかったわ。こんな場所があると信じて、わざわざ出かけてくる人間、普通いないわよ」

「でも、信じて来ちゃった人間もいるわ」とエレーナ。

セオドラはにぎやかに笑うと、鏡の前でくるっと振り向き、エレーナの手を取った。「素直で騙《だま》されやすい二人組がね。さあ、探険に出発よ」

「でも、このお屋敷からあまり離れちゃ――」

「あなたが心配するほど遠くまで行かないって約束するわ。ダドリー夫人には一応断っておかないといけないかしら？」

「あの人だったら、こっちがどこで何をしていても、たぶん監視してると思うわ。それも彼女の請け負っている仕事の内容に入ってるのよ、きっと」

「請け負っているって、一体、誰から？　ドラキュラ伯爵？」

「その人、ここに住んでると思う？」

「週末はここで過ごしてるかもね。だって、一階の浮き彫りの中にコウモリがいるのを、さっき見たもの。さ、こっち、こっち」

ふたりが黒っぽい壁と薄暗くよどんだ明かりには溶けあわない鮮やかな色と活気に包まれて、うるさい足音を立てながら階段を駆け降りていくと、すぐ下でダドリー夫人が、立ったまま黙ってふたりを見ていた。

「探険に行ってくるわ、ダドリー夫人」セオドラが明るく声をかけた。「ちょっと外へ出てくるから」

「でも、すぐに戻ってくるつもりよ」とエレーナが付け加える。

「夕食は六時に、サイドボードに用意しておきます」ダドリー夫人はそう言っただけだった。

エレーナは正面玄関の大きなドアを引きあけた。それはまさに見た目通りの重さがあって、ここは今のうちに、楽に屋敷に戻る方法を講じておいた方がよさそうだった。「このドア、あけておきましょうよ」彼女は肩越しに振り返ってセオドラに言った。「だって、ものすごく重いんだもの。そのへんの大きな壺をひとつ持ってきて。つっかい棒代わりにするから」

セオドラがホールの片隅にあった大きな石の花瓶を転がしながら運んでくると、ふたりは戸口でそれを起こし、ドアを押さえるように置いた。外の陽射しはだいぶ薄くなっていたものの、屋内の暗さに慣れたふたりの目にはまだまぶしくて、空気も甘く新鮮に感じられた。ふたりの背後ではダドリー夫人がまた花瓶を戻してしまい、扉がバタンと閉まった。

「ご親切な婆さんだこと」セオドラが閉じた玄関に向かって言った。その顔は、怒りで一瞬、険のある表情に変わり、それに気づいたエレーナは、自分はあんな顔で彼女ににらまれたくないと思った。それから、いつもの自分は引込み思案で、見知らぬ相手と一緒にいるのが不安で苦手なはずなのに、まだ出会って三十分ほどしか経っていないセオドラを、怒らせたらきっと怖い相手に違いない彼女のことを、すでにこんなにも親しく頼りに感じてしまっている自分に驚いた。「あの」エレーナはこわごわ声をかけ、振り返ったセオドラが笑顔に戻っているのを見てホッとした。「あのね、日中、ダドリー夫人がここにいる間は、わたしたちもなるべく屋敷を離れて、自分たちなりに時間の過ごし方を考えるべきだと思うの。たとえば、テニスコートをローラーで整備するとか、温室のブドウの世話をするとか」

「門のところでダドリーの手伝いをするって手もあるわ」

「あるいは、イラクサに覆われた藪で、名もないお墓を探してみる」

ふたりはポーチの手すりのそばに立った。そこからは、木立の中へ曲がって消えている私道と、やわらかな曲線を幾重にも描いた丘の連なりが見えて、さらにその丘のはるか下には、ふたりがあとにしてきた街まで続くあのハイウェイらしい、遠い小さな線があった。森のある地点から家屋まで届いている何本かの電線を別にすれば、この〈丘の屋敷〉が外界とつながりを持っている証拠はほかに何もない。エレーナはきびすを返し、ポーチとつながっているベランダに沿って歩いていった。どうやらベランダは屋敷のまわりをぐるりと一周しているらしい。その角を曲がったところで、彼女は声を上げた。「あ、あれを見て」

屋敷の裏手には、もえるような夏草に覆われた緑の丘が、いくつも重なりあいながら大きい威圧的な姿となって、静かに控えていた。

「だからここは〈丘の屋敷〉と呼ばれてるんだわ」とエレーナは間の抜けたことを言った。

「絵に描いたようなヴィクトリア朝風ね」とセオドラ。「あの当時の人たちって、こういう大海が波打つような、とにかくド派手な景色の中で、ひだ飾りだらけのビロード服をまとい、タッセルやら紫のフラシ天やらに囲まれて豪華に暮らすのが好きだったのよ。それより前か後の時代だったら、この屋敷だってこんな半端に低い場所じゃなく、名前にふさわしい丘のてっぺんにでも建てられていたんでしょうに」

「でも丘の頂上じゃ、四方から丸見えじゃない。きっとここを建てた人は、ひっそりと目立つことなく暮らしたかったのよ」

「とにかくここにいる間は、毎日怯えて過ごすことになりそうだわ。あの丘が、今に崩れ落ちてくるんじゃないかと心配でね」

「あら、丘は落ちてくるんじゃないわ。いつのまにか静かに滑り降りてきて、気づいて逃げ出すあなたのことを、そのまますするりと呑み込んじゃうの」

「ご親切に説明をどうも」セオドラが声をひそめた。「ダドリー夫人のやりかけ仕事を、あなたが見事に締めくくってくれたわ。これじゃ今すぐ荷物をまとめて逃げ出した方がよさそうね」

その言葉を鵜呑みにして、自分もそうしようと振り返ったエレーナは、セオドラがからかうような表情をしているのにやっと気づき、この人はわたしなんかよりずっと勇敢なんだ、と思った。驚いたことにセオドラは――それは慣れていくに従い、やがてエレーナの中で〝セオドラ〟自身を意味するようになってしまった〝能力〟なのだが――彼女はエレーナの心を先に読み取って答えた。「そんなにいつも怖がってちゃだめ」すっと手を伸ばし、人差し指でエレーナの頬に触れる。「勇気なんて、いつどこから湧いてくるものか、誰にもわからないんだから」それから彼女は急に階段を駆け降りて、高い木立に囲まれた芝生の上に走り出ると「早く！」と叫んだ。「どこかに小川がないか、探しに行くわよ」

「あんまり遠くへ行っちゃいけないわ」そう言いながら、エレーナもあとを追った。ふたりは子供に戻ったように草の上を走っていた。わずかな時間とはいえ〈丘の屋敷〉の中にいたあとでは、この広々とひらけた空間がふたりにはとても嬉しくて、堅い床とは違う緑のやわらかな感触が足に心地よく伝わった。彼女たちは野生動物のような勘で、水の匂いと音のする方向へ進んでいった。「ほら、あそこに小道があるわ」とセオドラが言った。

水音の方へはなかなか近づけないものの、その道は木立の間を行ったり来たりしながら、屋敷の私道がちらっと見える場所や、屋敷からは死角になるような岩の多い草地を通って、ずっと下り坂に続いていた。少しずつ屋敷を離れ、時々まだ陽が射している木立の合間の空き地に出たりすると、エレーナはホッとした気持ちになれたが、それでも夕日は稜線へどんどんと近づいている。それで彼女は声をかけてみたのだが、セオドラは「こっち、こっち」と言うばかりで、道を駆け降りていった。と、突然、彼女は息を呑み、よろめくように足を止めた。すぐ足元には、忽然《こつぜん》と現れた小川がにぎやかに流れていた。少し遅れて追いついたエレーナは、セオドラの手をつかんで引き戻し、やがてふたりは笑いあうと、急角度に落ちている土手の斜面に腰を下ろした。

「このあたりじゃ、人を驚かすのが流行《はや》っているみたいね」セオドラが息をはずませた。

「落っこちたって自業自得だったわ」とエレーナ。「あんなに走るからよ」

「それにしても、きれいじゃない？」小川の水は軽やかに波を立てながら、早い流れを見せていた。両側の土手にはずっと草が生い茂り、青や黄色の花々が水辺に顔をかざしている。近くにはほっこりと丸い丘がひとつあって、その向こう側にはさらに草地が続いているらしく、さらに遠くへ目をやれば、ずっと高いいくつもの丘が、いまだ太陽の光を受けていた。「とてもきれいよ」セオドラは声に力をこめて言った。

「ここ、前にも来たことがあるような気がする」とエレーナが言った。「たぶん、お伽噺《とぎばなし》の本で見たのね」

「きっとそうよ。あなた、飛び石を渡って行ける？」

「ここはお姫様がやってきて、魔法の金魚と出会う場所なの。本当はその金魚が、呪いにかけられた王子様で――」

「その金魚の王子様、あんまり楽に暮らせてないんじゃない？　だってこの川、すごく浅いもの」

「ここ、川を渡る飛び石もあるけど、魚だってちゃんといるわ、ほら小さいのが――ミノウかしら？」

「みんな、魔法にかかった王子様ね」日の当たる土手で伸びをしたセオドラは、あくびをもらしながら「オタマジャクシじゃない？」と訊いた。

「ミノウよ。いやね、オタマジャクシの季節はもう終わったじゃない。でも、カエルの卵なら見つかると思う。昔はよく両手でミノウをすくい取っては、また逃がしたりしたもんだわ」

「あなたなら、農家のいいおかみさんになってたかも」

「ここってピクニックにはぴったりの場所ね。川のそばでお弁当を広げるの。ゆで卵の入ったお弁当」

セオドラが笑った。「チキン・サラダにチョコレート・ケーキ」

「魔法瓶に入れたレモネード。清めのお塩」

セオドラは気持ちよさそうに、ごろんと横になった。「蟻を殺すと縁起悪いなんて、あんな迷信は間違いね。蟻なんて滅多にいやしない。牛はいるかもしれないけれど、あたし、ピクニックで蟻なんか見た覚えがないわ」

「野原には雄牛って必ずいるものかしらね？　前に、ある人がいつも言ってたの。〝野原になんか行けないよ。だって、気の荒い雄牛がいるだろう？〟って」

セオドラが目をひらいた。「あなたにも面白いおじさんがいるわけ？　何か言うたびに、必ずみんなを笑わせちゃうような人が？　それで、そのおじさんは、いつもこう言ってたんじゃない？　〝でも、お前は牛を怖がらなくていいんだよ――もしも追いかけられた時は、鼻輪をしっかりつかまえて、放り投げればいいんだから〟」

エレーナは小石を投げ、それが川底まで沈んでいくのを眺めた。「あなた、おじさんは大勢いる？」

「数え切れないくらいね。あなたは？」

やや間を置いて、エレーナが答えた。「ええ、いるわ。大きい人も、小さい人も、太った人も、痩せた人も――」

「エドナおばさんっている？」

「ミュリエルおばさんならいるわ」

「痩せてる？　縁なし眼鏡をかけてる？」

「ガーネットのブローチをしてる」とエレーナ。

「その人、親族が集まるパーティには、黒っぽい赤のドレスを着てる？」

「袖口にレースがついた――」

「だとすると、あたしたちって、絶対どこかでつながってるわ」とセオドラが言った。「歯列矯正はしたことがある？」

「いいえ。ソバカスはあるけれど」

「あたし、私立の学校へ行ったんだけど、そこで貴婦人式の軽く膝を曲げるお辞儀を教え込まれたの」

「わたしは冬になると、いつも風邪ばかりひいててね。母さんにウールのストッキングを履かされたものよ」

「うちの母親は兄に言いつけてあたしをダンスに連れていかせたの。そこであたしは例のお辞儀を馬鹿みたいにくり返して。おかげで兄には今でも嫌われっぱなし」

「わたしは卒業式で並んでる時に倒れちゃったことがあるわ」

「あたしはオペレッタの舞台でセリフを忘れたことがある」

「わたし、詩をよく書いてたわ」

「ほらね」セオドラが言った。「あたしたち絶対に従姉妹《いとこ》同士よ」

彼女が笑いながら起き上がった時、エレーナがはっとしたように言った。「静かに！　あそこで何か動いてる」ふたりは凍りついたように肩を寄せあい、川むこうの丘で揺れている草の動きをじっと見つめた。姿の見えない何者かは、明るい緑の丘の横腹をゆっくりと動いていく。じっとりした不安に、日の光も、にぎやかな川音も急に薄らいで感じた。「あれ、何？」エレーナがやっとささやくと、セオドラが力のこもった手で手首をつかんだ。

「行ったわ」やがてセオドラが宣言すると、また陽射しの暖かさが戻ってきた。「ウサギよ」

「わたしには見えなかったけど」とエレーナ。

「あなたが何か言った時に、ちょうど見えたの」セオドラはきっぱりと言った。「ウサギだった。丘を越えて、むこう側へ消えていったわ」

「ちょっと長居しすぎたわね」エレーナは丘の上にかかっている夕日を気がかりな目で見た。慌てて立ち上がった彼女は、湿った草地に座っていて脚が強張ってしまったことに初めて気づいた。

「いい年をした女がふたり、ピクニックに来てウサギに怯えたなんて、考えるだけでも傑作ね」とセオドラが言う。

エレーナは身をかがめ、彼女が立つのに手を貸してやった。「本当に急いで戻った方がいいわ」そう言ったものの、何がこんなに不安なのか自分でもわからず、エレーナは言い訳のように付け加えた。「ほかの人たちも、もうお屋敷に着いたでしょうし」

「近いうちに、またここへ来てピクニックをしなくちゃね」今度は上り坂に変わった小道を注意深く戻りながら、セオドラが言った。「小川のほとりで、昔風のしゃれたピクニックを絶対にやるわ」

「ダドリー夫人にゆで卵を作ってもらってね」しかしエレーナは、道の途中で立ち止まると、振り返らずに言った。「でも、セオドラ、それはやっぱり無理だと思うわ。わたし、自分にそんなことができるなんて思えない」

「エレーナ」セオドラが片腕を肩にまわして言った。「あなたったらそんなことで、ふたりの楽しみをあきらめちゃうの？　やっとお互いが従姉妹同士だってわかったばかりなのに？」

第三章

1

　夕日は今夜の寝床へ急ぐかのように、丘の稜線へするすると落ちていき、ついに沈んで見えなくなった。エレーナとセオドラが横手のベランダを目指して戻ってきた頃には、すでに芝生にも長い影が降り、深まりゆく闇が、幸いにも〈丘の屋敷〉の恐ろしい表情を隠してくれていた。

「誰かあそこで待ってるわ」エレーナは歩く足をいっそう速め、そこでルークを初めて見た。旅は愛するものとの出逢いで終わる――あの一節がまた心に浮かんで、彼女の口からは間の抜けた言葉しか出てこなかった。「わたしたちを探してたんですか?」

　ベランダの手すりから、夕闇の中にいるふたりを見下ろしていた彼は、歓迎のポーズで深々とお辞儀をした。「〝この者たちが死者ならば、わたしも死者でありましょう〟――お嬢さん方、あなた方が〈丘の屋敷〉にお住まいの幽霊なら、ぼくも永遠にここにいますよ」

　この人、ちょっと変なんじゃないかしらと、エレーナが手厳しく思っていると、セオドラが彼に声をかけた。「出迎えもせず留守にしていてごめんなさい。ちょっと探検に出ていたものだから」

「いえいえ、こっちはありがたいことに、のっぺり顔の陰険婆さんから歓迎を受けましてね」と彼が答えた。「〝お達者で〟と言われましたよ。〝明日の朝こちらに戻ってきた時、あなたの生きている姿が見られるといいのですが。夕食はサイドボードにあります〟そう言って、彼女は殺人鬼一号二号とともに、新型のコンバーチブルでさっさと帰っていきました」

「ダドリー夫人ね」とセオドラが言った。「殺人鬼一号は門番のダドリーでしょ。残る二号は、きっとドラキュラ伯爵ね。健全な一家だこと」

「ついでだから、登場人物同士、自己紹介といきましょうか」と彼が言った。「ぼくはルーク・サンダースンです」

エレーナが驚いて声を上げた。「それじゃ、あなたは家族の方なの？〈丘の屋敷〉を所有している一族の？モンタギュー博士のお客ではないわけ？」

「ええ、家族の一員ですよ。この威厳に満ちた大建築物は、いずれぼくのものになります。しかし、その日が来るまでは、ぼくもモンタギュー博士の客のひとりです」

セオドラがおかしそうに笑った。「こっちは、彼女がエレーナであたしがセオドラ。一緒に小川へピクニックに出かけ、ウサギに怯えて逃げ帰ってきた小娘ふたりよ」

「ウサギのとんでもない恐ろしさは、このぼくにもよくわかります」と彼は礼儀正しく話を合わせた。「バスケットを運ぶと約束したら、ぼくもピクニックの仲間に入れてもらえますか？」

「そうね、あなたはウクレレを持ってきて、あたしたちがチキン・サンドイッチを食べている時に演奏でもしてちょうだい。モンタギュー博士は来ているの？」

「中にいますよ。念願の幽霊屋敷にご満悦の様子でね」

そこで三人は黙ったまま、なんとはなしに身を寄せあい、それからセオドラがか細い声で言った。「今の冗談、あんまり愉快に聞こえないわ。あたりがこう暗くなってる時には」

「ようこそ、お嬢さん方」ふいに正面玄関の大扉がひらいた。「どうぞ中へ。わたしがモンタギュー博士です」

2

〈丘の屋敷〉の薄暗く広い玄関ホールで、四人は初めて一堂に会した。彼らを取り込んだ建物は人間たちの居場所を見定めるように静まり返り、裏手では頭上高く続いている丘が何者をも逃さない姿勢で眠りにつき、ピンと張りつめたあたりの空気は、音や動きがあるたびに小さく渦を巻いて囁き——そんな中、この小さな空間に意識の集合体となって立った四人の人物は、信頼に満ちた目で互いに見つめあった。

「こうして全員が約束通り、無事に到着できたことを、わたしは心から嬉しく思っています」とモンタギュー博士が挨拶した。「よくおいでくださった。〈丘の屋敷〉へようこそ——おっと、きみを差し置いて、わたしがこんな言葉を述べるのは、少々筋違いだったかな、ルーク？まあ、とにかく奥へ行きましょう。ルーク、マティーニを作ってくれないか」

3

モンタギュー博士はグラスを上げると、期待の表情でマティーニをすすり、それからため息をもらした。「うまい。これは実にうまいね、きみ。それでは、〈丘の屋敷〉でのわれわれの成功を祈って」

「成功といっても、今回みたいな研究の場合、何をもってそれを判断するんです？」ルークが興味津々に訊いた。

博士が笑った。「そうだな。とにかくわれわれ全員が、この滞在中にエキサイティングな出来事を経験し、それをまとめたわたしの本が、頭の固い同僚たちをあっと言わせるような結果になればいいと願っている。今回の集まりは、見方によっては単なる休暇と思われるかもしれないが、わたしはそう考えていない。諸君にはちゃんと仕事をしてもらうのだから——もちろん仕事といったって、内容によりけりだがね、そうだろう？　そこで、頼みたいのは記録なんだ」博士は、霧に巻かれたあやふやな世界で確かな足がかりを見つけたように、ほっとした顔で言った。「記録。われわれは記録を取るんだよ——これも、見方によっては耐えがたく面倒な作業だが」

「〝酒《スピリッツ》〟と〝霊魂《スピリッツ》〟をかけた駄洒落を言う人さえいなきゃ楽だわ」セオドラはルークに空のグラスを差し出し、おかわりを求めた。

「酒と霊魂？」博士は彼女をじっと見た。「なるほど、それはそうだ。もちろん、われわれの中にそんな者は……」顔をしかめ、ちょっと間を置く。「そんな者は絶対にいないが」そう言って、博士はどこか慌てたようにカクテルを三口飲んだ。

「何もかも、とても不思議だわ」とエレーナが言った。「今朝のわたしは〈丘の屋敷〉って一体どんなところだろうと思っていたのに、今は屋敷が実在していることも、そこに自分たちがいることも、なんだか信じられなくて」

四人は小さな室内にいた。それは博士が選んだ部屋で、彼は最初まごついたものの、進むにつれて方向を思い出し、せまい通路の奥へ奥へとみんなを案内していった。しかしここは、まったく居心地の悪い部屋だった。天井は薄気味悪く高いし、タイル張りの小さな暖炉は、ルークがすぐに火を入れたのに、なんだか寒々しく見える。四人が座っている椅子はどれも丸くて滑りやすく、カラービーズの飾り笠をかぶったランプが投げかける光は、部屋の隅まで届くことなく、いやな陰を残していた。が、この部屋で圧倒的な効果を上げているのは、そこかしこに使われている赤紫の色だった。足元には複雑な柄を織り込んだ絨毯が暗く浮かんでいるし、壁も同色の壁紙が貼られて、そのところどころに金色が光っている。そんな中で炉棚に飾られた大理石のキューピッド像が、うつろな笑顔で四人を眺めていた。会話が途切れたとたん、屋敷の威圧的な雰囲気が周囲からどっと押し寄せてきた。エレーナは、自分は本当にここにいるのだろうか、どこかおそろしく遠い安全な場所で〈丘の屋敷〉の夢を見ているだけではないのかと思いながら、ゆっくり丹念に室内を見まわして、やはりこれは現実だ、暖炉を覆う飾りタイルから炉棚のキューピッド像まで、すべてが本当に存在していて、ここにいるのは、これから友人になる人たちなのだと自分自身に言い聞かせた。博士は血色のいい丸顔をした髭のある男性で、こんな部屋にいるよりも、もっと明るくきれいな居間で、膝に猫などを抱き、小柄なかわいい奥さんにゼリーを塗ったスコーンを持ってくるように言いながら、暖炉の前に座っているのが似合いそうな人物だ。しかしその彼こそが、学識と頑固さを併せ持った小男で、エレーナをこの屋敷へと導いたモンタギュー博士その人であることに間違いはなかった。暖炉をはさんで博士の反対側にいるのは、この部屋に入るなり一番座り心地のいい椅子を見分けて陣取ったセオドラで、今は椅子の片腕に両脚をかけ、背もたれに頭を押しつけるようにして身を丸めていた。まるで猫みたい、とエレーナは思った。しかもこの猫は夕食にありつける時を今か今かと待ちわびている。ルークは少しもじっとしていない青年で、薄暗い室内をうろうろと歩きまわりながら、グラスに酒を注いだり、暖炉の火を掻き立てたり、キューピッド像に触ったりしていた。暖炉に照らされた表情は陽気そうに見えるものの、とにかく落ち着きがなかった。みんな黙りこくったまま、長旅の疲れに、けだるい姿勢でじっと炎に見入っている。そして自分は、この部屋にいる四番目の人物なのだとエレーナは思った。わたしもみんなの中のひとり。彼らの仲間だ。

「せっかくこうして集まってるんだから」会話の中断などなかったかのように、いきなりルークが切り出した。「ここは、詳しい自己紹介をしてみたらどうかな？　お互い、まだ名前しか知らないわけだし。ぼくにわかるのは、この赤いセーターを着ている彼女がエレーナで、だからその結果、黄色い服の彼女がセオドラに違いないってこと——」

「モンタギュー博士には髭がある。だから髭なしのあなたは、きっとルークよ」とセオドラが言った。

「そしてあなたがセオドラである理由は」とエレーナも続けた。「わたしがエレーナだからだわ」そう、わたしはエレーナよ、と彼女は勝ち誇った気分で思った。居場所を得て、誰とでも楽に話ができて、今は友達と一緒に暖炉のそばに座ってるエレーナ。

「それであなたは赤いセーターを着てるのね」セオドラが大真面目に説明した。

「ぼくには髭がない」とルーク。「だから彼はモンタギュー博士に違いない」

「わたしには髭がある」モンタギュー博士も面白がって続け、それから幸せそうな表情を三人に向けた。「わたしの妻は髭のある男が好きなんだ。その一方で、髭なんか嫌いだという女性も世間には大勢いるがね。とにかく髭をきれいに剃ってる男は——いや、ルーク、きみには申し訳ないんだが——どうにも間が抜けて見えると、妻がそう言うんだよ」博士は彼にグラスを差し出した。

「おかげで四人のうちの誰が自分か、ぼくにもやっとわかった」とルーク。「それじゃ、今度はもう少し詳しく自分を分析してみよう。プライベートでのぼくは——いや、今のこの場がぼくにとっては公《おおやけ》の世界だと思うから、それ以外は実質的にすべてがプライベート・ライフなわけで——だから、ええと、闘牛士。うん。ぼくは闘牛士なんだ」

「わたしは〝B〟の字に縁がある人と熱烈恋愛中よ」雰囲気に乗せられて、エレーナはつい調子よく言ってしまった。「だって彼には髭《ビアード》があるんだもの」

「そりゃ無理もない」とルークがうなずいた。「ぼくが髭をつけると、モンタギュー博士になるわけだけど、ぼくはバンコクに住んでてね、趣味は女性を悩ませること《ボザリング》さ」

「それはひどい濡れ衣だな」とモンタギュー博士が面白半分に反論した。「わたしはベルモントに住んでいるんだよ」

セオドラは笑い声をあげ、最前エレーナに向けたのと同じ、何もかも見通した目でルークを見た。エレーナはその様子を眺めながら、セオドラみたいに勘のいい人とつねに仲良くやっていくのは、なかなか大変かもしれないと思わずにはいられなかった。「わたしの仕事は芸術家相手のモデルなの」これ以上いやなことを考えないように、エレーナは思いつくままを口にした。「ショール一枚まとった姿で、屋根裏部屋のアトリエをいくつも渡り歩くような、奔放で自堕落な毎日を暮らしてるわ」

「するときみは冷酷な浮気女なのかい？」とルーク。「それとも実はかよわい生き物で、いつの日か貴族の息子に恋をし、嘆き暮らすようになるのかな？」

「日に日に容色が衰えて、やたらと咳も出るようになってね」と、セオドラが付け加える。

「自分ではきれいな心をしているつもりなんだけど」エレーナは反射的に答えた。「とにかく、わたしの恋愛沙汰はいつもカフェで噂の的よ」やれやれ、とんでもない大ボラだわ、と彼女は自分でもあきれた。

「なんて皮肉な話かしら」今度はセオドラが言った。「あたしは貴族の娘なの。いつもはレースつきのシルクや金色のドレスで着飾っているんだけど、今回はメイドの服を借りて、みなさんの前に現れたってわけ。でも、こういう庶民の暮らしって、楽しくって癖になるわね。この分だとあたし、元の生活にはきっと戻れないと思うわ。服を買い直さなきゃならないメイドには気の毒だけど。ところでモンタギュー博士、あなたは？」

　博士は暖炉の火影でにこやかに笑った。「巡礼者。さすらい人だな」

「こりゃまた実に気の合ったグループができたもんだね」ルークが感心した。「まさに集まるべくして集まった運命の親友だ。高級娼婦に、巡礼者に、貴族の姫君に、闘牛士。こんな客人を見るのは〈丘の屋敷〉も初めてだろうな」

「あたしは〈丘の屋敷〉に敬意を表したいわ」とセオドラ。「だってこんな屋敷を見たのは生まれて初めてだもの」彼女はグラスを持ったまま立ち上がると、お椀形の花器に飾ってあるガラスの花を見に寄った。「ねえ、この部屋って、一体なんに使われていたのかしら？」

「いわゆる談話室《パーラー》だろう」とモンタギュー博士。「あるいは婦人用の私室かな。この屋敷では、ここが一番居心地のいい部屋だと思ったのでね。それに、この部屋を今回の作戦基地、みんなが集まる休憩室にしたいと思っているんだ。あまりパッとしない感じではあるが――」

「あら、いいお部屋に決まってるじゃありませんか」とセオドラがきっぱり言った。「栗色っぽい内装やオーク材の壁板ほど、気分が引き立つものはありませんわ。それに、そこの隅にあるのは何？　昔の駕籠椅子《セダン・チェア》？」

「明日になれば、ほかの部屋も見られるからね」と博士。

するとルークが提案した。「ここをぼくらの社交室にするなら、落ち着いて座れる椅子を調達してきませんか。こんな止まり木みたいな家具じゃ、そうそうしがみついてもいられない」彼はエレーナにそっと打ち明けた。「さっきから滑りっぱなしでね」

「明日にしよう」と博士が言った。「どのみち明日は屋敷内を調べてまわる予定でいるし、その時、自分たちの好きなように部屋を整えればいい。さて、話がこれで一段落したなら、ダドリー夫人が用意してくれた夕食を、そろそろいただきに行くとするかな」

その言葉で、セオドラは真っ先にドアへ向かい、すぐ困ったように立ち止まった。「誰かに案内をお願いするわ。あたし、食堂がどこだか知らないし」そして彼女は指差して言った。「このドアのむこうに長い廊下があって、それを行くと玄関ホールに出るのよね」

博士が面白そうに笑った。「間違えたね、お嬢さん。そのドアは温室に続いてるんだ」彼は案内するために立ちあがりながら、悦に入って説明した。「わたしは事前に屋敷の見取り図をよく調べておいたんだが、それからすると、選ぶべきはこちらのドアで、あけると長い廊下があり、その先にある玄関ホールを横切って、ビリヤード室を通り抜けたら、そこに食堂があるはずだ。慣れてしまえば難しい話じゃない」

「こんなに入り組んだ建物を、どうして造ったりしたのかしら?」セオドラが疑問を投げた。「なんで小さい奇妙な部屋が、この屋敷にはいっぱいあるの?」

「当時の住人たちが、お互いに顔を合わせたくなかったんじゃないかな」とルーク。

「なぜ、どこもかしこもこんなに暗くしたかったのか、あたしには理解できないわ」とセオドラが言った。彼女とエレーナはモンタギュー博士のあとについて廊下を進み、殿《しんがり》についたルークは、小さなテーブルの抽斗《ひきだし》をのぞき見たり、薄暗いホールの鏡板を飾るリボンの房やキューピッド像がかぶっている布を見て、何やらぶつぶつ言いながら、ゆっくりとついてきた。

「屋敷内のいくつかの部屋は、完全な内部屋になっていてね」博士が先頭で説明した。「窓もなければ、戸外へ出る直接の通路もない。しかし、そういう囲われた部屋というのも、ここと同じ頃に建てられた家屋では、さして珍しいものじゃないんだ。窓のある部屋にしたって、内側には布やカーテンをしっかり掛けて覆っていたし、外にはわざわざ低木の植え込みをしていたくらいだからね。おっと、ここだ」博士は通路のドアをあけ、一同を玄関ホールへ導いた。

「さてと」彼は反対側の中央にある大きな両開きのドアと、その横についている小さなふたつのドアを考えるように眺めた。「さてと」と一番近い方を選ぶ。「この屋敷には本当に奇妙な小部屋が多いからな」そう言いながら、博士はドアをあけたまま押さえ、全員を薄暗い部屋へ入れた。「ルーク、ここへ来てドアを押さえていてくれないか。わたしは食堂を確認するから」そして博士は慎重に奥へ進み、別のドアをあけた。とたんに三人は博士について、その部屋へ入っていった。なぜならそこは、これまで見た中で間違いなく一番嬉しい場所――明るい光と料理の匂いに満ちた食堂だったからだ。「いや、よかった、よかった」博士は嬉しそうに手を揉みあわせた。「〈丘の屋敷〉に広がっている未知の荒野を乗り越えて、無事に諸君を文明世界へ連れてくることができたよ」

「屋敷内のドアは、どれもみんなあけておくべきね」とセオドラは落ち着かない様子で、肩越しにちらりと振り返った。「今みたいに暗い中を歩きまわるなんて、ごめんだもの」

「それには何かドアを支えるための道具が必要だわ」とエレーナ。「ここのドアって、どれも手を離したとたんに閉まっちゃうんだから」

「明日やろう」モンタギュー博士が言った。「あとでメモしておくよ。ドアをとめる道具、とね」そして、嬉しそうにサイドボードへ近づいた。そこにはダドリー夫人が用意しておいた温まったオーブンと、おどろくほどたくさんの蓋付き皿が並んでいた。蠟燭がこうこうと燃えているテーブルには、きれいなダマスク織りの食卓リネンと重厚な銀食器が四人分セットされている。

「手抜きのない仕事だな」ルークは叔母が見たら本気で疑うに違いない手つきでフォークを取り上げた。「こりゃ、銀食器の会社がひらけそうだ」

「ダドリー夫人はこの屋敷に誇りを持っているのね」とエレーナ。

「とにかく、われわれに貧しい食事をさせる気だけはないらしい」博士はオーブンをのぞいた。「実に見事な手際だと思うよ。おかげでダドリー夫人は暗くなる前にこの屋敷を遠く離れ、われわれは彼女の監視を受けずに食事が楽しめるというわけだ」

ルークが自分の皿に料理を気前よく盛りながら言った。「なんか、ダドリー夫人に悪かった気がするよ――こんないいところを知ったら、いつまでも陰険婆さんだなんて思えるもんじゃないし――やっぱり、ぼくに偏見があったってことかな。でも帰り際には、明日の朝まで生きてられるといいですね、なんて言ってたし、それでいて夕食がこうしてオーブンに入ってる。

となると、これは暴飲暴食を誘って殺そうって魂胆かな」

「彼女はなんのためにここにいるのかしら?」エレーナはモンタギュー博士に尋ねた。「なぜ彼女とご主人は、この屋敷を離れようともせず、ふたりきりで管理し続けているんでしょうね?」

「わたしが聞いた話では、誰も覚えていないほど前から、この〈丘の屋敷〉の世話はダドリー夫妻がしてきたそうだよ。サンダースン家も彼らには安心しきって任せているようだしね。しかし明日――」

セオドラがクスッと笑った。「もしかしたらダドリー夫人は、〈丘の屋敷〉と本当のつながりを持つ一族の、最後の生き残りなのかもね。それで、サンダースン家の――ルーク、あなたみたいな――相続人が、あらゆる恐ろしい形でみんな死に絶えるのを待っていて、いずれ屋敷を取り戻したら、地下室に埋めてある財宝を手に入れようとしているんじゃないかしら。あるいは亭主とふたりして、どこかの隠し部屋に金でもため込んでいるのか、屋敷の下に油田があるのか」

「この屋敷に隠し部屋はないんだ」博士が話のけりをつけるように言った。「もちろん、その可能性については前から指摘されているがね、その手のロマンチックな仕掛けがここに存在しないことは、まず断言していいと思う。ま、それも明日の――」

「それに油田なんて時代遅れさ。今じゃ、ひと山当てようなんて気さえ起こらない代物だよ」とルークがセオドラに言った。「まあ、ウラニウムでも埋まっていれば、ダドリー夫人が冷酷にぼくを殺す可能性はあるだろうけど」

「もしかしたら、ただ人殺しが好きなだけかもしれないわ」とセオドラが言い返す。

「そうね」とエレーナ。「でも、わたしたちはなぜここにいるの？」

セオドラとルークは興味をそそられた表情で、博士は厳粛な表情で、それぞれしばらくエレーナを見つめた。やがてセオドラが口を切った。「実はあたしもそれを訊きたいと思ってたの。なぜ、あたしたちはここにいるの？　〈丘の屋敷〉はどこがおかしいの？　ここで何が起こるっていうの？」

「明日──」

「いいえ」セオドラは嚙みつくようにさえぎった。「あたしたちは三人とも、知性を備えた立派な大人よ。あたしたちはね、モンタギュー博士、この〈屋敷〉にいるあなたに会いに、遠いところをはるばるやってきたんです。エレーナはそのわけを知りたがっているし、あたしだって知りたいわ」

「ぼくもだ」とルーク。

「なぜ、あたしたちをここへ呼んだんですか、博士？　なぜ、あなた自身、ここにいるんです？　あなたが〈丘の屋敷〉の噂をどこで知ったのか、なぜ屋敷にはそんな噂があるのか、それは本当のことなのか、あたしたちは知りたいんです。一体ここでは何が起こるんですか？」

博士は困ったように顔をしかめた。「わからない」彼はまずそう答え、セオドラがじれたしぐさをしたところで、さらに続けた。「この屋敷に関してわたしが知っていることといっても、それは諸君の知識とそう変わらないし、知っていることは、すべて話すように努めてきたつもりだ。ここで何が起こるのか。それについては、きみたちと一緒に、わたしも体験していくことになるだろう。だが、この話は明日になってからでもいいんじゃないだろうか。明るい昼間にでも――」

「あたしは今、うかがいたいわ」とセオドラが言った。

「これだけは約束する」と博士は続けた。「今夜、この〈丘の屋敷〉はきっと静かにしているはずだ。心霊現象というものには、かなり独特の法則性があるらしく、それなりに発生パターンが決まっているのでね」

「ぼくは今夜徹夜してでも、みんなでこの話をすべきだと思いますよ」とルークが主張した。

「わたしたちだって怖くありません」とエレーナも言葉を添える。

博士はまたため息をついた。「たとえば」と彼はゆっくり切り出した。「〈丘の屋敷〉の話を聞いて、帰りたくなった者が出たとしよう。だが、今夜どうやってここを発つんだね?」彼は三人の顔を素早く見まわした。「門は鍵がかかっている。〈丘の屋敷〉には、客人をしつこくもてなすという噂があってね。どうも客を黙って逃がすのが嫌いな気質《たち》らしい。夜間にこの屋敷を去ろうとした最後の人間――確か、十八年前のことだったと思うが――その男は、ちょうど私道のカーブのところで死んだ。乗っていた馬が棒立ちになって、彼をそばの大木に叩きつけたんだ。わたしが〈丘の屋敷〉のことを話して、きみたちの誰かが帰りたくなった場合のことを考えてごらん。これがせめて明日になれば、村まで安全に帰っていける道だってひらけるんだよ」

「でも、あたしたちは逃げたりしないわ」とセオドラが言い募《つの》った。「あたしも、エレーナも、ルークもです」

「帰れと言っても居座りますよ」とルークもうなずく。

「やれやれ、まったく手に負えない助手チームだな。仕方ない、食後だ。コーヒーと、ルークがスーツケースに入れてきた上物のブランデーとを、さっきの談話室に運んでね。そこで〈丘の屋敷〉にまつわる話を、知っている限り説明しよう。だから今は話題を変えてくれないかな。音楽でも絵画でも、なんなら政治の話でもいいから」

4

「〈丘の屋敷〉については、どんな予備知識を与えておくのが最良であるか、わたしはずっと判断がつかなかった」モンタギュー博士はブランデーグラスをまわしながら言った。「それで手紙には何も書くことができなかったわけなんだが、わたしは今この時点でも、屋敷の歴史を語ることに気が進まないでいるんだよ。まだ自分の目では何も見ていない諸君が、心理的悪影響を受けるのではないかと思ってね」四人は先ほどの談話室に戻っていた。部屋は眠気を誘うように、ほどよく暖まっている。セオドラは椅子など見向きもせず、暖炉前の敷物にあぐらをかいて、だるそうに座り込んでいた。エレーナも同じ敷物に並んで座りたかったのだが、最初にタイミングをはずしてしまい、今更ごそごそ床に移るのを見られるのも恥ずかしいので、仕方なく滑りやすい椅子に腰を下ろしていた。ダドリー夫人のおいしい夕食と一時間ほどかわした静かな会話のおかげで、どこか夢見ているような感覚や、わずかに残っていた気兼ねはすっかり消え去っていた。それぞれの声や癖に慣れ、顔や笑い声を通して、四人が互いを少しずつ知りはじめたからだ。〈丘の屋敷〉に着いてから、まだ四、五時間しか経っていない事実に軽い驚きを覚えつつ、エレーナは暖炉で燃える小さな炎に微笑んだ。指の間には手にしたグラスの細い脚の感触があり、背中には椅子の背もたれのなめらかで硬い感触がある。今の彼女には、室内にさがっているタッセルやランプのビーズ飾りが動かないほどの、微かな空気の流れさえも感じ取れた。四隅に闇が降りた室内で、大理石のキューピッド像は、ふくよかな笑みを含んだ顔で四人をじっと見下ろしていた。

「幽霊話にはぴったりの時間ね」とセオドラが言った。

「軽口は慎んでもらえるかな」博士は真面目な顔でたしなめた。「われわれは互いに怖がらせあって遊んでる子供じゃないのだからね」

「ごめんなさい」セオドラは笑顔で博士を見上げた。「わたし、この手の雰囲気に早く慣れたかっただけなの」

「とにかくみんな、自分の言葉にはくれぐれも気をつけてほしい」と博士が言った。「先入観に満ちた表現である、幽霊とか怪奇現象とか――」

「スープに映る透き通った手、とかね」ルークがおまけの一言を加える。

「きみ、きみ、軽口は慎むようにと言ったばかりだろう。わたしがここでの調査目的を説明しようとしているのは、それが科学的かつ実質的体験にもとづいたものであって、中途半端な怪談話に影響され、事実を歪められたりしては困るからなんだよ。そういう話をするのは――そう――焚き火でマシュマロが焼けるのを待っている時にしてほしいものだね」博士は今の文句に自分で感心したらしく、みんなも面白がっているに違いないという顔で三人を見まわした。「実際わたしは、ここ数年行ってきた調査経験から、今回はじめて分析の機会を得られたこの屋敷での心霊現象についても、きっと何らかの仮説が立てられるものと信じている。それには当然、被験者が〈丘の屋敷〉に関して何も知らないというのが理想的条件になるわけだ。きみたちは、物事をありのままに受け止められる、まっさらな状態であるべきなんだよ」

「そして記録を取るのよね」とセオドラがつぶやく。

「記録。そう、その通りだ。記録を取る。しかし背景知識をまるで与えずにきみたちを使うのが実際的ではないことは、わたしとて承知している。諸君はいわば素人で、なんの心構えもないまま本番に臨むことには慣れていないのだからね」博士は茶目っ気たっぷりに三人を見た。「まるできみらは、寝る前に本を読んでくれと騒ぎ立てる、わがままな甘えた子供だよ」セオドラが低く笑い声をもらし、博士は満足そうに彼女を見た。そして腰を上げると暖炉の横へ行き、誰が見ても間違いのない教壇に立っているポーズになった。もっとも途中で一、二度、要点を記すためのチョークを探すように手をあげ、振り返りかけたのを見ると、うしろに黒板が置いてないのが物足りなかったのかもしれない。「それでは、〈丘の屋敷〉の歴史についてはじめよう」ノートとペンを用意しとけばよかったかしら、とエレーナは思った。そうすれば博士も、もっと教室にいる気分になれただろう。見れば、セオドラとルークのふたりも、条件反射的に授業を受ける学生の神妙な顔になっている。みんな優等生だわ。そうよ、まじめに勉強して、いよいよ冒険の第二ステージへ進むんだもの。

「この話を聞いた諸君は、きっと、レビ記に〈病みし者の家〉と記されている〝ツァラース〟、あるいは、ホメロスの描いた地下世界で、〝アイダオ・ドモス〟と呼ばれた冥界の王ハーデスの屋敷を思い浮かべることだろう。しかしわたしは、なにも不浄とされた建物や——たぶん聖なる意味での——禁忌の家など、人類が誕生してからこのかた、ともに存在してきたような建物を諸君に連想させたいわけではない。もちろん世の中には、善なる霊性が宿ったとされ、確かにその雰囲気をもつ場所というものがある。だから、ある種の家を〝悪が宿っている〟と呼ぶことも、奇抜すぎる空想とは言えないだろう。そこで〈丘の屋敷〉だが、理由はともあれ、この建物は人の住めない場所として二十年以上も存在してきた。それ以前はどうだったかというと、この屋敷の性格が、ここに住んでいた人々の性格によって形成されたものなのか、その人々が行ってきたことと関係があるのか、あるいは屋敷自体が建てられた当初から邪悪な存在だったのか、そのへんについては、わたしにも答えはわからない。もちろん、ここを立ち去る日までに、自分たちの手でより多くの情報を得ることができればいいとは願っている。なにしろ、世に〝幽霊屋敷〟と称される家は、何が原因でそう呼ばれるのか、誰も知らないのだからね」

「それじゃ、この〈丘の屋敷〉のことは、ほかにどう表現すればいいんです？」とルークが尋ねた。

「そうだな──騒乱の家、とか。苦しみの家。病の家。なんらかの異状があることを示す、誰もが知っている婉曲表現なら、どれでもいいだろう。ただ〝狂乱の家〟とまで言ってしまうと、表現が強すぎるがね。ところで世間には、怪奇や神秘の色合いを薄めるような学説がいろいろとある。わたしが〝心霊現象〟と呼んでいるものについて、ある者は地下水に影響されて起きた現象だと言うし、ある者は電流による現象だと言うし、ある者は大気汚染による幻覚だと言う。懐疑論者の手にかかれば、大気圧も、太陽の黒点も、弱い地震も、すべてがその理由づけに利用されるんだ」博士は残念そうに言った。「人間は、どんなものでも自分たちの世界に引きずり込み、〝名前〟をつけようとやっきになる。それがどんなに意味のない〝名前〟でも、つけてしまえば科学的裏付けがあるものとして、安心して見られるからだ」彼はため息とともに肩の力を抜き、自嘲気味の笑みを浮かべて三人を見た。「〝幽霊屋敷〟か。これを言うと誰もが笑う。気がつけばわたしだって、この夏はキャンプに出かけるのだと、大学の同僚たちに話していたくらいだ」

「あたしは科学的調査に参加するんだって、周囲に話してきたわ」セオドラが励ますように言った。「もちろん、どこで何をするかは言わなかったけれど」

「きみの友達は、その科学的調査とやらに、わたしの同僚ほどにも興味を惹かれなかっただろうがね。それが当然だ」博士はまたため息をついた。「キャンプだよ。このわたしが、この歳で。しかし同僚は、みんなこの言い訳を信じたんだ。やれやれ」彼はふたたびきちんと背筋をのばし、何かを求めるように脇に手をやった。たぶん、いつも持っている物差しでも探したのだろう。「わたしが〈丘の屋敷〉のことを初めて知ったのは一年前で、話をしてくれたのは以前の借り主だった。彼は〈屋敷〉を出た理由について、家族が辺鄙《へんぴ》な田舎暮らしを嫌ったからだとしきりに主張していたが、それでも最後には本音をもらし、あんな屋敷は燃やしてしまって焼け跡に塩をまくべきだと言ったよ。わたしはこの屋敷を借りたことのあるほかの人間についても調べてみたが、その中の誰ひとりとして賃貸期間をまっとうした者はなく、みんな数日で引き払っていた。理由については、この土地の湿気がひどいから——といっても、この屋敷はとても乾燥しているから、まるっきり嘘には違いないんだが——とにかくそんな言い訳や、仕事の都合でどうしても別の土地へ移らなければならなくなったという言い訳までいろいろあってね。こうして〈丘の屋敷〉を大慌てで去った借家人は、いずれも必死にもっともらしい立ち退きの理由を作り上げ、そうしてひとり残らず出ていってしまったわけだ。もちろん、わたしはこの借家人たちから、もっと多くの情報を引き出そうと努めたのだが、うまく説得して話を聞けた相手はひとりもいなかった。誰もかれもが屋敷について語ることに怖じ気づき、ここで過ごした数日間は思い出すのもいやだという顔をしてね。ただひとつだけ、彼らが口を揃えて言っていたことがある。ここで暮らした経験者たちは、ひとりの例外もなく、〈丘の屋敷〉からはできるだけ離れていた方がいいと、わたしに忠告してくれたんだ。その時に〈丘の屋敷〉は〝幽霊屋敷〟だと認めた者は誰もいなかったが、わたしが初めてヒルズデールを訪れ、地元の新聞を調べてみると――」

「新聞？」セオドラが口をはさんだ。「何か事件《スキャンダル》でもあったんですか？」

「もちろんだとも」と博士。「自殺、発狂、訴訟沙汰といった、どこから見ても申し分ない事件がね。それを知った、さらにそのあとで、わたしは地元の人間たちが、この屋敷の正体を確信していることを知った。もちろん、耳にした噂は多岐にわたっていて――いや、幽霊屋敷に関する正確な情報を得るというのは、信じがたいほど難しい作業なんだよ。一握りの確かな情報をつかむために、わたしがどれだけ話を聞いたか、それを知ったらきみたちも驚くに違いないが――その結果、わたしはサンダースン夫人、つまりルークの叔母上のところへ出向いて、〈丘の屋敷〉を借りる手配をしたのだ。夫人は実に率直な態度で、わたしの計画には気が進まないと言い――」

「家を一軒焼き尽くすのは、考えるほど楽じゃありませんからね」とルーク。

「――それでも、サンダースン家の一員をグループに参加させるという条件で、調査に要する短期間だけ貸すことを承知してくださったんだ」

「昔の素敵なスキャンダルを掘り返そうとしているあなたを、ぼくが押しとどめるんじゃないかと期待しているんですよ」ルークはしかつめらしい顔をした。

「まあ、以上のような経緯があって、わたしはこの屋敷を訪れる気になり、ルークもここへ来ることになったわけだ。お嬢さん方に関して言えば、わたしがふたりに手紙を書いて、その招待を受けたからこの場にいるということは、すでにみんなが知っているね。わたしはこの調査において、きみたちそれぞれの能力が大いに役立ってくれるんじゃないかと期待しているんだ。セオドラはすでに証明された通り、テレパシー能力の持ち主であるし、エレーナはポルターガイスト現象に巻き込まれた経験が――」

「わたしが？」

「決まっているじゃないか」博士は不思議そうな顔でエレーナを見た。「もう何年も前、きみがまだ子供だった頃のことだよ。石が――」

エレーナは眉をひそめ、それから首を横に振った。グラスの脚を持つ指先が震えはじめ、ようやく彼女はこう言った。「あれは、近所の人の仕業よ。近所の人がやったんだって、母がそう言ってたわ。人って、いつでも嫉妬深いものだもの」

「きみの言う通りかもしれないな」博士は静かに言って、エレーナに微笑みかけた。「もちろんこれは長い間、誰からも忘れ去られていた事件だ。だが、この事件があったからこそ、わたしはきみを〈丘の屋敷〉に招待したいと思った。それで、あえて口にしたんだよ」

「子供だった頃」とセオドラが物憂い口調で言った。「――博士の適切なる言葉を借りれば〝もう何年も前〟だけど――あたし、投げた煉瓦で温室の屋根を壊しちゃって、折檻《せっかん》されたことがあるの。今でもよく覚えてるけど、あの時のあたし、折檻された痛みが身に染みたくせに、屋根が割れた瞬間の素敵な音もずっと頭に残っていてね、その両方をさんざん思い比べたあげく、また外に出て同じことをしちゃったのよ」

「わたし、よく覚えていません」エレーナはおぼつかない様子で博士に言った。

「でも、どうして？」セオドラが訊いた。「つまり、あたしは〈丘の屋敷〉が幽霊屋敷かもしれないという考えを受け入れられるし、モンタギュー博士自身が、ここで起こる出来事の追跡をあたしたちに手伝わせたいと思ってる——それにきっと、こんなところにひとりで滞在するのはごめんだったんだろうって——その気持ちも理解できるんだけど、でも、どうしてもわからないことがあるのよ。ここは恐ろしく古い屋敷だし、もし自分が借りたら、玄関ホールを一目見るなり〝お金を返して！〟って叫んじゃうと思う。でも、なぜこの屋敷なの？　一体何が、そんなに人々を震え上がらせているの？」

「わたしは〝名前〟のないものに勝手な〝名前〟をつける気はないのでね」と博士。「だから、わからないんだ」

「あの時は何が起こっているのかさえ、誰も話してくれなかったんですよ」エレーナは博士に言い募った。「母は近所のせいだって言ったんです。母がみんなに馴染もうとしないから、むこうも意地悪ばかりしてくるんだって。母が——」

そんなエレーナを、ルークがゆっくり慎重な態度でさえぎった。「ぼくが思うに、みんなは事実を求めているんじゃないのかな。ちゃんと自分たちが理解できて、それぞれにつなぎ合わせられる事実を」

「では最初にひとつだけ、諸君に質問してみたい」と博士が言った。「ここを立ち去りたいかね？　みんなで今すぐ荷物をまとめ、〈丘の屋敷〉をさっさとあとにし、今後一切関わらないようにすべきだと思うかね？」

博士に視線を向けられて、エレーナは両手をぎゅっと握り合わせた。これが、ここを出られる最後のチャンス――そう考えながら、彼女は「いいえ」と答え、決まり悪い顔でセオドラを見ながら言い訳した。「お昼のわたしは、まるで子供だったわ。むやみに怯えたりして」

「あなただけじゃないわよ」とセオドラが友情を込めて言った。「あたしだって、おなじぐらいに震え上がったじゃない。あたしたちったら、ふたりそろって、ウサギに死ぬほど驚いたんです」

「ウサギってのは怖い生き物だからね」とルーク。

博士が笑った。「なんにしても今日の昼間は、みんながみんな神経をとがらせていたようだな。最後のカーブを曲がって〈丘の屋敷〉をはっきりと見た瞬間は、誰だって理屈抜きのショックを受けるからね」

「ぼくは博士の車が木立に突っ込むんじゃないかと心配しましたよ」とルークが茶化す。

「でも今のあたしは勇気満タン。暖炉が燃える暖かい部屋で、仲間に囲まれているから」とセオドラが言った。

「それに帰りたいと思っても、本当に帰れるなんて思えないし」自分が何を言おうとしているのか、この言葉がみんなにどう聞こえるのか、それをはっきり自覚しないままエレーナは口をひらいていた。案の定、三人の注目を浴びてしまった彼女は、ぎこちない笑い声を上げ、とってつけたように続けた。「そんな勝手をしたら、ダドリー夫人に一生恨まれるわ」みんなは今のごまかしを本気にしてくれただろうかと、エレーナはふと考え、それから、たぶんわたししたちは、もう屋敷に捕まっている、屋敷が逃がしてくれるはずはないと思った。

「諸君も、もう少しブランデーを飲むといい」と博士が言った。「これから〈丘の屋敷〉の歴史を語って聞かせることにするから」彼は暖炉の前の〝教壇〟に戻ると、古代の歴王戦記でも講義するかのように、慎重に落ち着いた声で、ゆっくりと語りはじめた。「〈丘の屋敷〉が建てられたのは、今から八十年前のことだ。ヒュー・クレインという人物が、家族のために造らせた。彼はこの田舎屋敷で、自分の子供や孫たちが優雅に楽しく暮らすであろう姿を楽しみにしていたし、自分自身、ここで静かな一生を終えたいと願っていた。だが不幸なことに、〈丘の屋敷〉はその歴史の初めから悲しみの家になってしまった。ヒュー・クレインの若い妻が、この屋敷を目にする直前に亡くなってしまったのだ。彼女の乗っていた馬車が私道で横転してしまってね。それでこの貴婦人は――そう、こんな場合によく使われる言葉で言えば、〝亡骸《なきがら》〟となって――夫が建ててくれた我が家へと運び込まれることになった。まだ幼い娘ふたりとあとに残されたヒュー・クレインは、痛ましいほどの悲しみに暮れながら、それでも〈丘の屋敷〉を出ていくことはしなかった」

「子供たちは、ここで育ったんですか？」エレーナが信じられない顔で訊く。

博士は微笑んだ。「さっきも言ったが、この屋敷は乾燥しているからね。熱病のもとになるような湿地もないし、田舎の空気は子供の身体にいいと考えたんだろう。それに屋敷そのものが豪華だ。ここで遊んだふたりの子供も、友達がいなくて寂しかったかもしれないが、決して不幸ではなかったと思うよ」

「その子たち、あの小川で水遊びを楽しんだりしたかしら」セオドラは暖炉の炎を食い入るように見つめた。「小さいうちから、かわいそうに。草地を駆けまわったり、野の花を摘んだり、そんなことを存分に楽しめたならいいんだけれど」

「やがてふたりの父親は再婚した」と博士が続けた。「それも、二回。どうもクレインという人物は、その——女房運のない男だったらしい。ふたり目のクレイン夫人は転落死したのだが、なぜ、どのように死んだのかは、わたしもまだ確認していない。とにかく彼女の死は、先妻の場合と同じで、思いがけない不幸だったようだ。三人目のクレイン夫人は、当時〝肺病〟と呼ばれた病気で、ヨーロッパのどこかで亡くなった。図書室を探してみれば、保養地を転々としていた父と継母が〈丘の屋敷〉に残してきた幼い娘たちに宛てた葉書が、きっと残っているだろう。この継母が亡くなるまで、ふたりの娘は女家庭教師と一緒に、この屋敷で留守番をしていたわけだ。その後、ヒュー・クレインが自分はこのまま外国で暮らし、屋敷は閉鎖すると決めてしまったので、娘たちは実母のいとこの家へ引き取られることになり、そこで大人になるまで暮らした」

「そのお母さんのいとこって人が、ヒュー父さんより少しでも楽しい人だったことを祈るわ」まだ暖炉の炎を見つめたまま、セオドラが言った。「こんな暗闇の中でマッシュルームみたいに育った子供なんて、考えるだけでゾッとするもの」

「ところが本人たちは違う感想を持ってたようでね」と博士。「姉妹は〈丘の屋敷〉のことで死ぬまで諍《いさか》い続けたんだよ。ここを一家繁栄の地にしたいという、ありとあらゆる高潔な希望が潰《つい》え去ったヒュー・クレインは、自身も妻のあとを追うように、まもなくヨーロッパのどこかで死亡し、〈丘の屋敷〉はふたり姉妹の共同財産として残された。その頃にはふたりとも、うら若い娘に成長していたはずだ。少なくとも姉の方は、社交界にデビューしていたのだから」

「髪を高く結い上げて、扇を手に、シャンペンの味を覚え……」

「〈丘の屋敷〉は何年もの間、住む人のない状態が続いていたが、それでも一家がいつ戻ってもいいように、ずっと管理されていた。はじめのうちはヒュー・クレインが外国生活から戻る日にそなえて。そして彼が死んでからは、姉妹のどちらかがここに住むようになる日を待ってね。その間に、姉妹の間では姉の方が〈丘の屋敷〉を受け継ぐということで話が決まったらしい。妹は結婚して――」

「なるほど」とセオドラ。「妹の方が結婚した。彼女はまず間違いなく、姉の恋人を奪ったわね」

「姉が恋に破れたという話は残っている」と博士は認めつつ「もっともこの手の噂話は、本当の理由とは関係なく、独身で生きることを選んだ婦人に必ずといっていいほどついてまわるものだがね。とにかく、この屋敷に住むために戻ってきたのは姉娘だった。かなり父親に似たところのある女性だったらしい。彼女が屋敷にいることはヒルズデールの住人も知っていたが、本人はほとんど人前に出ず、何年もひとりで暮らし続けた。きみらは耳を疑うかもしれんが、彼女は心底この〈丘の屋敷〉を愛し、生涯の家と決めていたんだな。そんな彼女も最終的には、話し相手という名目で、村娘のひとりを住み込みで雇い入れた。わたしが調べた限りでは、まだその頃の村人たちには、屋敷に対する特別な感情は何もなかったようだ。というのも、オールド・ミスとなったクレイン嬢は――まあ、その存在は知れわたっていたわけだから――村人を使用人として雇っていたし、話し相手に娘が雇われたのも、みんないいことだと思っていたんだろう。さて、クレイン嬢は、屋敷のことでうるさく迫ってくる妹を、ずっと撥ねつけ続けていた。妹は、それ相応の財産を分けてもらうつもりで屋敷の権利を放棄したのに、その取り分を姉が渡してくれないと主張していた。特に宝石類や数点のアンティーク家具、金の縁取りの食器セットが、妹にとっては焦《じ》れる素になっていたらしい。わたしはサンダースン夫人の許しを得て、一族の書類が納められた箱の中身を調べさせてもらい、妹が出したクレイン嬢宛ての手紙を何通か読むことができたんだが、そのすべてに食器セットを求める言葉が、厄介なできもののごとく、くり返し書かれていたよ。そのうちに姉はこの屋敷で、身のまわりの世話をしていた例の娘ひとりに看取られ、肺炎で亡くなった――これについては医者を呼ぶのが遅すぎたんだとか、娘は村の若者と庭で逢い引きしていて、老嬢は寝たきりのまま放っておかれていたんだとか、あとになっていろんな噂が流れたのだが、これはどれも悪意のあるでっち上げだったに違いないと、わたしは考えている。当時どの話が一般に信じられていたのかは今更確認しようもないが、そうした噂の大部分が、怒りのおさまらない妹の悪意ある復讐心から直接生み出されたものであることは、まず間違いないからね」

「その妹って、本当にいやな女だわ」とセオドラが言った。「最初は姉の恋人を盗んで、その次は高価な皿まで盗もうとしたなんて。ああ、やだ。そんな女って、大嫌い」

「〈丘の屋敷〉にはこの件にまつわる印象的な悲劇がいろいろとあるんだが、まあそれも、古い屋敷なら珍しくもない話でね。結局のところ、人はどこかで生活し、どこかで死ななくてはならないということだよ。それに八十年も経つ屋敷なら、そこで暮らした人々の死を何度も見ているのは当たり前のことだからね。さて、姉娘が死んだあとだが、この屋敷に関して訴訟が起こった。例の世話係の娘が、この屋敷は自分が相続することになっていると主張したんだ。しかし妹夫婦の方は、この屋敷は法的にみて自分たちのものだと猛烈に抗議した。その娘はうまいことを言って姉を騙し、ずっと妹の自分に譲る気でいた財産を横取りしたのだと訴えた。いわゆる〝骨肉の争い〟と同様に、これも実に不愉快な騒ぎとなって、信じがたいほどの悪意に満ちた残酷な言葉が双方を飛び交った。世話係の娘は法廷に立って宣誓し——ここにわたしは〈丘の屋敷〉の〝性質〟の一端が表れていると思うんだが——彼女は、妹が夜に屋敷を訪れ、勝手に物を持ち出していったと証言した。その告発内容をもっと詳しく述べるように求められると、娘は落ち着きをなくして、発言もしどろもどろになったが、それでも最後には証拠を示さなければならなくなり、かの名高い金縁の食器セットだけでなく、銀の茶器や高価なホウロウ引きのセットまでなくなっていると証言した。といっても、それだけのものを盗み出すのは、誰が考えても難しい話だと思うんだがね。一方の妹は、娘の職務怠慢を匂わせる例の噂をちらつかせながら、姉の死に殺人の疑いまでかけて、亡きクレイン嬢の死因調査を要求した。わたしが調べた中には、この訴えが真剣に取り沙汰された形跡は見つけられなかった。もっとも、姉娘の死に関しては形式的な書類があるだけで、ほかにはなんの記録も残っていないんだ。しかし、これを契機に村人たちがクレイン嬢の死に不審な点があったのではないかと疑いはじめた可能性はある。とにかく娘はついに裁判に勝って、これはわたしの想像だが、おそらく名誉毀損の方でも勝訴することができたのだろう。屋敷は正式に娘のものとなった。ところが妹の方は、屋敷を取り戻すことをあきらめようとはしなかった。彼女は気の毒なこの娘に脅迫状を送り続け、ありとあらゆる場所で娘を口汚く中傷してまわったんだ。地元警察の記録にもひとつだけ、やむをえず身辺保護を求めている娘の訴えが残っていたよ。敵が箒で殴りかかってくるので、それを防いでほしいという内容だ。彼女は脅威にさらされていた。夜になれば屋敷に強盗が入って——娘は一貫して、彼らが侵入して盗みを働いている、と訴え続けていたんだ——わたしは彼女が書いたある一通の気の毒な手紙にも目を通したが、そこには、恩人である雇い主を失って以来、この屋敷では一晩たりとも静かに眠れたことがないと不満の言葉が記されていたよ。ところが、とても奇妙なことに、村人の同情を圧倒的に集めたのは妹の方だった。ただの村娘が今やお屋敷の女主人となったことに、きっと反発があったんだろう。村人たちは——おそらく、今でもそうだろうが——ずる賢い娘が、妹の財産を騙し取ったのだと信じていた。もちろん娘が大切な主人を殺したとまでは思っていなかったが、それでも、娘を嘘つきだと信じることに喜びを感じた。なぜなら彼ら自身だって、チャンスが巡ってきたら、それをものにするために、いくらでも嘘をつくに決まっているからだ。いや、ゴシップというのは、いつの時代にも最悪の敵だ。気の毒な娘は、やがて自ら命を絶ち——」

「命を絶った?」ショックを受けたエレーナは、思わず腰を浮かした。「その女性、死ぬしかなかったんですか?」

「つまり、自分を苦しめる敵から逃れる方法がほかにあったはずだと言いたいのかな? だが彼女自身は、そうは思わなかったようだ。世間では彼女の死を、罪の意識に耐えかねて自殺したんだろうと判断した。わたしは彼女のことを、これは自分のだと信じたものには必死にしがみついていくような、愚鈍だけれども辛抱強い女性だったと思っている。しかし絶え間なく責め続けられることには、さすがに精神がもたなかったんだろう。妹側の悪意に満ちた中傷運動に対抗するだけの武器など何もなかったはずだし、村にいた友達も、みんな背を向けてしまっていた。おまけに彼女は、いくら屋敷に鍵をかけても、夜中に盗みにやってくる敵を防ぐことはできないという確信に囚われて――」

「逃げればよかったのよ」とエレーナ。「こんな屋敷なんか捨てて、できるだけ遠くへ逃げればよかったんだわ」

「結果的には逃げたのと同じだよ。かわいそうな娘は、もう死ぬしかないと思うほど、周囲に憎まれていたんだろう。それで、首を吊ってしまった。噂によると自殺の現場は、塔の上にある小塔だったそうだが、〈丘の屋敷〉のように塔や小塔のある建物を見れば、誰だってそこで首を吊ったに違いないと噂するものだからね。娘の死後、屋敷は法の定めによって、彼女のいとこにあたる人々、すなわちサンダースン家の手にわたり、クレイン嬢の妹による迷惑行為もそこで歯が立たなくなった。その頃にはこの妹も、精神に異常をきたしていたらしい。これはサンダースン夫人にうかがった話なんだが——ここを譲り受けた人たちというのが、ご主人の両親だったそうで——一家が初めてこの屋敷を訪れた時に、妹がいきなり現れて、通り道に突っ立ったまま、そこを通ろうとする彼らをさんざん罵倒し、それで地元警察にすぐさま逮捕されたそうだ。この物語における彼女の出番は、どうやらこれが最後だったようでね。サンダースン家の手で警察に引き渡された日からも、彼女はじっと息をひそめて悪巧みを練っていたらしいが、結局サンダースン家とは遠く離れたままで、数年後にはその死亡通知が出された。ここで不思議なのは、彼女がわめき散らした言葉の中で、つねに一貫して主張していたこと——自分は、盗みはもちろん、ほかの理由ででも夜中に屋敷へ行ったことはないし、行こうと思ったこともない——そう言い続けていたことなんだ」

「盗まれた物なんて、本当にあったんですか？」とルークが尋ねた。

「さっきも説明した通り、例の娘は裁判で、一、二点の品がなくなっているようだと証言せざるをえなかったわけだが、それでも確信を込めて言ったわけではなかったのでね。きみたちにも想像はつくだろうが、夜ごとに泥棒が入るという話は、この〈丘の屋敷〉の妙な噂にさらなる尾ヒレをつけることになった。おまけにサンダースン一家も、ここに住むことはなかった。初めて滞在した最初の数日間は、すぐ生活ができるように準備を進めているところだと村人たちに話していたのに、そのあと急に荷物をまとめ、屋敷を元のまま閉鎖して出ていってしまったんだ。仕事上の差し迫った理由で、都会に移らなければならなくなったと彼らは説明したようだが、本当のところは村人だってよく知っていただろう。以来、この屋敷には数日以上滞在する人間が誰もいなくなった。それで貸し家として、売り家として、ずっと市場に出されてきた。いやはや、長話になってしまったな。少しブランデーをいただこうか」

「かわいそうな幼い姉妹」エレーナが暖炉を見つめて言った。「こんな薄暗い屋敷の中を歩きまわって、きっと、ここや上の寝室で人形遊びをしてたんでしょうね。そんな光景が浮かんで消えないわ」

「そしてこの古い屋敷は、ただずっと存在してきた」ルークはためらいがちに人差し指をのばし、キューピッド像にそっと触れた。「ここにあるものは誰にも触れられず、誰にも使われず、誰にも望まれないままで、屋敷はただ立ち続け、じっと何かを考えていた」

「そして待っている」とエレーナ。

「そうだ、待っている」肯定を込めてそう言うと、博士はゆっくり続けた。「この屋敷の本質は〝邪悪〟だとわたしは考えている。この屋敷は、自分の中に住む人間とその人生を、見えない鎖で縛りつけては破壊してきた。つまり、禍々《まがまが》しい意志を持った場所なんだ。さて、話はこれぐらいにして、明日は建物内をくまなく調べてみよう。サンダースン家がここに住もうと決めていた時に電気やガスなどの配管工事をして電話も入れてしまったが、それ以外は、まだ昔のままなのでね」

「とにかく」短い沈黙のあとでルークが言った。「ぼくらが快適に過ごせることは間違いないと思いますよ」

5

ふと気がつくとエレーナは自分の足に見とれていた。ぼんやり暖炉にあたっているセオドラのすぐうしろに並んだ爪先——赤いサンダルを履いた足の美しさに、エレーナは深い満足を覚えていた。わたしはなんて完璧な、ひとつの存在なのだろう。わたしはわたし自身であって、赤い爪先から頭のてっぺんまで、すべてはわたしだけに与えられたものなのだ。わたしの赤い靴——わたしという存在にとても似合っている。わたしはロブスターが嫌いで、左を下にして寝る習慣があって、不安な時にはつい拳を握るし、ボタンを集めて取っておく趣味がある。今のわたしはブランデーグラスを持っているけど、それはわたしがここにいるからで、このグラスを使っているからで、この部屋に自分の場所があるからだ。わたしは赤い靴を持っていて、明日の朝も目が覚めるし、その時もきっとここにいる。

「わたしは赤い靴を履いてる」そっとそうつぶやくと、セオドラが振り返って、にっこり見上げた。

「実はさっきから何度も訊こうと思ってたんだが」博士は期待と不安の入り混じった明るい表情で三人を見た。「みんなはブリッジを知っているかな?」

「もちろん」とエレーナは答えた。わたしはブリッジを知っている。わたしは昔、ダンサーという名の猫を飼っていた。わたしは泳げる。

「残念ながら、知らないわ」そうセオドラが答えたので、三人はちょっとがっかりした表情で彼女を見た。

「まったく?」と博士。

「わたしはこの十一年間、毎週二回ずつブリッジをしてたわ」とエレーナが言った。「母と、母の弁護士と、弁護士の奥さんの四人で——あなただって、きっと簡単にできるはずよ」

「だったら、やり方を教えてくれる?」とセオドラが言った。「あたし、ルールを覚えるのはすごく得意なの」

「いや、参ったな」と博士が言い、エレーナとルークが笑った。

「それじゃ、何か別のことをしましょう」そう言いながら、エレーナは考え続けていた。わたしはブリッジができる。わたしはサワークリームを添えたアップルパイが好き。わたしはここまでひとりで運転してきた。

「バックギャモン」博士が気の乗らない声で言う。

「チェスの真剣勝負はどうです?」ルークが誘うと、博士の顔がぱっと明るくなった。

セオドラが悔しそうに口元を歪めた。「ここには遊びに来たわけじゃなかったと思うけど?」

「なに、気晴らしだよ」博士がごまかすように言うと、セオドラは不機嫌に肩をすくめて前を向き、また炎を見つめはじめた。

「それじゃ、チェスの駒を取ってきます。どこにありますかね?」ルークの言葉に、博士が微笑んだ。

「いや、わたしが行ってこよう。屋敷内のことをよく知っているのはわたしだからね。きみをひとりで行かせたら、二度と会えなくなるかもしれん」そう言って博士が部屋を出て行くと、ルークは面白そうな顔でセオドラにちらりと視線を投げ、それからエレーナのそばへ来た。

「なんだかきみは落ち着いてるね。さっきの話、怖くなかった？」

エレーナが激しく首を振ると、ルークが言った。「顔、青いけど」

「わたし、早く休むべきなのかもね」とエレーナは答えた。「今日みたいな長時間のドライブには慣れていなかったから」

「ブランデーを飲むといい。きっとよく眠れるよ。きみもね」彼はセオドラにも声をかけた。

「お気遣い、どうも」セオドラは振り向きもせず、そっけなく言った。「でもあたし、不眠症とは無縁の人間なの」

ルークはやれやれという顔でエレーナに苦笑いし、それから博士がドアをあけたのに振り返った。「いやはや、信じられん」博士はチェスのセットを置いた。「まったく、なんて屋敷なんだ」

「何かあったんですか？」エレーナが尋ねる。

博士は首を振った。「とにかくこの屋敷内は、決してひとりでは歩きまわらないと取り決めた方がよさそうだ」

「何があったんです？」とエレーナがくり返した。

「いや、わたしの思い過ごしだよ」博士はきっぱり言った。「盤はこれでいいかな、ルーク？」

「こいつは素晴らしい骨董品ですね」とルークが言った。「例のがめつい妹は、どうしてこれを見落としたんだろう」

「ただ、これだけは言えるな」と博士。「夜中にこの屋敷を物色してまわったのが本当の話なら、あの妹は鉄の心臓の持ち主だよ。見られてるんだ」彼はいきなり、そう付け加えた。「この屋敷にだよ。この屋敷は、われわれの動きをすべて見張っている」それから「もちろん、これもわたしの思い過ごしだがね」と締めくくった。

暖炉に照らされているセオドラの顔は、むっつりと強張っていた。彼女は人に放っておかれるのがいやな気質《たち》なのだと察したエレーナは、理屈より先に身体が動き、床に降りてセオドラの横に座った。背後では、チェス盤に駒があたる静かな音が響いていて、ルークと博士が互いに考えながら手を進めている、くつろいだ雰囲気が伝わってきた。目の前の暖炉では炎が小さく躍りながら、次々に姿を変えていく。エレーナはタイミングを計り、やがて明るい調子でセオドラに話しかけた。「まだ、ここにいるのが信じられないって気分？」

「こんなにつまらないところだなんて思わなかったわ」とセオドラが答えた。

「明日の朝になれば、やることがいくらでも見つかるわよ」とエレーナ。

「うちにいれば、まわりにたくさん人がいて、話し声や笑い声にあふれていて、明るくって、楽しくって――」

「わたしは、そういうのがなくても平気みたい」エレーナは申し訳なさそうに言った。「にぎやかなことには、ずっと縁がなかったから。ほら、母に付き添っていなくちゃいけなかったでしょう。母が寝てしまったあとは、いつもひとりでトランプをやったり、ラジオを聞いたりしていたわ。でも、本は読む気になれなかった。だって毎日午後になると、母に二時間も読んで聞かせていたんだもの。それも恋愛小説ばかり」——そこでエレーナはちょっと微笑み、炎を見つめた。そして、こんな打ち明け話をした自分自身に驚きながら、本当は口で言うほど単純なことじゃなかったと思った。あの頃のわたしの思いは、どんな言葉で表現しても、決して人に伝わるものじゃない。だったらわたしは、なぜこんな話をしているのだろう？

「あたしって困った奴でしょ？」セオドラがすっと動いて、エレーナの手に自分の手を重ねた。「こんなところに座り込んで、面白いことが何もないって、ブーブー文句ばかり言って。あたし、ものすごく自分勝手な人間なの。ね、あたしがどんなに困った奴か言ってみて」暖炉の火に照らされながら、セオドラが楽しそうに目を輝かせた。

「あなたって、困った人よ」エレーナは素直にくり返した。重ねられているセオドラの手が、なんだか気恥ずかしかった。もともと人に触れられることが苦手なのだ。それでも、セオドラの小さなしぐさは、彼女の中にある後悔や喜びや同情を示しているように思えた。わたしの爪、きれいだったかしら——そんなことを考えて、エレーナはそっと手を抜きとった。

「あたしって困った奴なの」セオドラはいつもの陽気な調子に戻った。「鼻持ちならない困った奴で、みんなが付き合いきれないって言うわ。さて、今度はあなたの番。あなたって、どんな人？」

「わたしも鼻持ちならない困った奴で、みんなが付き合いきれないって」

セオドラが笑った。「いやね、からかわないで。あなたはやさしくて、感じがよくて、誰にでも好かれる人だわ。ルークだって、すっかりあなたに夢中なんだもの。あたし、嫉妬してるのよ。だから、あなたのことをもっとよく知りたいの。お母さんの世話を何年もしていたなんて、本当なの？」

「ええ」とエレーナは答えた。今までのわたしは、ずっと汚い爪をしていた。手も醜いほどに荒れてしまっている。みんなが恋愛がらみの冗談を言いかけてくるのは、わたしをからかうと面白いからだ。「十一年間。三ヶ月前に母が亡くなるまで続けたわ」

「お母さんが亡くなった時、悲しかった？　なんか、失礼な訊き方しちゃって悪いんだけど」

「いいの、別に悲しくなかったし。そんなに幸せな人じゃなかったから」

「あなたも？」

「わたしもよ」

「それじゃ、今はどう？　ようやく自由の身になって、それからあなたは何をしたの？」

「家を売ったわ」とエレーナ。「残っていた小物類は、姉とふたりで分けあって。もっとも、めぼしい品なんかほとんどなくて、せいぜいが母の取っておいた――父の腕時計とか、古いアクセサリーぐらいだったけど。〈丘の屋敷〉の姉妹とは雲泥の差ね」

「で、そのほかのものは売ってしまったの？」

「ええ、全部。手に入るなり、すぐに」

「その結果、あなたは身軽な楽しい身分になって、だからこの〈丘の屋敷〉にもやってくることができたってわけね」

「そう簡単ではなかったけれど」とエレーナは笑った。

「まったく、ずいぶん長い時間を無駄にしてしまったものね！　でも、それからはクルージングに出たり、若くて素敵な男性を探したり、新しい服を買うことぐらい……」

「残念ながらしてないわ」エレーナは淡々と答えた。「お金なんて、たいして残らなかったもの。姉は自分の取り分を、幼い娘の学費にしようと銀行へ預けたわ。わたしは服を少し買い足して〈丘の屋敷〉にやってきたの」人は、自分について訊かれたことに答えるのが好きな生き物なのだと、エレーナはしみじみ思った。こんな会話をしていると、不思議な嬉しさが込み上げてくる。今なら何を訊かれたって、平気で答えてしまうだろう。

「で、ここから帰ったあとは、どうするの？　仕事は？」

「いいえ、今は無職よ。どうすればいいのか、まだ考えていなくて」

「あたしは考えてるわ」セオドラは気持ちよさそうに大きく伸びをした。「アパートメントに戻ったら部屋じゅうの明かりをつけて、あとはただ、ボーッとするの」

「あなたのアパートメントって、どんな部屋？」

セオドラは肩をすくめた。「いい感じよ。古い部屋を見つけて、自分たちで内装したの。部屋は大きいのがひとつに、小さい寝室がふたつ、あとは使いやすいキッチンがあるんだけど——壁は赤と白に塗り直したし、家具もほとんど古道具屋から掘り出したのを修理して——大理石の天板がついた本当に素敵なテーブルもあるのよ。あたしたちって、古い道具に手を加えるのが大好きなの」

「あなた、結婚してるの？」とエレーナが尋ねた。

その言葉に一瞬、間があき、すぐにセオドラは吹き出した。「いいえ」

「ごめんなさい」エレーナはひどく恥ずかしくなった。「別に詮索する気はなかったんだけど」

「あなたって面白い人ね」セオドラはそう言うと、指先でエレーナの頰に触れた。わたしの目尻には小皺がある——エレーナは急いで暖炉の明かりから顔をそむけた。「今度はそっちの家のことを教えて」とセオドラが言った。

エレーナはどう話そうかと考えながら、荒れて形の悪くなった自分の手に視線を落とした。うちだって、人に洗濯物を頼むくらいの余裕はあったのに。世の中は不公平だ。わたしの手ばかり、こんなに醜くなってしまって。「わたしも小さな家を持ってるの」と、彼女はゆっくり語りはじめた。「あなたと同じで、アパートメントよ。もっともひとり暮らしだけど。だからきっとお宅よりも、せまいんじゃないかしら。家具はまだ揃えている最中で——ひとつひとつ順番に買い足しているの。ほら、そうすれば無駄もなくって、自分のいいように部屋を整えられるから。カーテンは白よ。炉棚の両端には、白い小さなライオンの石像が飾ってあるんだけど、これを見つけるのには何週間もかかっちゃった。それから白い猫を飼ってるし、本やレコードや絵も持っている。何もかも、すべて自分の好みに合わせてあるわ。だって、わたししか使わないんだもの。昔ね、内側に星の模様がついた青いカップを持ってたの。お茶の中にたくさんの星が落ちてるように見えるカップなんだけど、今はそれに似たのがほしくて」

「それだったら、いつか、うちの店に入るかもしれないわ」とセオドラが言った。「入荷したら送ってあげる。ある日あなたのところへ〝エレーナへ愛を込めて。あなたの友人セオドラより〟っていうメッセージつきの小さな包みが届くの。で、中から星の一杯ついた青いカップが現れるってわけ」

「わたしが例の妹だったら、金縁の皿だって、きちんと盗み出してたでしょうね」そう言ってエレーナは笑った。

「メイト」ルークの声がし、それに続いて「しまった、やられた」という博士の声が聞こえた。

「まぐれ勝ちですよ」とルークは楽しそうに言った。「ところで暖炉前のご婦人方は、気持ちよさそうにうたた寝ですか?」

「もうそろそろ危ないところ」とセオドラ。するとルークがそばへ寄ってきて、立ちあがるふたりに手を貸した。こういう親切に慣れないエレーナは、動作が硬くなってまた転びかけたが、セオドラの方はあっさりと立ち、あくび混じりの伸びをしながら「セオはおねむです」と言った。

「では、わたしが階上《うえ》へ案内しよう」と博士。「明日からは、諸君にも屋内の様子を覚えてもらわなければならんがね。ルーク、火の始末を頼むよ」

「先に戸締まりを調べておいた方がよくはありませんか?」とルークが言った。「裏口はダドリー夫人が帰り際に鍵をかけたと思うけど、ほかの出入口はどうですかね？」

「心配しなくたって、強盗なんか入ってきやしないわよ」とセオドラ。「第一、例の世話係の娘だって、しっかり鍵をかけてまわったのに、結局どんな目にあった？」

「それに、こっちが逃げ出したい時に困るわ」とエレーナ。

博士はさっとエレーナに目をやり、すぐにその視線をはずした。「鍵をかける必要はないだろう」博士は静かに言った。

「確かに、村人が強盗に来る心配はほとんどありませんね」とルーク。

「まあ、なんにせよ、わたしは一時間ほどしか眠らないから」と博士が続けた。「この歳になると、本でも読まんことにはなかなか寝つかれなくてね。だから『パミラ』を持ってきた。きみらの中に不眠症がいれば、わたしがそばで読んでやろう。リチャードソンの作品を朗読されても眠れない人間には、とんとお目にかかったことがないからな」博士は静かな声で話しながら、先頭に立ってせまい廊下を通り、がらんと広い玄関ホールを抜けて階段へ向かった。「もっとも幼い子供たちの場合はどうか、一度それを試してみたいと、前々から思っているんだがね」

セオドラのあとについて階段を上りながら、エレーナは一段ずつ足を踏み出す大変さに、自分はこんなにも疲れきっていたのかと初めて気がついた。ここは〈丘の屋敷〉なんだという気味の悪い事実をあえて思い出しても、今の彼女には〈青の間〉さえ、青いシーツと青いキルトのベッドが待っていてくれる〝寝室〟でしかなかった。「一方、フィールディングはどうかというと」と博士はなおも続けている。「長さはちょうどいいんだが、内容的にどうもね、あれは幼い子供向きではないだろう。スターンもどうかと思うが――」

セオドラは〈緑の間〉のドアの前まで行くと、ふと振り向いて、エレーナに微笑んだ。「少しでも怖くなったら、すぐあたしの部屋へ逃げてらっしゃい」

「そうするわ」エレーナは真面目に答えた。「ありがとう。おやすみなさい」

「――スモレットなど、無論だめだろうね。ではお嬢さん方、わたしとルークは階段の反対側にある部屋にいるから――」

「おふたりの部屋は、何色なんですか？」エレーナがこらえきれずに尋ねた。

「黄色だが」と博士が驚いたように言った。

「ぼくはピンクだ」ルークがさもうんざりしたしぐさをする。

「こっちは青と緑なのよ」とセオドラが説明した。

「わたしは起きて本を読んでいる」と博士が言った。「ドアは少しあけておくから、物音がすれば、すぐわかるはずだ。では、おやすみ。よく休みなさい」

「おやすみ。みなさん、おやすみなさい」とルークも部屋へ引き取っていった。

〈青の間〉へ戻ってドアを閉めたエレーナは、自分がこんなに疲れたのは〈屋敷〉の薄暗さや重苦しい雰囲気のせいかもしれないとぼんやり思ったが、それも今ではどうでもいい気分だった。青いベッドは信じられないほどやわらかく、彼女は眠りに落ちていく頭の中で、妙な面白さを感じていた。この屋敷はとんでもなく恐ろしい場所のはずなのに、気持ちのいい側面をなぜかいくつも持っている——やわらかなこのベッド、緑鮮やかな芝生、あたたかい暖炉、ダドリー夫人の作る料理。それに新しい仲間もいるし——そこまで考えて、彼女はこう思い直した。今になってやっと冷静に彼らのことを考えられるわたし。やっぱりわたしはひとりぼっちだ。なぜルークはここにいるのだろう？　そしてわたしは、なぜここにいるの？　旅は愛するものとの出逢いで終わる。みんなは、わたしの怯えを見抜いていた。

エレーナは身震いし、足元に折り返されているキルトに手を伸ばそうと起き上がった。そして、おかしさと怖さが半々に入り混じった思いで、そっとベッドを抜け出すと、裸足のまま静かにドアへ行って鍵をかけた。わたしが鍵をかけたなんて、きっと誰にもわからない——そう思いながら、大急ぎでベッドに戻る。しかし、引っ張りあげたキルトにくるまってからも、気がつけば彼女は、暗闇に青く光っている窓と、鍵をかけたドアとを不安な目で見比べていた。こんなことなら睡眠薬を持ってくればよかった。そんな後悔をしながらも、視線は肩越しにまた窓を、それからドアを見てしまう。今、ちょっと動いた？　まさか、鍵をかけたじゃないの。でも、ほら、なんだか動いてない？

そうだ、毛布を頭までかぶってしまおう、そうすればきっと、ずっと楽になる。そう思いついたエレーナは、意を決して毛布の下にすっぽりともぐり込み、自分のしていることにクククッと笑いながら、この声が誰にも聞こえていないことに安心した。自分の家では毛布にもぐって眠ったことなど一度もない。今日はそれだけ遠いところまでやってきてしまったのだと、彼女は思った。

やがてエレーナは安心のなかで眠りについた。隣の部屋ではセオドラが、明かりをつけたまま、笑みを浮かべて眠っている。廊下をずっと行った反対側の部屋では、『パミラ』を読んでいる博士が、時折ふと顔を上げては耳をすまし、さらに途中で一回、わざわざドアまで行って廊下の様子をしばらく眺め、また読書に戻っていった。階段の上がり口に灯っている常夜灯は、下のホールのよどんだ闇をぼんやりと照らしている。ルークはベッド脇のテーブルに懐中電灯といつも持ち歩いている幸運のお守りを置いて寝ていた。屋敷はそれらを重苦しい手で包み込み、時に身震いするような空気の流れを起こしながら、じっと息をひそめていた。

六マイルほど離れた家では、目を覚ましたダドリー夫人が、時計に目をやり、〈丘の屋敷〉を思い、それから急いでまた目をつぶった。〈丘の屋敷〉の所有者であり、三百マイル離れた場所に住んでいるグロリア・サンダースン夫人は、読んでいた推理小説を閉じてあくびをすると、玄関のチェーンをちゃんとかけたか、ちょっと考えて思い出し、それから枕元の明かりを消した。セオドラの友人はすでに眠りにつき、博士の妻も、エレーナの姉も、同じように眠っている。〈屋敷〉の裏手に茂った木立からは、遠いフクロウの鳴き声が響き、やがて朝へと向かう時間の中で霧のように細やかな雨が、鈍く静かに降りはじめた。

第四章

1

エレーナが目を覚ますと、〈青の間〉は朝の雨にどんよりと色を失っていた。すっぽりかぶっていたはずのキルトは寝ている間に脱いだらしく、気がつけば頭は、いつものように枕の上にのっていた。自分が八時を過ぎるまで寝ていたことに彼女は驚き、ここ何年も縁のなかった健やかな眠りが、この〈丘の屋敷〉でとれたことに皮肉なものを感じた。青いベッドに横たわって、高く薄暗い天井の彫刻模様を見上げながら、彼女はまだ半分寝ている頭の中で、昨日の自分が何をしたか考えた。わたし、馬鹿なことをしなかっただろうか？　みんなに笑われなかっただろうか？

昨夜のことを一気に思い返してみる。すると頭に浮かんでくるのは、ものを知らない子供のように、すっかり浮かれていた——きっと、そうだったに違いない——自分の姿ばかりだった。わたしがあまりに単純だから、みんな心で笑っていたんじゃないかしら？　ずいぶん馬鹿なことを言ってしまったし、みんなだってそれに気づいていたはずだもの。だから今日はもっと控えめにして、仲間に入れて嬉しいなんて気持ちは、あまり表に出さないようにしよう。

そんなことを考えるうちに、はっきり目が覚めたエレーナは、首を振りながらため息をついた。そして、いつもの朝のように、あんたって本当に馬鹿な子供よ、とひとりつぶやいた。

起きてしまうと周囲の様子もくっきり視界に入ってきた。ここは〈丘の屋敷〉の〈青の間〉だ。ディミティ織りのカーテンが窓辺でかすかに揺れている。バスルームでにぎやかな水音がしているのは、先に目覚めたセオドラが、いち早く着替えをすませようと身支度しているからだろう。それも、たぶんお腹をすかせて。「おはよう」エレーナが声をかけると、セオドラが切れ切れに答えた。「おはよう――ちょっと待ってて――お風呂にお湯をためといてあげるから――ねえ、お腹へってない？　あたしはペコペコ」彼女ったら、バスタブにお湯を張ってやらなきゃ、わたしがお風呂に入れないとでも思ってるのかしら？　そんなことを考えて、エレーナはすぐに反省した。こういうひねくれた見方を直したくて、わたしはここへ来たんじゃないの。彼女は自分を強く戒《いまし》めると、ベッドを出て窓のそばへ行った。ベランダの屋根越しに見える広々とした芝庭は、茂みも木立もうっすらと霧に包まれていた。庭のずっとはずれの方には、小川へ続く並木道が見えたが、土手で楽しくピクニックをしようと語り合った予定も、今朝ばかりは、あまり気がすすまなかった。今日はうっとうしい天気の一日になりそうだが、こうして降りそそぐ初夏の雨は、草木の緑を鮮やかに深め、空気を甘やかに清めてくれる天の恵みだ。なんて素敵なんだろう――そう感じた自分に、エレーナは驚いた。この〈丘の屋敷〉を素敵だと思った人間は、わたしが初めてかもしれない。ちょっと背筋が寒くなる。それとも、ここで初めて目覚めた朝は、誰もがそう感じるのだろうか？　彼女は身を震わせながらも、この不思議な興奮が一体どこから来るのかわからず、また気分が浮き立ちすぎて、〈丘の屋敷〉で満ち足りた目覚めが迎えられたという事実を奇妙に思う余裕もなかった。

「もう、飢え死にしちゃいそう」セオドラがバスルームのドアを叩いたので、エレーナはローブをつかんで急いだ。「今日のファッション・テーマは〝おひさまの散歩〟でいきましょう」セオドラが隣室から声をかけてきた。「こんな陰気な天気だもの、いつもより少し明るすぎるぐらいの恰好をしなくちゃ」

「ぐずぐずしてても、はじまらない……」エレーナはまたあの歌を口ずさんでいる自分に気づき、勝手に浮かれる気持ちを抑えた。だめよ。〝朝から歌っていると、日暮れまでには泣くことになる〟って諺《ことわざ》があるじゃない。

そんなことなどつゆ知らず、セオドラがドアのむこうで言った。「あたしも大概のんびり屋だけど、あなたは輪をかけた強者《つわもの》ね。ううん、〝のんびり屋〟なんて言葉じゃ間に合わないわ。もうとっくに身支度をして、食事してたっていい頃なんだから」

「ダドリー夫人が朝食を用意するのは九時でしょう。あの人、わたしたちが明るい顔で笑いながら現れたら、一体どう思うかしらね？」

「がっかりして、すすり泣くでしょうよ。そういえば昨日の夜中は、悲鳴をあげて彼女に助けを求めた人なんていた？」

エレーナは石鹸まみれの脚をたんねんに洗いながら言った。「わたしは丸太みたいにぐっすりだったけど」

「あたしも同じ。さあ、あと三分以内に出てこなかったら、そっちに押し入って、お湯に沈めちゃうわよ。あたしは早く食事したいの！」

　こんなことはずいぶん久しぶりだとエレーナは考えていた。〝おひさまの散歩〟みたいな明るい服装をするのも、朝食が楽しみなくらいお腹がへっているのも、こんなにはっきり自分を意識し、自覚をもって自分の心に素直に行動することも。だから彼女は歯磨きさえ、これまでしたことがないくらい丁寧にし、心ゆくまできれいに磨いた。それもこれも、昨晩ぐっすり眠れたおかげに違いない。わたしは母さんが死んでからも、思った以上にろくな睡眠をとっていなかったようだ。

「ねえ、まだ？」

「今行くわ」そう答えたエレーナは、昨夜から鍵がかけっぱなしだったことを思い出してドアへ駆け寄り、そっと鍵をはずした。セオドラは退屈そうに廊下で待っていた。それも目に痛いほどの派手な格子柄の服を着て。エレーナはそんな彼女を見ながら、この人は服を着ること、顔を洗うこと、動くこと、食べること、眠ること、話すこと――そういった自分の行動すべてを、一分一秒にいたるまで楽しんでいるのだと思わずにはいられなかった。きっとセオドラは、自分が他人にどう思われるかなんて一度も気にしたことがないに違いない。

「ねえ、気がついてた？　あたしたち、あの食堂を見つけ出すのに一時間はかかるかもしれないのよ」とセオドラが言った。「もっとも、ふたりが地図を残していってくれたとは思うけど――ルークと博士、もうずいぶん前から起きていたのを知ってる？　あたし、窓越しに話をしたの」

　つまり、わたしひとりが出遅れてしまったんだわ、とエレーナは思った。それなら明日はもっと早く起きて、みんなと一緒に窓から話をしなくては。階段を降りきると、セオドラは広く暗い玄関ホールを突っ切り、自信をもってひとつのドアに手をかけた。「ここよ」しかしその先にあったのは、ふたりが見たこともない、薄暗くてがらんとした部屋だった。「こっちよ」とエレーナが別のドアを選んであけると、そこには、昨夜みんなが暖炉の前ですごした談話室への細い廊下が続いていた。

「そこって、ホールの反対側にあったんじゃなかった？」セオドラは狐につままれた顔で振り返った。「もう、一体なんなのよ！」彼女はのけぞって叫んだ。「ルーク？　博士？」

　すると、どこか遠くで答える声がし、セオドラは別のドアをあけに行きながら、肩越しに言った。「もしみんながあたしをこの気味悪いホールに閉じ込めて、飢えたあたしに片っ端からドアをあけさせようって魂胆なら――」

「それが、正しいドアだと思うわ」とエレーナが言った。「その暗い部屋を抜けた先が、確か食堂だったはずよ」

　もう一度博士たちを呼んでから部屋に入ったセオドラが、家具らしき物にぶつかって悪態をついていると、反対側のドアがひらいて博士が「おはよう」と言った。

「ほんと、しゃくにさわるいやな屋敷ね」セオドラが膝をさすりながら言った。「おはようございます」

「これじゃ、信じてもらえないかもしれないが、ほんの三分前までは、どのドアも大きくあいていたんだ」と博士が言った。「きみたちが迷わないようにと、あけておいたのでね。ところがテーブルに戻って見ていたら、みんな勝手に閉まってしまった。その直後にきみの声がしたわけなんだが。いやはや。とにかく、おはようだな」

「今朝のメニューはニシンの燻製だ」とルークがテーブルから声をかけてきた。「おはよう。きみたちもニシンが好きだといいんだけど」

ともに一夜の闇をくぐり抜け、無事に〈丘の屋敷〉の朝を迎えた四人は、もはやすっかり家族となって、うちとけた態度で挨拶をしながら、夕食をした時と同じ、自分の席へそれぞれ座った。

「ダドリー夫人は素晴らしい朝食を九時に用意するって約束してたけど、もしや、きみたち女性陣は〝ベッドでコーヒーとロールパン〟派なのかと心配したよ」フォークを振りながらルークが言った。

「ここが別の家だったら、もっと早くテーブルにつけたわよ」とセオドラが言い返す。

「本当にドアはあけておいてくださったの？」とエレーナが訊いた。

「うん。だから、きみたちが来たのもわかったんだ」とルーク。「それが、見ている前で閉まっちゃってね」

「今日はドアというドアに釘を打って、閉まらないようにしなくちゃ」とセオドラ。「それから屋敷内を歩きまわって、食堂には百パーセント確実に来られるように練習するわ。ところで」彼女は博士に打ち明けるように言った。「あたし、昨日の夜は明かりをつけっぱなしにして寝たんですけど、何も起こりませんでしたよ」

「うん、まったくもって静かだったな」と博士。

「一晩じゅう、起きて番をしてらしたんですか？」とエレーナが訊く。

「いや、三時頃までだ。そこで『パミラ』の睡眠効果がついに現れたのでね。二時過ぎに雨が降り出すまで、物音ひとつしなかった。ただ一度だけ、きみたち女性のどちらかが声を上げたようだったが――」

「それってきっと、あたしだわ」セオドラが恥ずかしそうに言った。「〈丘の屋敷〉の門のところで、例のよこしまな妹娘が待ち構えている夢を見たから」

「彼女の夢なら、わたしも見たわ」エレーナはそう言って、博士を見てから急いで付け加えた。「情けないです。本当は自分も怖がっているんだと思うと」

「そんなのは、みんな同じよ」とセオドラが言う。

「本当の気持ちを無理に隠すのは、かえってよくないからね」と博士。

「燻製ニシンをめいっぱい胃袋に詰め込んだらいいさ」ルークが言った。「そうすりゃ気持ち悪くて、ほかのことは何も感じられなくなるから」

エレーナはまた昨日と同じように、自分の心に巣食っている恐怖から、みんなの会話の矛先が上手にそれていくのを感じた。もしかしたら、この話題をみんなに代わって時々口にするのが、エレーナに与えられた一種の役割であって、それでみんなは彼女をなだめ、ついでに自分自身をもなだめて、この話題に背を向けることができるのかもしれない。たぶんエレーナは、ここにいる全員になりかわって、あらゆる恐怖を一手に引き受ける〝媒介〟にされているのだ。みんな子供みたいだわ、とエレーナは不愉快な気分で思った。我先にと駆け出して、ゴールしてから悠々と振り返り、びりっけつになった子を得意顔で呼んでる子供と同じ――彼女は皿を押しやって、ため息をついた。

「とにかく今夜、寝るまでに、あたしはこの屋敷内をくまなく調べておきたいんです」セオドラが博士に続けた。「頭の上や足の下で、何がどうなっているのか知らないままいるのは、もうたくさんだわ。それから、絶対にいくつかの窓をあけて、ドアも閉まらないようにして、堂々巡りしてるみたいな、あの妙な感じをなくさなくっちゃ」

「小さな標識でも貼るかな」ルークが肩をすくめた。「〝順路〟って書いた紙に矢印をつけてさ」

「それと〝行き止まり〟もよ」とエレーナ。

「ついでに〝家具の転倒に注意〟ってのもね。それを全部作るの」とセオドラがルークに言った。

「でも、みんなで屋敷内を調べてまわる方が先だわ」エレーナの言葉は、いささか勢い込んで聞こえたらしく、セオドラが不思議そうな顔で見た。「だって、自分ひとりだけ屋根裏部屋かどこかに置き去りにされたら困るし」エレーナは決まり悪い思いで言い足した。

「誰もあなたを置き去りになんかしないわよ」とセオドラ。

「それじゃ、こうしよう」とルークが提案した。「まずは、みんなでこのポットのコーヒーを飲み干し、それから、あまりぞっとしないけど、部屋めぐりの探険に出るんだ。ここの間取りにはどんな規則性があるのかを探りながらね。その際、ドアは順にあけはなしていく。しかし」彼は悲しげに首を振った。「標識をつけなきゃ迷子になるような屋敷を自分が相続するなんて、まったく夢にも思わなかったよ」

「それから、各部屋の名前も考えないといけないわ」とセオドラ。「たとえば、ルーク、あたしが〝二番目に素敵な客間へそっと会いに来てちょうだい〟ってあなたを誘ったとして――あなた、あたしの居場所が探し当てられる？」

「口笛を吹いてくれれば、それを頼りに探すよ」とルーク。

セオドラは大げさに震えてみせた。「あたしの口笛や呼び声を聞きながら、あなたはドアを渡り歩いて、でも決して正しいドアはあけられなかったりするのよ。でもって、あたしは、ずっと部屋に閉じ込められたままになるんだわ。出口を見つけることもできず――」

「そして、何も食べられないまま」エレーナが意地悪く続ける。

セオドラはまたエレーナをまじまじと見つめ、やがて「そうよ、何も食べられないままでね」とうなずいた。「ここって、移動遊園地の〝びっくりハウス〟みたいだわ。部屋と部屋がみんなつながってて、ドアをあければ思わぬ場所へ出てしまって、そのドアも勝手にどんどん閉まっちゃって。このぶんじゃ、自分がいっぱい映って見える鏡も、きっとどこかにセットしてあるわよ。それと、スカートを吹き上げる送風管や、暗い通路からいきなり飛び出して、目の前で笑う――」そこで彼女は急に黙り、手元のカップを乱暴に取った。はずみで中のコーヒーがこぼれた。

「それほどひどい場所でもないさ」博士が気楽な調子で言った。「実を言えば、ここの一階は、部屋がほぼ同心円状に並んでいてね。一番中心にあるのが、昨夜過ごしたあの小さな談話室だ。そしてその周囲に、別の一群の部屋が並んでいる――たとえばビリヤード室、バラ色のサテンで内装された家具つきの陰気な小部屋――」

「その部屋、エレーナと毎朝行って、針仕事でもしようかしら」

「――そしてこれらの、窓がひとつもなくて直接外には出られないので、わたしが内部屋と呼んでいる部屋を、やはり輪のように取り巻いて並んでいる外部屋がある。それが、応接室や図書室、温室で――」

「嘘でしょう」セオドラが頭を振った。「バラ色サテンの部屋のあたりで、すでに迷子になりそうなのに」

「そして、その外側、屋敷のまわりにはベランダがぐるりと続いているわけだ。ベランダへ出るドアは、応接室と温室、それから居間のひとつにもある。そのほかにも通路があって――」

「ストップ、もう、そのへんにしといてください」そう言ってセオドラは笑い、それからうんざり首を振った。「まったく醜悪な、むかつく屋敷ね」

その時、食堂の片隅にある自在ドアがひらき、ダドリー夫人が現れた。彼女はドアに手を置いたまま、朝食のテーブルを無表情に眺めて言った。「片付けは十時にいたします」

「おはよう、ダドリー夫人」とルークが声をかけた。

ダドリー夫人は目だけ動かして彼を見た。「片付けは十時にいたします。食器は元通り棚に戻すことになっています。次に出すのは昼食の時です。昼食は午後一時にご用意しますが、その前に、食器は棚に戻さなければなりません」

「ごもっともだよ、ダドリー夫人」博士は席を立ってナプキンを置いた。「諸君も、もういいかな？」

ダドリー夫人の監視の前で、セオドラはわざとカップに手をのばし、コーヒーを悠々と飲み干した。それからナプキンで口元をおさえ、椅子の背にもたれかかった。「とてもおいしい朝食だったわ」と彼女は会話を楽しむふうで言った。「このお皿って、もともと、この屋敷のものなの？」

「食器棚のものです」とダドリー夫人。

「ついでに言えばこのガラス器も、銀のナイフやフォーク類も、リネン類もそうなんじゃない？　みんな素敵な年代物だわ」

「リネン類は食堂のリネン用の抽斗《ひきだし》にしまいます」とダドリー夫人が続けた。「銀器はそれ専用の収納箱にしまいます。ガラス器は棚に戻します」

「あたしたちのせいで、ずいぶん面倒をかけてるみたいね」とセオドラ。

ダドリー夫人はしばらく沈黙し、やがて「片付けは十時にいたします。昼食は午後一時にご用意します」とくり返した。

セオドラは笑って席を立った。「はいはい、仕事をしてちょうだい。さあ、あたしたちは退散して、ドアあけ作業にかかりましょう」

順序からいって当然ながら、四人はまず食堂のドアをあけ、重い椅子を支えに置いた。隣の部屋はゲーム用の娯楽室だった。さっきセオドラがぶつかったのは、象眼細工の低いチェス・テーブルで（「変だな、なぜ昨日はこれを見落としたんだろう」と博士が腹立たしそうに言った）、部屋の反対端にはカードゲーム用のテーブル・セットがあり、チェスの駒がしまってあった背の高いキャビネットには、クロッケーの球やクリベッジのボードもしまってあった。

「暇つぶしにはちょうどいい部屋だな」ルークが戸口に立ったまま、寒々とした室内を眺めて言った。テーブルの天板に使われている緑色が、暖炉まわりの黒っぽい飾りタイルに陰気な表情で映っている。この屋敷お決まりの暗い羽目板の壁には、野生動物を狩り殺す様子を描いた複製画が何枚もかかっていたが、そこには飾りらしい華やかさがまるで感じられなかった。それに炉棚の上部では鹿の頭が、剝製独特の表情で四人を見下ろしていた。

「ここへ来て、遊んでいたんだわ」そうつぶやいたセオドラの声は、がらんと高い天井にこだまして震えた。「ほかの部屋の重苦しい雰囲気を逃れるために、ここへ来たのよ」鹿の頭部は悲しみに沈んだ目でセオドラを見ている。「あの、幼い姉妹のことよ」と彼女は説明した。「ねえ、あの剝製の頭、下ろすことができないかしら？」

「どうやらあの鹿はきみが気に入ったみたいだな」とルークが言った。「きみがこの部屋に入った瞬間から、あいつ、まるで視線をはずさないんだから。さあ、こんな部屋はもう出よう」

四人はここでもドアが閉まらないようにおもしを置き、ひらいた戸口から差し込む光でぼんやり照らされた玄関ホールへ進んでいった。「窓のある部屋へ行ったら、忘れずにあけて風を入れよう」と博士が言った。「だが、それまでは、玄関でもあけておくより仕方ないな」

「あなた、ずっと幼い姉妹のことを考えていたのね」エレーナがセオドラに言った。「でもわたしは、この屋敷でひとりぼっちだった世話係のこと……もしかしたら誰かいるんじゃないかって不安になりながら、部屋から部屋を歩きまわっていた、気の毒な娘のことが忘れられないわ」

ルークは重い扉を引きあけると、大きな花瓶をころがしてきて支えに置いた。そして「うまい空気だ」と嬉しそうに言った。雨と湿った草の生暖かい匂いが、さっとホールに流れ込む。四人はあけはなった玄関にしばらく佇み、〈丘の屋敷〉の外の空気を味わった。やがて博士が言った。「さて、次はここだが、きみたちの知らない場所へ案内しよう」彼は玄関脇で陰になっている小さなドアをあけると、うしろに身を引いて微笑んだ。「図書室だよ。塔の中にあるんだ」

「わたし、そこへは入れません」思わず出てしまった言葉に、エレーナは自分でも驚いたが、中へ入れないのは本当だった。黴《かび》と土の匂いが混ざった重く冷たい空気に襲われて、彼女はじりじりあとずさった。「母が――」自分でも何が言いたいのかわからぬまま、壁にもたれかかった。

「本当かね?」と、博士は興味深そうにエレーナを見た。「セオドラは?」呼ばれた彼女は肩をすくめ、あっさり図書室に入っていく。その様子にエレーナは身震いした。「ルーク？」と博士が声をかけると、ルークはすでに中に入っていた。エレーナの立っている場所からは、弧を描いている図書室の壁の一部と、鉄の細い階段が見えるだけだった。ここは塔の中だから、あの階段は上へ上へと高く伸びているのだろう。ぐっと目をつぶったエレーナの耳に、図書室の石壁でうつろに響いている博士の声が遠く聞こえた。

「その上の陰になっているところに、小さな跳ね上げ戸が見えるだろう？　そこからせまいバルコニーに出られるのだよ。そうそう、彼女が――例の世話係が首を吊ったと言われている。確かにここは最適だな。本を読むより自殺する方が、よほど似合っている感じの場所だ。娘は、そこの鉄の手すりにロープを結んで、それからひと思いに――」

「そこまでで結構です」とセオドラの声がした。「もう充分に想像できましたから。ありがとうございました。あたしだったら、さっきの娯楽室で鹿の頭にロープをかけると思うけど、でも、きっと彼女はこの塔に、なんらかのセンチメンタルな愛着があったんでしょうね。ふふ、こういう文脈で使う〝愛着〟って言葉、なんかいいと思わない？」

「面白いね」ルークの声がさらに大きく響いたかと思うと、三人は図書室を出て、エレーナが待っている玄関ホールへ戻ってきた。「いずれこの部屋はナイトクラブにでも改造するかな。バルコニーにオーケストラを置いてさ、女の子たちが踊りながら、あの螺旋階段を降りてくるんだ。バー・カウンターは――」

「エレーナ」セオドラが声をかけてきた。「大丈夫？　あの中、すごく気持ち悪かったわ。あなた、入らなくって正解だったわよ」

エレーナはもたれていた壁から離れた。両手は冷たく、今にも泣き出したい気分だったが、博士が本の山をおもしにしてドアをあけたので、そちらを見ないように図書室に背を向けた。「ここに泊まっている間は、ろくに本を読めそうにないわ」彼女は強いて明るく言った。「こんな図書室の臭いがしたらいやだもの」

「臭いには気づかなかったが」そう言って、博士が尋ねるようにルークを見ると、彼も首を横に振った。「奇妙だな」と博士は続けた。「だが、そういうものをわれわれは探しているわけなんだ。その臭いについては記録しておいてくれないかな。それもできるだけ詳しく、正確にね」

セオドラは戸惑った様子をしていた。玄関ホールに立ったまま、背後の階段を振り返って、それから玄関に目を戻す。「ここって玄関がふたつあるの？　単なるあたしの勘違いかしら？」

博士が嬉しそうに微笑んだ。どうやらこの手の質問が出るのを、今か今かと期待していたらしい。「玄関はひとつだ。昨日、きみたちが入ってきた場所だけだよ」

セオドラが怪訝そうに眉をひそめた。「じゃあ、なぜ、あたしとエレーナの部屋から、この塔が見えないの？　あたしたちの寝室は建物の正面側にあって、窓からは玄関前が見渡せるのに――」

博士が笑って手を叩いた。「やっと気がついたね。きみは鋭いよ、セオドラ。だからわたしは明るい昼間に、この屋敷を諸君に見せたかったんだ。さあ、みんなそこの階段に座って。説明をしてあげよう」

三人が言われるままに腰を下ろして見上げると、博士は講義する時のポーズをとり、改まった口調ではじめた。「この〈丘の屋敷〉に見られる奇妙な特性のひとつ、それは設計面にある――」

「移動遊園地の〝びっくりハウス〟」

「その通り。諸君は、なぜ自分がこんな重度の方向音痴になったのかと不思議に思っているのではないかな？　これが普通の屋敷なら、わたしたち四人だって、こういつまでも混乱したりすることはなかったろう。しかしここでは、あけるべきドアをいつも間違え、まるで目的の部屋自体がこっちから逃げているように思える。このわたしでさえ、まだまごついているくらいだ」博士はため息をつき、ひとり納得するようにうなずいた。「これは私見なのだが、おそらくヒュー・クレインは、いずれ〈丘の屋敷〉が名所になればいいと考えていたんだろう。カリフォルニアの〈ウィンチェスター・ハウス〉や、あまたある八角建築《オクタゴンハウス》のようなね。で、この屋敷はクレイン自身が設計し、しかも前に話したように、彼は風変わりな人物だった。それで、あらゆる角度が」――博士は戸口の方を身振りで示した――「どこもかしこも、わずかずつだが狂わせてある。きっとヒュー・クレインはひどい人間嫌いで、よくある普通の屋敷など建てたくはなかったんだろう。だから、自分の意に添うような、こんな屋敷を造り上げたんだ。ぱっと見にはごくごく見慣れた、直角なら直角に間違いないように思える、誰もがそう思って当然の部分でも、この屋敷ではほんの少しずつ、みんなずらして造ってある。たとえば、今座っている、その階段。きみたちは水平だと信じているはずだ。なぜなら、階段は水平にできているものだと、頭から思い込んでいるから――」

三人は居心地悪く身体を動かした。特にセオドラは、転げ落ちそうな感じがしたのか、急いでそばの手すりをつかんだ。

「――しかし実際にはどの段も、中心となる柱の方向へわずかに傾いている。各部屋の戸口にしても、中心線が微妙にずれていて――おそらく、手で押さえていないとドアが勝手に閉まるのは、それが原因かもしれない。今朝は、きみたち女性陣の近づいてきた足音が、微妙に保たれていたドアのバランスを崩したのかと思ったんだがね。さて、これらひとつひとつの小さなズレも、すべて重なれば、建物全体にとって、当然大きなひずみとなる。さっき、寝室の窓から塔が見えないと、セオドラが言っていたが、それは塔が建物の角にあるからなんだよ。だから、彼女の窓からはどうしたって見えないんだ。ここにいると、寝室のすぐ外にあるように思えるがね。しかしセオドラの寝室の窓は、われわれが今いるこの場所の左の方、実に十五フィートほども離れた場所にあるんだ」

セオドラは思わず両手を広げた。「それを聞いてホッとしたわ」

「なるほどね」とエレーナ。「ベランダの屋根のせいで、わたしたち勘違いしちゃったんだわ。窓の外には屋根が見えるし、この屋敷に来た時も、まっすぐ入って階段をあがったから、玄関は部屋のすぐ下にあると思ったのよ。でも本当は――」

「見えるのは屋根だけだからね」と博士。「玄関はもっと遠くにある。玄関と塔が見えるのは子供部屋、廊下の突き当たりにある、あの大きな部屋だ。そこもあとで見に行こう」そこで博士の声は憂鬱に沈んだ。「ここはまさに、人を惑わすために作られた建築物の傑作だ。フランスのシャンボール村にある、二重階段の古城さながら――」

「つまり、ここではすべてが中心から少しずれているのよね?」セオドラがおぼつかない顔で訊いた。「だからこんなに何もかもが、ちぐはぐに感じるわけ?」

「これで現実の家に戻ったら、どんな気分になるかしら」とエレーナが言った。「つまり――その――ちゃんとした普通の家に、ってことだけど」

「きっと船を降りた気分だよ」とルーク。「こんな場所で平衡感覚を狂わされたあとじゃ、揺れる船を歩くのに慣れた、いや〈丘の屋敷〉慣れした足を元に戻すのに、しばらくはかかるだろうからね」彼は博士に問いかけた。「ひょっとすると、みんなが超常現象だと信じているものの正体は、実のところ、ここに住んでいて失われたバランス感覚によるものなんじゃないですか?」そして彼は「ほら、内耳器官のさ」と知った顔でセオドラに説明した。

「確かにそれがなんらかの影響を与えていることはあるだろう」と博士。「われわれは自分の平衡感覚や判断力を無条件に信じるようにできている。だから、目の前のものが現実には間違った形で傾いていても、人間心理が、慣れ親しんだ安定のパターンを守るために、それを認めまいとして猛反発するであろうことは理解できるよ」そして博士は身体の向きを変えた。「さあ、この先には、まだまだ驚くべきことが待っているぞ」その言葉に三人は階段から立ちあがると、足元の床を確かめるように用心深く歩きながら、博士のあとに従った。四人はせまい廊下を通って、昨夜過ごした談話室へ行き、そこから例によって順番にドアをあけていきながら、同心円の一番外側にあたる部分、すぐ外をベランダがめぐっている一連の部屋へ進んでいった。重いカーテンを引きあけるたびに、外の光が〈丘の屋敷〉の中へと流れ込んでくる。音楽室を通りかかると、そこにはハープが置いてあった。しかしハープは、入ってきた人間の足音に弦一本共鳴させるでもなく、超然とした表情でどっしりと立っているだけ。それにグランドピアノもきっちり蓋が閉められていて、上にある枝付き燭台の蠟燭には、灯をともした形跡がなかった。大理石の天板をつけたテーブルには、小さなガラス箱に入ったマダガスカル・ジャスミンが飾られ、椅子はどれも金色の、きゃしゃなデザインのものだった。さらに隣の部屋へ行くと、そこは温室になっていた。背の高いガラス戸のむこうには降りしきる外の雨が見え、内側では籐細工の家具を覆うように、シダが鬱蒼と茂っている。温室内は湿気が強くて居心地が悪かったため、四人はそこを急いであとにした。アーチ形の戸口を通って隣の応接室へ。そこで信じられない光景を目にし、驚いた一行は思わず立ち止まった。

「嘘でしょ」セオドラが力の抜けた声で笑った。「こんなものがあるなんて信じられない」彼女は首を振った。「エレーナ、あなたにもこれ、見えてる?」

「なんで……?」エレーナも言葉に詰まった。

「諸君なら喜んでくれると思ったんだがね」博士が悦に入って言った。

応接室の一角は、ひとつの大理石像で占められていた。それもかなり巨大なもので、縞模様に花柄の入った藤色の絨毯の上に、ぬっぺり白く浮き上がった姿は、なんともいえずグロテスクだ。エレーナは思わず目を覆い、セオドラも彼女にしがみついてきた。「わたしはこれを初めて見た時、波間から生まれたヴィーナスを表現したものではないかと思ったんだが」と博士が言った。

「まさか」ルークがやっとのことで声を出した。「聖フランチェスコが癩者を手当てしている場面でしょう」

「いいえ、違うわ」とエレーナ。「あの中のひとつは竜だもの」

「全員はずれ」セオドラが勢い込んで言った。「みんな鈍いわね。これは家族の肖像じゃない。合成作品《コンポジット》ってやつ。誰が見たってすぐにわかるわ。その中央部分にある、背の高い——しかも裸だなんて、まいっちゃうけど——筋肉隆々の像がヒュー・クレインで、妙に偉そうにしてるのは、彼が〈丘の屋敷〉を建てたご当人だからよ。そして、彼に寄り添っているふたりの精霊《ニンフ》が娘たち。右側のニンフが麦の穂か何かを大げさに振りかざしているように見えるのは、きっとあの裁判の話をしているからね。で、そっちの一番端っこで小さくなっているのが例の世話係。その反対端にいるのが——」

「天寿をまっとうしたダドリー夫人、かな」とルーク。

「それと、彼らが立っている草みたいなもの、ちょっと茂りすぎた感じだけれど、本当は食堂の絨毯のつもりなんだわ。食堂のあの絨毯、みんな気がついてた？　まるで干し草を広げたみたいで、足首がチクチクする感じだった。そして背景にある、枝を張りすぎたリンゴの木みたいなもの、それが——」

「なるほど、この屋敷による守護を象徴しているわけだな」とモンタギュー博士が言った。

「こんなのが自分たちの上に倒れてきたらと思うとゾッとするわ」エレーナが言った。「だって、この屋敷はかなりバランスが狂っているのでしょう、博士？　これが倒れる心配はないんですか？」

「わたしが調べたところによると、この像はかなりの金をかけ、床の傾きにも耐えられるように、入念に作られたものらしい。いずれにせよ、屋敷ができた当時に置かれて、これまで倒れたことがないんだからね。ヒュー・クレインは、さぞかし気に入っていたんだろう。ひょっとすると、美しいとさえ思っていたかもしれないな」

「ついでに娘たちを脅かす道具にもしていたんじゃないかしら」とセオドラが言った。「こんなものさえなかったら、本当に素敵な部屋なのに」彼女は身体を揺らしながら、くるりと回転した。「舞踏室にぴったりね。ふわふわドレスの貴婦人たちがここで踊るの。カントリーダンスだって、充分にできる広さだもの。ヒュー・クレイン様、あたくしと踊っていただけます？」彼女は軽く膝を曲げ、大理石像にお辞儀した。

「彼ならきっと承知してくれるわ」エレーナはなんとなく一歩さがった。

「足を踏まれないように気をつけるんだな」と博士が笑った。「石像に声をかけて動かしたドン・ジュアンの例もある」

セオドラは像のひとつが差し出している手に、おずおずと指先で触れた。「大理石像って触るたびに、いつもショックを覚えるの。だって、絶対に期待したような感触がしないんだもの。本当にリアルな等身大の人物像だと、なんだか肌も柔らかそうに思えてしまうから」そして彼女はまた身を翻すと、像に一礼し、薄暗い室内でひとりのワルツを華やかに踊りはじめた。

「あの奥のカーテンがかかっているところには、ベランダへ出るドアがあるんだ」博士がエレーナとルークに説明した。「セオドラも踊って暑くなったら、涼みに出られるわけだな」博士は部屋の奥へ歩いていくと、どっしりした青いカーテンを引いてドアをあけた。すると、さっきと同じ暖かい雨の匂いがまた室内に流れてきて、ともに吹き込んだ一陣の風が、大理石像にかすかな息吹を与えたように見えた。それに外の光も差し込んで、壁の色が明るく浮かんだ。

「この屋敷では何ひとつ動く物がないのね」とエレーナが言った。「でも、わたしたちがよそを向くと、視界の隅に何かがちらりと動いて見えるのよ。ほら、そこの棚に載っている小さな像。こっちが背を向けたとたん、きっとセオドラと踊り出すわ」

「あたしはちゃんと動いてるわよ」セオドラがくるくるまわりながら三人のそばへ寄ってきた。

「温室の花に、飾り房。ぼくはなんだかこの屋敷が気に入ってきちゃったよ」とルーク。

セオドラがエレーナの髪を軽く引っ張った。「ベランダで鬼ごっこよ」そう言うと、彼女はいきなりドアへ駆け出した。ためらったり考えたりする暇もなく、エレーナもあとを追って外へ飛び出した。笑いながら走ってベランダの角を曲がると、セオドラが別のドアへ逃げ込んでいくのがわかり、一緒になってドアを入ったエレーナは、そこで息を止め、慌てて止まった。ふたりが飛び込んだ先は台所で、流し台の前に立ったダドリー夫人が、黙ったまま振り返って、ふたりを見つめた。

「ダドリー夫人」セオドラが礼儀正しく声をかけた。「あたしたち、お屋敷を探険していたの」

ダドリー夫人の目が動いて、コンロの上の棚にある時計を見た。「十一時半です。わたしは――」

「一時になったら昼食を用意してくれるのよね」とセオドラ。「お邪魔でなかったら、台所を見学させてもらえないかしら。一階にあるほかの部屋は、もう全部見てしまったみたいだし」

ダドリー夫人はしばらくじっと立っていたが、やがてあきらめたように首を振ると、身体の向きを変え、わざとらしいほどゆっくり歩いて、台所のはずれにある戸口へ行った。夫人がドアをあけると、奥には階段が見えて、彼女はドアをしっかり閉めてから上へ戻っていった。セオドラはドアに耳を押し当て、奥の様子をうかがってから言った。「あのダドリー夫人にも、あたしの言うことを聞いてやろうっていう、やさしいところがあったらしいわね」

「きっと上の小塔へ首を吊りに行ったんだわ」とエレーナ。「せっかくだから、お昼のメニューがなんなのか調べましょうよ」

「そのへんの物を勝手にいじっちゃだめよ」とセオドラが注意した。「食器は食器棚になくちゃいけないって、よく知ってるでしょ。ねぇ、あの人ったら本当にスフレを作ってくれる気かしら？　ここにあるのって、スフレ用のお皿よね。それに卵とチーズが――」

「いい台所だわ」とエレーナが言った。「母の台所ときたら、それは暗くてせまくてね。あんなところじゃ、ちゃんと味のする色鮮やかな料理なんて、何も作れなかったわ」

「あなたの台所は？」セオドラがなんの気なしに訊いた。「あなたのアパートにある台所――

エレーナ、ドアを見て」

「わたし、スフレは作れないわ」

「見てよ、エレーナ。まずそこにベランダへ出るドアがあるでしょう。それからあそこに、下へ降りる階段の——たぶん、地下の貯蔵庫へ続いてるんだと思うけど——別のドアがある。そのさらにむこうには、またベランダに出るドアがあって、それからダドリー夫人が上へ行くのに使ってる戸口があって、そしてまた——」

「これもベランダに出るドアだわ」エレーナがあけてみて言った。「この台所には、ベランダへ出るドアが三つもあるのね」

「それから食器室のドアと、食堂へのドア。働き者のダドリー夫人は、よっぽどドアが好きとみえるわね。ということは、つまり」——ふたりの目が合った——「彼女はいつでも好きな方向へ、素早く行けるってことよ」

エレーナはいきなりまわれ右をしてベランダに引き返した。「彼女が亭主のダドリーに言ってよけいにドアを作らせたのかしら。どうして彼女は知らない間にうしろでドアがあくかもしれない台所で働くのが好きなのかしら。もしかしたら彼女は台所で人と会う習慣があって、いつ何が起こっても、好きな方向へ逃げられるようにしているんじゃないかしら。もしかして——」

「はい、そこまで」セオドラがやんわりと制止した。「機嫌の悪い料理人は、おいしいスフレを作らないものよ。わかるでしょ？　彼女、階段のところで聞き耳を立てているかもしれないじゃない。さ、あたしたちもどれかドアを選んで、そこをあけたまま退散しましょう」

ルークと博士はベランダに立って、芝庭の方を眺めていた。ふたりのむこうに見える玄関は、奇妙なことに、もう閉じてしまっている。屋敷の裏手では、見上げるような丘の連なりが、雨の中でひっそりとうずくまっていた。エレーナはベランダをゆっくり歩きながら、これほど完璧に周囲を囲まれている屋敷は見たことがないと思った。まるで、ベルトをきつく締めているみたい。このベランダを切り離したら、屋敷は空へ舞い上がってしまうんじゃないかしら？　さらに外周の長そうな方を選んで歩いていくと、やがて塔が目に入った。というより、ベランダのカーブを曲がったとたん、高くそびえ立つ塔の姿が、なんの前触れもなく、いきなり目の前に現れた。それは灰色の石を積んで作られた、奇怪な雰囲気の漂う頑丈な建造物で、屋敷の木造部分にしっかりと食い込み、ベランダはその横腹にまで、しつこく延々と続いていた。なんて気味が悪いんだろう——そう思ったエレーナの頭に、次の瞬間、ひとつの絵が浮かんだ。いつかこの屋敷が火事で焼失する日が来ても、きっとこの塔だけは焼け跡に灰色の不吉な姿をさらして残り、〈丘の屋敷〉の残骸に人々を寄せつけまいとするだろう。周囲には瓦礫が散乱したままで、ただ、フクロウやコウモリだけが塔の内外を飛びまわり、下に落ちた本の間に巣を作って……。塔の真ん中から上あたりには、細い切り込みのような窓がいくつか並んでおり、エレーナは、あそこから外を見下ろしたらどんな感じに見えるだろう、なぜさっきは塔の中へ入ることができなかったのだろうと思った。このぶんでは、あの窓からのぞくことなど決してできそうになく、彼女はただ、塔の内側で螺旋に上っている細い鉄の階段を想像してみるしかなかった。塔のはるか上には木でできた円錐形の屋根がのっていて、てっぺんには木製の尖塔がついていた。ほかの屋敷でこんな飾りを見たら、きっと笑ってしまうに違いない。しかし〈丘の屋敷〉の尖塔は、当然の顔でそこに存在していた。それも期待に満ちた楽しげな様子で……そう、下の細い窓を抜け出た生き物が、急傾斜の屋根をじりじりと這い登り、自分の足元までできて、そこにロープを結ぶ時を待っているような……。

「落ちるよ」ルークの声に、エレーナははっと息を呑んだ。努力して視線を下に戻す。自分でも気がつかないうちに、彼女は手すりをきつく握りしめ、外側に大きく身をそらして上を眺めていた。「ぼくの素敵な〈丘の屋敷〉で、自分のバランス感覚を信じたりしちゃ危ないな」エレーナは深呼吸し、ふいにめまいを覚えてよろめいた。慌てて支えたルークの手に頼りながら、彼女は、芝生や木立が変に傾き、空がぐるぐるまわって見える大揺れの世界で、なんとかしっかり立とうとした。

「エレーナ?」すぐそばでセオドラの声がして、ベランダを走ってくる博士の足音も聞こえた。

「まったく、忌々しい屋敷だ」とルーク。「ここにいる間は、一分たりとも気を抜かないようにしないと」

「エレーナ?」博士が声をかけてきた。

「大丈夫です」エレーナは頭を振りながら、足元がおぼつかないながらも、なんとかひとりで立った。「塔の上の方を見ようと思って、のけぞっていたら目がまわってしまったんです」

「ぼくが捕まえた時には、ひっくり返りかけてたんですよ」とルークが言った。

「あたしも今朝から一、二回、同じような感覚を味わったわ」とセオドラ。「なんか、壁を歩いて上ってるみたいで」

「とにかく彼女を中へ連れていこう」と博士がすすめた。「建物の中にいる方が、まだ多少はましだろうからね」

「本当にもう大丈夫ですから」エレーナは気恥ずかしさに押しつぶされそうになりながら言うと、慎重な足取りでベランダを歩いた。そうして玄関まで来ると、ドアは閉じていた。「確か、あけておいたはずよね」かすかに震える声で言うと、博士が彼女の横をすり抜け、ふたたび重い扉を押しひらいた。玄関の中に入ると、ホールの様子は元に戻っていた。あけておいたはずのドアが、みんなきちんと閉まっていたのだ。博士が娯楽室に通じるドアをあけると、その奥にある食堂のドアも閉まっているのが見えて、ストッパー代わりに使っていた小さなスツールは、元通り壁際に戻っていた。談話室も、応接室も、音楽室も、温室も、ドアや窓はすべて閉まって、カーテンもしっかりと下り、屋敷内にはまた暗闇が戻っていた。

「ダドリー夫人よ」もう一度屋敷をまわりながら、ドアをあけ、ストッパーをかませ、カーテンを払って窓をあけ、湿った暖かい外気を入れていく博士とルークのあとに従いながら、セオドラが言った。「ダドリー夫人は、昨日も同じことをしたわ。あたしとエレーナが外へ出たとたんにね。きっとあの人、ドアが自然に閉まるのを待つより、自分でさっさと閉めたいのよ。なぜなら、ドアは閉まっているべきで、窓は閉まっているべきで、お皿は食器棚に戻されるべきだから――」そこでセオドラは馬鹿のように笑い出し、博士は振り向くと苛立《いらだ》った表情で彼女を見た。

「ダドリー夫人には立場をわきまえさせないといかんな。必要ならば、わたしはドアに釘を打ってでもあけるぞ」彼は猛然と廊下を通っていつもの談話室へ行き、叩きつける勢いでドアをあけた。「腹を立ててみたところで、なんの役にも立ちはしないがな」そう言いながら、博士は荒っぽくドアを蹴った。

「昼食の前に、ここでシェリーでも飲みましょう」ルークがなだめるように言った。「さあ、お嬢さんたちも中へどうぞ」

2

「ダドリー夫人」博士がフォークを置いた。「素晴らしくおいしいスフレだったよ」

その言葉に、ダドリー夫人はちょっと彼を振り返り、それから空になった皿を持って台所へと戻っていった。

博士はため息をつき、疲れたように肩を動かした。「わたしも昨夜はほとんど寝なかったから、午後は少し休んだ方がよさそうだ。きみも」と、彼はエレーナを見た。「一時間ほど、横になって休むといい。これからは午後に休息を取るようにした方が、みんなにとっては具合がいいかもしれないな」

「そうですね」とセオドラが面白そうに言った。「あたしもお昼寝しなくっちゃ。うちに帰ってまで続けたら、みんな笑うかもしれないけれど、そうしたら、これは〈丘の屋敷〉での日課だったんだって説明してやるわ」

「おそらく今後は、ちゃんと夜に眠ることなど、できなくなるだろうからね」博士がそう言ったとたん、テーブルにいくぶん冷たい空気が流れ、銀器の光沢や陶器の明るい色にかげりが見えた。そして食堂の中を小さな重い雲が漂っていった気がした時、それを追うようにしてダドリー夫人が現れた。

「二時五分前です」と彼女は告げた。

3

その日の午後、エレーナは眠りたいと思いながらも、結局、眠らずにいた。眠らないまま〈緑の間〉のベッドに寝そべって、マニキュアを塗っているセオドラを眺めながら、気のないおしゃべりをしていた。セオドラにくっついて〈緑の間〉に来てしまったのは、認めたくはないけれど、ひとりきりになるのが不安だったからだ。

「あたし、自分自身を飾り立てるのって大好きなの」セオドラが自分の手をうっとりと見て言った。「全身をきれいに彩ってみたいわ」

エレーナは気持ちよく寝返りをうった。「金色の絵の具で塗るといいわよ」と深く考えずに言ってみる。目を軽く閉じると、床に座っているセオドラの姿が単なる色の固まりになって見えた。

「マニキュア、香水、浴用塩《バスソルト》」ナイル川に沿った街の話でもしているように、セオドラが続けた。「マスカラ。あなたって、そういうおしゃれを、ろくに考えていない人よね、エレーナ」

エレーナは声を出して笑い、しっかりと目を閉じた。「そんな余裕、なかったもの」

「なるほど」セオドラが意を決したように言った。「でも、あたしの手にかかってしまえば、あなた、別人みたいになるわよ。あたし、華やかさのない女って好きじゃないから」そこで彼女は、今のが軽い冗談であることを示すように笑い、さらにこう続けた。「まずは、赤のペディキュアね」

エレーナも一緒になって笑いながら、素足をぬっと突き出した。そして、少しうとうとしかけた時、ふいに冷たいマニキュア・ブラシが爪先に触れるのを感じて身震いした。

「あなたみたいな売れっ子の高級娼婦って、身のまわりの世話はお付きの女中にさせているもんでしょう」とセオドラ。「それにしては汚い足ね」

その言葉にショックを受け、エレーナは慌てて起き上がると足を見た。そう、自分の足は汚いのだ。しかもその爪先で、赤が下品に光っている。「ひどいわ。あんまりじゃない」彼女は泣き出したい気持ちでセオドラに訴えた。それから、相手の顔に浮かんでいる表情に気づき、どうしようもなく笑い出してしまった。「バスルームで洗ってくる」

「何言ってるの」セオドラは目を見張って、ベッドのそばに座った。「ほら、あたしの足だって汚いもんよ。ほんとだから。ね、見て」

「どっちにしろ、わたし、こういうことをするのは嫌いなの」

「あなたときたら、呆れるぐらいの変人ね」とセオドラが茶化す。

「自分を情けなく感じるのがいやなだけよ」とエレーナは言った。「こんなの、母が――」

「その赤いペディキュアを見たら、お母さんだってきっと喜んだわ。だって、きれいじゃない」

エレーナは自分の足をもう一度見た。「下品よ」うまい言葉が見つからず、彼女はさらに言い足した。「つまり――わたしには似合わないもの。こんなのをつけてると、わたし、自分が間抜けに見える気がする」

「あなた、〝下品〟と〝間抜け〟の意味を、なんだかごちゃ混ぜにしちゃってるわ」セオドラはさっさと化粧道具を片付けはじめた。「とにかく文句を言ったって、そのペディキュアはとりませんからね。ルークと博士がすぐに気づくかどうか、あたしと一緒に観察するのよ」

「どんなに一生懸命言ったって、あなたにかかると、わたしの言葉は、すぐに間が抜けて聞こえるのよね」とエレーナ。

「あるいは、下品になる？」セオドラはふと真面目な顔になってエレーナを見上げた。「今、ちょっと感じたんだけど、エレーナ、あなたは家へ帰った方がいいんじゃないかしら」

この人、わたしのことを笑ってるの？　わたしにはこの屋敷に滞在する資格がないと思ってるんだろうか？　「帰る気はないわ」エレーナがそう答えると、セオドラはもう一度顔を見上げ、それからすっと視線をはずして、エレーナの爪先にやさしく触れた。「エナメル、乾いたわね。あたしって馬鹿だわ。なんだかわからないけれど、急に不安になったもんだから」そう言うと、セオドラは立ちあがって、身体を伸ばした。「さあ、ほかの人たちを探しに行きましょう」

4

ルークは二階の廊下の壁に力なくもたれ、廃墟の版画が入っている金の額縁に頭をもたせかけて言った。「今のぼくはこの屋敷を、自分の将来の財産として、すごく意識的に見ているよ。そう、以前よりもずっと深く感じてる。いつの日か、この屋敷はおまえのものになるんだぞって、ずっと自分に言い聞かせていて、でも、それと同時に、なぜこれが自分のものになるんだろうって、考え続けているんだ」彼は長く延びた廊下を身振りで示した。「もしぼくが、ずらりと並んだドアの好きな人間だったら、金ぴかの置き時計が好きだったら、細密画が好きだったら——トルコ風《ターキッシュ》にあつらえた自分専用の隠れ家を欲しがってる人間だったら、この〈丘の屋敷〉は美に満ちたお伽《とぎ》の世界に思えただろうけどね」

「いや、なかなか立派な屋敷じゃないか」博士が力を込めて言った。「これでも建てられた当時は、優雅な建物だと思われていたに違いないよ」彼は廊下を歩き出し、突き当たりにある、かつて子供部屋に使われていた大きな部屋の方へ歩き出した。「さ、この部屋の窓なら、今度こそあの塔が見えるはずだ」そう言って室内に入った博士は、戸口を通りしな、思わず身震いした。彼は不思議そうな表情で振り返った。「戸口のところに、隙間風でも通っているのかな？」

「隙間風？　この〈丘の屋敷〉で？」セオドラが笑った。「ドアひとつ満足にあけておけないのに風が通っているわけ、ないじゃありませんか」

「だったら、ひとりずつ順番にここへ入ってきてみたまえ」博士の言葉に、まずセオドラが進み出た。戸口を通ったとたん、彼女は顔を歪めた。

「まるで墓所の入り口みたい。でも、中は思ったより暖かいのね」

次のルークも、冷たい場所で一瞬ひるみ、急いで室内に入ってきた。それに続いて最後にエレーナが、まさかという疑いむなしく、戸口を抜けるほんの一歩の間に、身にしみるような冷たさを覚えた。それは氷の壁でも通り抜けたような感じで、彼女は思わず博士に尋ねた。「今の、なんなんですか？」

博士は満足そうに両手を打ち合わせた。「ルーク、きみのお望み通り、チュルク語民族《ターキッシュ》が住む北限のように寒い隠れ家が手に入ったようだぞ」博士は冷気を感じるあたりに向かって、片手を慎重に伸ばしてみた。「これは誰にも説明できないだろう。さっき図らずもセオドラが言ったように、墓場のエッセンスを集めたようなもの、かな。英国一の幽霊屋敷として名高かった〈ボーリー牧師館〉では、冷気を感じる場所でも、気温がほかより十度ほど低い程度だったんだが」と博士はひとり納得しながら話し続けている。「ここはそれより、もっと差があって低いようだ。この屋敷の心臓部らしい」

セオドラとエレーナは自然に寄り添うように立った。いくら暖かいといっても、室内は黴《かび》臭くて息苦しいほどだったし、戸口の冷気は障壁《バリア》のような手触りがあって目に見える感じさえするのに、この部屋を出る時は、またそこを通らなければならないのだ。窓の外には灰色の塔の石積みが、ぐっと迫って見えていた。室内は薄暗くて、子供部屋らしい壁の動物画は、まるで楽しそうに見えず、むしろ罠にかかった獲物のような、あの娯楽室の版画に描かれていた瀕死の鹿に通じる表情をしていた。どの寝室よりも広いこの部屋には、〈丘の屋敷〉のほかの場所では感じられることのなかった、見捨てられた雰囲気が確かにあって、あの勤勉なダドリー夫人にしても、よほど必要な時以外は、冷気の壁を通ってここに入ってくることがないのだろうと、エレーナは思った。

ルークは見えない障壁をまた通り抜けて廊下へ引き返すと、奇妙な冷気の原因が見つかることを期待してか、まず床に敷かれている絨毯を調べ、それから壁面を叩いていった。「これは絶対に隙間風なんかじゃありませんよ」彼は博士を見上げて言った。「北極から通風管でも引いてあるなら別ですけどね。もっともそれじゃ、屋敷の中が、みんな凍りついちまう」

「この子供部屋では、誰が寝ていたんだろう」博士が唐突に言った。「子供がいなくなったあとは、閉鎖してあったのかな？」

「見てください」ふいにルークが指差した。部屋の戸口の上の方、廊下側の壁の両隅に、ニヤニヤ笑いを浮かべた顔が、ひとつずつ取りつけてあった。おそらく子供部屋の入り口を楽しく見せるために飾られたものなのだろうが、これも今では壁の動物と同じで、明るく伸びやかな雰囲気などまるでない。その歪んだ笑みに囚われた顔が、それぞれに向けている視線を追うと、それはちょうど不吉な冷気の集まっている部分で、かっちり焦点を結んでいた。「ちょうど視線の先に立つと、身体が凍ってしまうって寸法ですね」とルークが説明した。

博士は興味津々の様子で廊下へ戻り、ルークと並んで戸口を見上げた。「ちょっと、こんなところへ置いていかないでよ」セオドラはエレーナの手を引き、慌てて子供部屋を駆け出した。冷気の壁を通り抜ける——何かにすばやく平手打ちされたような、すぐそばで冷たい息を吹きかけられたような感触。「ビールを冷やすにはもってこいの場所ね」セオドラはそう言うと、ニヤニヤ笑いの顔に向かって、べぇっと舌を出した。

「これは重視すべき発見だな」博士が嬉しそうに言った。

「これって、正しい冷たさじゃないみたい」自分でもどう説明すればいいのかわからないまま、エレーナは妙な言い方をしてしまった。「わざとらしいって言えばいいのかしら、まるで何かが、わたしたちに気持ちの悪いショックを与えようとしているみたいで」

「それはきっと、あの顔のせいだろう」そう答えながら、博士は四つん這いになって、床を調べはじめていた。「巻尺と温度計がいるな」と、ひとり確認しながらつぶやく。「印をつけるチョークもだ。たぶんこの冷気は夜の方が強まるんじゃないかな?」それから彼は顔を上げてエレーナに言った。「何かに見られている気がしはじめると、あらゆることが気持ち悪くなるものなんだよ」

ルークは身震いしながらまた冷気に身をさらし、子供部屋のドアを閉めに行った。そして、床に触れなければ冷気から逃げられるとでも考えたのか、帰りは大きく一歩飛んで、廊下にいる三人のそばへ戻った。子供部屋のドアが閉まったとたん、四人はすでにかなり日が暮れて、あたりが暗くなっていたことに気づいた。セオドラが落ち着かない様子で言った。「階下《した》の談話室へ戻りましょうよ。なんだか、周囲の丘が押し寄せてくるような気がするわ」

「五時過ぎか。カクテルの時間だな」ルークが博士に声をかけた。「ぼくの腕を信用して、今夜もカクテルを作れって言うつもりなんでしょう？」

「ベルモットを多めにしてね」博士はそう答え、子供部屋のドアを肩越しに何度も振り返りながら、三人のあとをのろのろとついて行った。

5

「さて、諸君」博士がナプキンを置いて言った。「食後のコーヒーは談話室の方で飲むとしようじゃないか。暖炉の前へ行った方が、ずっと楽しいからね」

セオドラが小声で笑った。「ダドリー夫人も帰っちゃったことだし、これから屋敷内を駆けまわって、ドアをあけ、窓をあけ、棚のものを全部下ろして――」

「あの人がいないと、この屋敷ってどこか違って見えるわね」とエレーナ。

「うん、余計にがらんとしている感じだ」お盆にコーヒーカップを用意していたルークが、彼女を見てうなずいた。一足先に部屋を出た博士は、例によって根気よくドアをあけ、ストッパーをかけている。「夜になると、ああ、ぼくらは四人きりなんだなって、それを急に思い出すよ」

「ダドリー夫人って、一緒にいる仲間としては、それほど嬉しい相手じゃないのに。おかしなものね」エレーナはテーブルを見下ろした。「あたしもみんなと同じで、ダドリー夫人が好きなわけじゃないんだけど、テーブルを朝までこのままにしておくなんて、母だったら絶対に席を立たせてくれないわ」

「あの人、日暮れ前に帰りたいって言うんだから、翌朝に片付けるしかないじゃない」とセオドラが興味のない顔で言った。「あたしは絶対にやらないわよ」

「テーブルを散らかしたまま食堂を出るなんて、気分悪いわ」

「そう言ったって、すべてを正しい棚に片付けることなんか、あなたにはできないでしょう？余計なことをしたって、食器についたあなたの指紋を取るために、夫人が全部やり直すのがオチよ」

「銀器だけでも別にして、流しの水につけておいたら——」

「よしなさい」セオドラが手をつかんだ。「あんなドアだらけの台所に、ひとりっきりで入りたい？」

「いいえ」エレーナは集めたフォークをテーブルに置いた。「それだけはいや」しかし彼女は割り切れない気持ちでテーブルのそばをうろつき、くしゃくしゃになったナプキンや、ルークの席にこぼれているワインの跡を見て首を振った。「でも母がこれを見たら、一体なんて言うかしら」

「いらっしゃい」セオドラが促した。「あたしたちのために、ふたりが明かりをつけていってくれたわ」

談話室では暖炉が明るく燃えていた。セオドラがコーヒーのお盆のそばに座ると、ルークが昨夜慎重に隠しておいたブランデーを戸棚から取り出した。「なんとしても、陽気に楽しくやらなくちゃね」と彼が言った。「今夜もまた、お手合わせ願いますよ、博士」

今日は夕食をとる前に、階下の部屋をくまなくまわって、座り心地のよさそうな椅子やランプをいくつも調達しておいたので、この小さな談話室は、屋敷内のどこよりも居心地のいい落ち着ける部屋になっていた。「今のところ〈丘の屋敷〉は、あたしたちにとても親切ね」そう言いながら、セオドラはエレーナにコーヒーを手渡し、受け取ったエレーナは、クッションのよくきいた椅子にホッとする思いで座った。「エレーナが皿洗いを押しつけられることはないし、こうして気の合った仲間たちと楽しい夜が過ごせるし、それにきっと明日になれば、また太陽が輝いてくれる」

「ピクニックの計画を立てなくちゃ」とエレーナ。

「〈丘の屋敷〉にいるうちに、あたし太った怠け者になっちゃうわ」とセオドラが続けた。彼女が〈丘の屋敷〉の名前をやたら連発することに、エレーナはいやな感じを覚えた。まるで自分はあんたの名前を知っているんだと屋敷に主張するために、そして自分たちの居場所をこの屋敷に教えるために、わざと口にしているみたいだ。もしかして虚勢を張っているのだろうか？〈丘の屋敷〉〈丘の屋敷〉〈丘の屋敷〉」セオドラは小さく口ずさみ、それからエレーナに笑いかけた。

「そうそう、訊きたいことがあるんだ」ルークは礼儀正しくセオドラに尋ねた。「あなたは確か姫君だというお話でしたが、お国の政治情勢はいかがなんです?」

「とても不安定ですわ」とセオドラ。「あたくしが逃げ出してきたのも、もとはと言えば父が、つまり国王が、あたくしとブラック・マイケルを結婚させようとしたからなんですの。ブラック・マイケルは王位を狙っているんですけど、もちろん、あたくしは彼の顔なんて見るのもいや。片方の耳に金のイヤリングをしていて、自分の馬番を乗馬鞭《むち》で打つようなひどい男ですからね」

「国としては最悪の情勢ですね」とルーク。「あなたはどうやって、そこを逃げ出してきたんです?」

「乳しぼり女に身をやつし、荷馬車に逃げ込んだんですのよ。あたくしを探す人間は誰もそんなところを調べたりしませんからね。それから樵《きこり》小屋へ行って、必要な書類を自分で偽造し、国境を越えてきたんです」

「それじゃ、ブラック・マイケルがクーデターを起こして国を乗っ取るのも時間の問題じゃありませんか」

「ええ、間違いなくやるでしょうね。そうなったところで構いませんけど」

飲んでいるコーヒーのカップ越しに、ふたりのやりとりを眺めながら、エレーナは、まるで歯医者にいるみたいだと思った。待合室の椅子にいると、そばでほかの患者たちが勇ましい冗談を飛ばしあっていて、でも、いずれはその全員が、歯医者の治療台に上る瞬間を迎えるのだ。博士がそばに来たことに気づき、彼女はふっと顔を上げて、あいまいな笑みを浮かべた。

「落ち着かないかな？」博士の問いかけに、エレーナはうなずいた。

「これから何が起こるのか、それがただ気になって」

「わたしもだよ」博士は椅子を動かし、彼女の隣に腰を下ろした。「きみは――まだ、はっきりとはわからないけれども――近いうちに何か起きるような気がするかね？」

「ええ。何もかもが、その時が来るのを待ち構えているみたい」

「彼らも」――博士は、何やら互いに笑っているセオドラとルークをうなずいて示した――「彼らなりに不安と向かいあっている。かく言うわたしも、われわれ全員にどんなことが起きるのだろうかと考えている。一ヶ月前だったら、今のように、こうして四人が屋敷の一室で身を寄せあっている状況など、決してありえないと言っていたかもしれんがね」エレーナは、彼が〈丘の屋敷〉の名前を口にしないことに気がついた。「わたしはずいぶん長い間、この時を待っていたんだ」

「わたしたちがここに滞在していることは正しいと思います？」

「正しい？」と博士。「ここに滞在するなんて、愚か者揃いだと思っているよ。ここにあるような〝雰囲気〟は、人間の抱えている欠点や過ちや弱みを見抜いて、巧みにつけ込んでくるものだし、そうなると我々の結束は破れ、ひとり残らずやられてしまうことになる。こちらに残されている唯一の防衛手段、それは逃げ出すことなんだ。少なくとも、これは追いかけてこられないだろう？　だから身の危険を感じたら、われわれは立ち去ればいい。来た時と同じようにね」そして博士はさりげなく付け加えた。「それも、できるだけ大急ぎで」

「でも、わたしたちは危険を承知しているし、こうして四人一緒にいるじゃありませんか」

「これはすでにセオドラとルークにも言ってあることなんだが」と博士が言った。「きみも約束してほしい。もし自分がこの屋敷に囚われかけていると感じたら、できるだけ早く、ここを逃げ出すんだ。絶対にね」

「約束します」エレーナは微笑んだ。博士の言葉は自分をとても勇敢な人間に感じさせてくれるようで、それが彼女には嬉しかった。「でも、大丈夫ですわ。本当に、大丈夫です」

「わたしはなんの躊躇もなくきみを追い出すよ」博士は立ち上がった。「そうすることが必要であると感じた時にはね。さてルーク、ご婦人方には、ちょっと失敬しようじゃないか」

　男性ふたりがチェス盤を出して駒を並べはじめると、セオドラはカップをもったまま室内を所在なげに歩き出した。エレーナはその姿を見て、警戒心から苛立ってうろつく動物を思い浮かべた。周囲の空気にわずかでも不穏な匂いが感じられると、彼女はじっと座っていられないのだ。わたしたちは、みんな不安に陥っている。「こっちへ来て、隣に座ったら？」そう声をかけると、セオドラは優雅な足取りで円を描きながら、休むべき場所に寄ってきた。そしてさっきまで博士が座っていた椅子に腰を下ろすと、疲れた様子で背もたれに頭をあずけた。きれいな人だとエレーナは思った。彼女はなんて自由気儘《きまま》で、うらやましいほどきれいなんだろう。

「疲れた？」

セオドラが顔を向けて笑った。「何かを延々と待ち続けるのって苦手なのよ」

「わたし、あなたはリラックスしているみたいだなって、ずっと思ってたんだけど」

「そのあたしが、ずっと思ってたのは──あれはいつだったっけ、もう一昨日になるのかしら？──どうして自分の家を出て、ここへ来ちゃったんだろうって、そればっかり考えてたわ。これって、きっとホームシックね」

「こんなに早く？」

「あなた、ホームシックってなんだろうと考えたことがある？　もしもあなたの家が〈丘の屋敷〉だったら、それでもホームシックになる？　あの幼いふたりの姉妹は、遠い親戚の家にやられてから、この暗いぞっとするような屋敷に戻りたいと泣いたのかしら？」

「わたし、家を離れて遠い場所へ行くということがなかったから」とエレーナは慎重に答えた。「だから、ホームシックにかかったことは一度もないと思うわ」

「今はどう？　自分の小さなアパートが恋しくない？」

「もしかしたら、感じているのかもしれないけれど」エレーナは暖炉の炎を見つめた。「でも、自分の家だって実感できるほど、まだ長くは住んでいないし」

「あたしは自分のベッドが恋しいわ」セオドラの文句を聞いたエレーナは、どうやら彼女はまた不機嫌になっているらしいと気づいた。お腹がへったり、疲れたり、退屈したりすると、セオドラはすぐ赤ちゃんに戻るのだ。「眠い」とセオドラが言った。

「十一時をまわったのね」そう言ってエレーナがチェスに興じているふたりを見やると、折しも博士が喜びに満ちた勝利の声を上げ、ルークが笑ったところだった。

「どうだね、きみ、まだ粘るかね」と博士が迫る。

「完敗ですよ、認めます」ルークは駒を集めて、箱にしまった。「今夜はちょいとブランデーを階上《うえ》へ持っていきたいんですが、別にかまいませんよね？　睡眠薬代わりというか、酔って空《から》元気を出すためというか、まあ、そんな理由です。いや実際には」――彼はセオドラとエレーナに笑顔を見せた――「まだしばらく起きていて、本でも読むつもりだけど」

「まだ『パミラ』を読んでらっしゃるんですか？」エレーナが博士に訊いた。

「今は第二巻でね、さらに残りがあと三巻ある。それを読み終わったら、次も同じリチャードソンの『クラリッサ・ハーロウ』を読もうかと思っているんだ。よかったら、ルーク、きみにも貸そう――」

「いえ、結構です」ルークが慌てて言った。「スーツケースに推理小説をたくさん詰め込んできましたから」

博士はぐるりと室内を見まわした。「さてと。それじゃあ火の始末をして、明かりを消すとするかな。ドアは、どうせ明日の朝、ダドリー夫人が閉めるだろうから、あけっぱなしておけばいい」

四人は通りしなの明かりを次々と消していきながら、ひとりひとりが疲れた足取りで広い階段を上っていった。「ところでみんな、懐中電灯はちゃんと持っているかね？」博士の問いかけに、三人が熱心にうなずく。今は背後から階段を上ってくる〈丘の屋敷〉の闇の怖さより、眠気が先に立っていた。

「おやすみなさい、みなさん」と言って、エレーナが〈青の間〉のドアをあけた。

「おやすみ」とルーク。

「おやすみなさい」とセオドラ。

「おやすみ。ゆっくり休みなさい」と最後に教授が言った。

6

「待って、母さん、ちょっと待って」エレーナはそう言いながら、手探りで明かりをつけようとした。「大丈夫よ、すぐ行くわ」――エレーナ――彼女には聞こえていた――エレーナ――「行くわよ、今、行くから」苛立ちに彼女は叫んだ。「待って！　行くって言ってるじゃない！」

「エレーナ？」

はっとして目が覚める。ベッドを出た寒さの中で、頭がはっきりしたエレーナは、身震いしながら思い出した。わたし、〈丘の屋敷〉にいたんだ……。

「セオドラ？」と彼女は大声で言った。「何、どうしたの？」

「エレーナ、こっちへ来て」

「今、行くわ」明かりをつける余裕はなかった。彼女はテーブルを蹴倒しながら、やっとの思いで隣室へ続くバスルームのドアへたどりついた。この物音はなんだろう？　テーブルが倒れる音じゃない。母さんが壁を叩いてる音だ——ありがたいことに、隣室の明かりはついていて、セオドラがベッドの上に座っていた。髪は寝乱れてもつれたまま、突然眠りから引き起こされたショックに、大きく目をひらいている。わたしもきっと同じ顔をしているに違いない。そんなことを思いながら、エレーナは声をかけた。「わたしよ。これって、何？」——その瞬間、目覚めた時からずっとしていたその音が、はじめてくっきり耳に入った。「この音、なんなの？」と、もう一度小声で囁く。

ベッドにいるセオドラの足元あたりに腰を下ろしながら、なぜ自分はこんなにも平然としているのだろうと、エレーナは不思議に感じた。そして、ああ、そうか、と思った。ついに〝その時〟が来たんだ。これはただの騒音。だけど、すごく寒い。凍えそうにすごく寒い。音は廊下の方でしている。ずっと離れた、ちょうど子供部屋のドアのあたり。すごく寒くて、でも、母さんが壁を叩いてる音じゃない。

「何かがドアを叩きまわってるわ」セオドラが冷静きわまりない口調で言った。

「ええ、そうね。それも廊下のずっと奥、突き当たりの方みたい。きっともうルークと博士が、様子を調べに行ってるはずだわ」これは、母さんが壁を叩く音とはまるで違う。わたしはまた夢を見ていたんだ。

「バン、バーン」とセオドラが口まねする。

「バン」とエレーナも言って、ククッと笑った。わたしは落ち着いている。でも、なぜかすごく寒い。聞こえてくるのは、ドアを順番に殴っているような音だけだった。わたしはこの音がそんなに恐かったんだろうか？　まさに「バン」という響き。母さんが助けを求めて壁を叩いた音よりも、子供が何かをぶつけているのに近い音だ。それに、今頃はルークと博士が現場へ見に行っている。ああ、これが〝背筋に冷たいものが走る〟と表現される感じなのだろうか？確かに気持ちのいいものじゃない。なんだか胃のあたりがもぞもぞして、それが身体じゅうを波打ちながら、生き物みたいに動いてく。まるで生き物みたいに。そう、まるで生き物みたいに。

「セオドラ」彼女は目を閉じると、ぐっと歯を食いしばり、自分で自分の身体を抱きしめた。

「あれ、近づいてくるわ」

「ただの音よ」セオドラもエレーナのそばに寄って、身体をくっつけるように座った。「反響してるだけよ」

うつろな音だ、とエレーナは思った。何か鉄瓶か、鉄の棒か、鉄の手袋でドアを叩いているような、からっぽの響きを持った音。それが一分ほど続いたかと思うと、次は急に軽くて弱い音になり、さらにまた一分ほどすると、もとの荒々しい音に変わって……そんな規則正しさを保ちながら、廊下の奥から順番にこちらに近づいてくる。エレーナは、博士とルークが階下のどこかで呼びあっている声を聞いた気がした。それじゃ、ふたりはわたしたちと同じ二階にはいないの？――そう思った瞬間、ほんのすぐ近くのドアで鉄塊を叩きつけたような大きい音がした。

「このまま廊下の反対側へ通過していくかも」とセオドラが囁く。エレーナは、この信じられない経験をしているのは自分ひとりじゃない、彼女も一緒なんだと思った。「だめだわ」セオドラが言ったとたん、廊下の真向かいでドアを叩く音がした。今までより一層大きい、耳をつんざくような音。それが今度はすぐ隣のドアに移り（あれは、廊下を左右交互に動いているの？　絨毯の上を歩いているの？　ドアに向かって腕を振り上げているの？）、エレーナは思わずベッドを飛び降りると、ドアに駆け寄って両手で押さえた。「あっちへ行きなさい！」彼女は必死に叫んだ。「あっちへ行って！　あっちへ行って！」

　そのとたん、静かになった。ドアに向かって立ったまま、エレーナははっとした。しまった、やってしまった。あれは人がいる部屋を探していたんだ。

　部屋じゅうにいやな冷気が広がって、それがふたりにも忍び寄り、身体を震えさせた。これなら〈丘の屋敷〉の住人は健やかに眠っているに違いないと、誰もが思うほどの静けさ。その中で、妙な音を耳にしたエレーナは、すかさず振り向き、セオドラの歯が鳴っているのを知って、つい笑ってしまった。「大きな赤ちゃんみたい」

「寒い」とセオドラが言った。「死んじゃうぐらい寒いわ」

「わたしもよ」エレーナは緑のキルトを取ってセオドラを包み込み、自分は彼女の暖かいドレッシング・ガウンをはおった。「これで少しは暖かい？」

「ルークはどこ？　博士はどこにいるの？」

「わからないわ。どう、暖かい？」

「いいえ」セオドラは身震いした。

「もう少ししたら、わたしが廊下に出て、ふたりを呼ぶわ。だから、あなたは――」

その会話が聞こえたのか、また騒音がはじまった。部屋の中には誰がいて、どんな声で、どんな話をし、どれだけ覚悟を決めているのか、どれほど怖がっているのか、それが全部わかったとでも言うように。突然の大音響に、エレーナはベッドまで飛ぶほどの勢いであとずさり、セオドラははっと息を呑んでから悲鳴を上げた。鉄塊はついにこの部屋のドアを殴りはじめていた。さらにふたりはあることに気づき、重なる恐怖で目をむいた。ドアが激しく叩かれている部分、それは彼女たちはもちろんのこと、博士やルークでさえ手の届かない、ずっと上端のあたりなのだ。しかも、その存在の放つ〝気〟が、ドアの外から波打つように、さらに冷たく気味悪く襲ってきていた。

エレーナはドアと向きあって石のように突っ立っていた。どうすればいいのかはまるでわからなかったが、思考がちゃんと働いている自信はあったし、自分が珍しく怯えていないことを、少なくとも最悪の夢を見ている時ほど恐くないことを自覚していた。むしろ辛いのは轟音よりも寒さの方で、セオドラの厚手のガウンを着ていてさえも、背中に触れてくる邪悪な冷気の指先だけは避けることができなかった。ここでとるべき理性的行動は、まず戸口へ行ってドアをあけてみることだろう。それは博士が目指している純然たる科学的探究に、たぶん適った方法だ。しかしエレーナは、たとえドアまでたどり着けても、とてもドアノブには手をかけられない気がした。いや、それは自分だけじゃない、と彼女は心に言い聞かせた。どう見たって、あのノブには誰もさわれるはずがないのだ。これは人間の手に負える仕事ではないのだから。ドアで轟音が続くうちは、ひと打ちごとに身体がびくついて、つい小刻みに後退していたが、その音はいつしか次第に静まって消え、エレーナの身体の震えもぴたりと止まっていた。「あたし、ラジエーターの調子が悪いって、管理人に文句を言ってやるわ」うしろでセオドラが言った。「終わったのかしら?」

「いいえ」エレーナは胸の悪さを覚えながら言った。「まだよ」

むこうはふたりの存在を見つけた。このままエレーナがドアをあけなければ、ほかの方法で中へ入ってこようとするだろう。「どうしてみんなが悲鳴を上げるのか、やっとわかったわ」エレーナが大声で言った。「だって、わたし自身が今そうしたいんだもの」するとセオドラが「あなたが叫んだら、あたしも叫ぶわ」と言って笑ったので、エレーナは素早くベッドに戻ると、セオドラとしっかり抱き合い、ドアのむこうの静寂に耳をすましました。ドア枠のあたりで、かすかな音がしている。なんとか中に忍び込もうと、隙間でも探しているような音。やがてドアノブがガチャガチャと動き、エレーナが小声で尋ねた。「鍵、かけてある?」セオドラはうなずき、それからはっとしたように目を見ひらいて、隣室に続くバスルームのドアを見た。

「わたしの部屋もかかってるわ」エレーナが耳打ちすると、セオドラは安心したように目を閉じた。ドア枠を探る小さな物音は、なおもしつこく続いていたが、やがて外にいるそれは痺《しび》れを切らしたらしく、また猛然とドアを殴りはじめた。エレーナとセオドラの見ている前で、木製のドアはびりびりと震え、蝶番《ちょうつがい》が今にもはずれそうに動いた。

「あんたは中に入れないんだから！」エレーナが必死に叫ぶと、またしても静寂が戻った。まるで屋敷が今の言葉に注意を留め、理解し、しぶしぶ納得し、おとなしく待つことを決めたように。と、細く小さなクスクス笑いが、隙間風のように室内をすうっと通り抜け、やがてそれが少し大きくなって、どこか囁き声にも似た狂気じみた笑いに変わった。その響きにエレーナが思わず総毛立った瞬間、満足そうな低い哄笑が、ふたりの脇をかすめて屋敷じゅうを駆けめぐりはじめ――しかし、階段の方で博士とルークの呼んでいる声がしたとたん、ありがたいことに不思議な現象はすべてぷっつり消え去った。

本当の静けさが戻ってくると、エレーナは震える息を吐き、ぎこちなく身体を動かした。

「こんなにしがみつきあっちゃって、まるで迷子の子供みたい」そう言いながら、セオドラはエレーナの首から腕をほどいた。「あなた、あたしのガウンを着てるわ」

「自分のを忘れてきちゃったのよ。本当に、もう終わったのかしら？」

「とりあえず、今夜のところはね」セオドラは自信のある声で言った。「ほら、わからない？ 暖かさが戻ってるでしょ？」

確かに、さっきまでの気色悪い冷気はすっかり消え去っていたが、それでもエレーナはドアを見ると、ゾクッとするものを背筋に覚えずにはいられなかった。彼女は固く結んだ腰紐をほどいた。「強い寒気《さむけ》を感じるのは、ショック症状のひとつね」

「強いショックというのは、私が感じた症状のひとつよ」とセオドラ。「ああ、ルークと博士がこっちへ来るわ」何やら口早に話している、博士たちの気がかりそうな声が廊下の方から聞こえてきた。エレーナはセオドラのガウンを脱いでベッドに置いた。「お願いだから、彼らにノックなんかさせないで――またあの音を聞いたら、今度こそ死んじゃう」そう言うと、彼女は自分のガウンを取りに部屋へ駆け戻った。背後では、セオドラが外のふたりに待ってくれと声をかけ、鍵をあける音に続いて、ルークが彼女に話しかける陽気な声がした。「どうしたんだい、幽霊でも見たような顔をして」

また隣室に戻ったエレーナは、ルークと博士がきちんと洋服を着ているのに気づき、これは見習うべきアイデアだと思った。あの強烈な冷気が夜になってまた襲ってきても、そこにはウールのスーツに分厚いセーターを着たエレーナが眠っているというわけだ。最低でもひとりの婦人客が、ウールのソックスに丈夫な靴を履いたまま清潔なベッドに寝ているのを見つけたら、ダドリー夫人はきっと文句を言うだろうが、そんなことなど気にしてはいられない。「そう言うあなたがた紳士こそ、幽霊屋敷の住み心地はいかがなの?」と彼女は尋ねた。

「完璧だね」とルークが言った。「大満足だよ。なにせ、夜中に一杯やるための、いい口実をくれるからね」彼はブランデーのボトルとグラスを持っており、それを見たエレーナは、朝の四時からセオドラの部屋で宴会をはじめるなんて、自分たちはよくできた仲間になるに違いないと思った。四人は早口に軽いおしゃべりをしながらも、好奇心のひそんだ視線で互いにちらちら盗み見ては、恐怖を隠し抱えている者はいないか、いつもと違う表情やしぐさをしていないか、この屋敷での崩壊につながる無防備な弱さをさらしてやしないかと、ずっと探りあっていた。

「わたしたちが外にいる間、屋敷では何かあったかね？」と博士が尋ねた。

エレーナとセオドラは顔を見合わせ、今度こそ、恐怖によるヒステリー症状のかけらもない、心からの笑い声を上げた。やがてセオドラが慎重に答えた。「変わったことは特になかったわ。誰かが砲弾でドアをがんがん叩いてまわって、それからこの部屋へ入ってきてあたしたちを食べようとしてたけど、こっちがドアをあけなかったもんだから、いきなり大笑いしはじめただけ。たいした異状はありませんでした」

ふと好奇心にかられ、エレーナはドアへ行って廊下をのぞいた。「さっきは、ドアがみんな砕け散るんじゃないかと思ったのに」彼女は当惑して言った。「変ね、ひっかき疵ひとつ残ってないわ。ほかの部屋のドアもよ。みんな元のままで、きれいだわ」

「せっかくの美しいドアに疵がつかなくてよかったわね」セオドラがブランデーグラスをルークに突き出して言った。「こんな素敵な古い屋敷が少しでも壊れたりしたら、あたし、たまらないわ」それからニヤリと笑ってエレーナを見た。「こちらのネリーさんときたら、今にも悲鳴を上げそうだったのよ」

「あなただって、そうだったじゃない」

「全然。あたしはただ、あなたが叫ぶんならお付き合いするって言っただけよ。それにダドリー夫人には、悲鳴を上げても助けに来ませんと、言われているじゃない。ところで頼り甲斐のある男性防衛軍は、今までどこにいたのかしら？」

「犬を追いかけていたんだ」とルークが言った。「というか、少なくとも犬に見える動物だったけど」そこで彼は言葉を切り、それから渋々こう続けた。「そいつを追って、屋敷の外へね」

セオドラが目をむき、エレーナが訊いた。「つまり、それは屋敷の中にいたの？」

「わたしの部屋の前を走っていったんだ」と博士。「一瞬のことだったが、すっと通ったのが見えてね。それでわたしはルークを起こし、そいつを追って一階へ降り、庭の方まで出ていったんだが、屋敷の裏手で見失ってしまった」

「玄関があいていたんですか？」

「いや」とルークが答えた。「玄関はちゃんと閉まってた。ほかの戸口も全部だよ。ふたりで調べたんだ」

「それでしばらく、わたしたちはあたりを歩きまわっていたんだが、きみたちの声を耳にするまでは、まさかふたりが起きているなんて夢にも思わなかった」博士は深刻な口調で言った。「どうやらわれわれにはひとつだけ見落とした点があったようだな」

三人が怪訝そうな顔をしたので、博士はひとつひとつ指を折りながら講義するように説明した。「まず第一に、ルークとわたしは、きみたち女性よりも明らかに先に目を覚ましていた。なにしろベッドを出てから二時間以上も屋敷を出たり入ったりしていたんだからね。まあそれも結果的には、無駄足としかいいようのない行動だったわけだが。そして第二に、わたしたちは」――博士は腑に落ちない顔でちらりとルークを見た――「きみたちの声がするまで、なんの物音も聞かなかった。屋敷の中は静寂そのものだったよ。例の、この部屋のドアを叩いていたという轟音が、わたしたちにはまるで聞こえなかったんだ。わたしたちが探索をやめて二階に戻ってきたものだから、ドアの外にいた何者かは、仕方なく逃げ去ったんだろう。その証拠に、こうして四人でいる今は、まったくもって静かなままだ」

「今の説明じゃ、まだ要点が見えないんですけど」とセオドラが不審そうに言った。

「われわれには予防措置が必要だということだよ」

「なんのために？　どういう予防を？」

「ルークとわたしが外へおびき出されると、残ったきみたちは屋敷の中に囚われた形になる。そこに」――博士は低く抑えた声で続けた――「そこに、われわれを引き離そうとしている意図が、なんとなく感じられはしないかね？」

第五章

1

〈丘の屋敷〉の〈青の間〉さえも洗ったように美しく見える朝の陽射しの中で、エレーナは鏡に映った自分を見ながら、これで二度目の朝を〈屋敷〉で迎えた、今のわたしは信じられないほど幸せだ、と思った。旅は愛するものとの出逢いで終わる――昨夜はろくに眠れなかったし、ここに来てからは嘘をついたり、うかつな真似をして笑われたりもしたのに、なぜか空気はワインのように甘くおいしく感じられる。情けないことに心の隅では、いつも怯えているけれど、それでもこんなに楽しい気分を、今のわたしは味わっている。わたしはこんな喜びの時を、ずっとずっと待ちわびていたんだ――これまで〝これが幸せだ〟と信じてきたものが色褪せて消えるのを感じながら、彼女は鏡の自分に向かって、あなたは幸せなのよ、エレーナ、人生に用意されていたあなたの分の幸せが、今やっと手に入ったのよ、と語りかけた。〝旅は愛するものとの出逢いで終わる、愛するものとの出逢いで……〟と心でうわの空にくり返しながら、彼女は鏡から顔を上げた。

「ルーク！」廊下でセオドラが叫んでいた。「あんた、昨日の夜、あたしのストッキングを盗んだわね。なんて手癖の悪い男なの。ダドリー夫人に聞こえるように言ってやるからね」

それに答えるルークの声が、エレーナの耳にかすかに届いた。紳士には貴婦人からの授かり物を持っている権利があるんだと反論している様子で、このやりとりがダドリー夫人の耳に届いていることぐらい、彼は充分承知しているらしい。

「エレーナ？」セオドラは隣同士つながっているバスルームのドアを叩きはじめた。「もう起きてる？　入っていい？」

「ええ、どうぞ」答えながら、エレーナはまた鏡に見入って自分に言い聞かせた。あなたには幸せになる権利があるのよ。あなたはそれぐらい今までずっと頑張ってきたんだもの。セオドラがドアをあけ、嬉しそうな声で言った。「おやまあ、今朝は格別に素敵よ、ネル。ここでの妙な暮らしが、あなたの肌には合ってるみたいね」

エレーナは彼女に微笑み返した。それならセオドラにだって、ここの生活はぴったりのようだ。

「本当なら今頃は目の下に隈をつくって、絶望のどん底ですって顔をして歩いてるはずなのに」セオドラはエレーナの身体にするりと腕をまわし、横から一緒に鏡をのぞいた。「なのに見てよ、あたしたち――今を盛りと咲き匂う、ピチピチの若い美女ふたりだわ」

「若いって、わたしは三十四よ」エレーナはそう言ってから、なぜ自分はわざと二歳も多くさばを読んだりしたのだろうと思った。

「だとしても、今は十四にしか見えないわよ」とセオドラ。「さあ、行きましょう。朝食が待ってる、待ってる」

ふたりは陽気に笑いながら先を争うように階段を駆け降り、今日は無事に娯楽室を抜けて、食堂へと入っていった。「おはよう」ルークが明るく声をかけてきた。「みんなあれから、よく眠れたかい？」

「ええ、ありがとう」とエレーナ。「赤ちゃんみたいにぐっすりだったわ」

「あたしは小さい物音がしていたような気がしたんだけど」とセオドラ。「でも、こういう古い屋敷ではあたりまえの家鳴りだったのかもね。博士、今日の午前中は何をするんです？」

「うん？」と博士が顔をあげた。彼はひとり疲れた様子をしていたが、それでも目にはほかの三人と同じ、明るい輝きをたたえていた。興奮のせいだ、とエレーナは思った。わたしたちは、みんな今を楽しんでいる。

博士は一語一語をかみしめるように言った。「バレチン・ハウス。ボーリー牧師館。グラームズ城。そういった場所である種の体験をするというのは、途方もない話であって、概して信じがたいことだ。わたし自身、それが事実であるとは、これまで信じられずにきた。だが今回、きみたちのような本物の霊媒者を得られた喜びというものが、ようやくわたしにもわかってきたよ。悪いが、そこにあるマーマレードを取ってもらえるかな。ああ、ありがとう。わたしの妻は、夫の言うことなど、きっと信じてくれないだろうがね。今日の食事にはまた独特の新しい味わいがあるな――そうは思わんかね？」

「今朝はたまたまダドリー夫人が上手く作りすぎたってことじゃないかな。ぼくも不思議に感じてたんですが」とルーク。

「さっきからずっと考えていたんだけれど」とエレーナが言った。「昨日の夜のこと。わたし、自分が怖がっていると自覚していたことは覚えているの。でも実際にどう怯えていたのか、そこが、なんだかはっきりしなくて――」

「あたしは寒かったことを覚えてるわ」セオドラが身震いした。

「きっと、日常のパターンから見て、あまりに非現実的な出来事だったせいね。つまり、まるで常識はずれっていうか」そこでエレーナは口をつぐみ、気恥ずかしさに思わず笑った。

「同感だよ」とルークが言った。「実を言うとぼくも今朝は、昨夜の出来事は本物だったんだと、自分に言い聞かせているところがあるんだ。なにしろあれは、悪夢がこっちの世界に飛び出してきたというか、こんなのは現実じゃないんだって、必死に自分に言い聞かせたくなるような事件だったからね」

「でも、あたしは、すごくエキサイティングだって思ったわ」とセオドラ。

そんな三人を制するように、博士が人差し指をあげた。「いや、地下水が原因だという可能性もまだまだ残っている」

「だったら、秘密の地下水が湧いている場所に、もっと家を建てるべきね」とセオドラ。

博士は渋い顔になった。「そういう浮かれ騒ぎが、わたしには一番困るんだ。確かにこういう出来事には、わくわくして楽しい面がある。しかし同時にそれは危険なことだと思わないかね？　これが〈丘の屋敷〉の雰囲気に毒された結果だとしたら？　わたしたちが――まさに

――呪いにかかったことを示す、最初の兆候だとしたら？」

「だったらあたしは、魔法をかけられたお姫様になるわ」とセオドラが言った。

「おっしゃることはわかりますが」とルークが言った。「昨夜の出来事が本当に〈丘の屋敷〉のしわざなら、今後それほどの心配はいらないと思いますよ。確かにぼくらは震え上がったし、現象が起こっている最中は気味が悪くていやでしたけど、身体的な危険を感じたことは一度もありませんでしたからね。セオドラは、ドアの外にいたその何かが、彼女を食べるために中へ入ってこようとしたなんて言ったけれど、それだって本当だとは――」

「わたしには彼女の言った意味がわかるわ」とエレーナが口をはさんだ。「だって、わたしもまったく同じことを思ったんだもの。あの時のあの感覚。あれはわたしたちを食べようとしてた。わたしたちを中に取り入れて、この屋敷の一部にしようとして、それで――ああ、だめだわ。言いたいことはわかってるのに、まるで説明になってない」

「身体的な危険はないはずだ」と博士が断言した。「幽霊にまつわる歴史をひもとくと、これまでに幽霊が人間に危害を加えたという記録はひとつもない。実際に起こった被害は、いずれも被害者が自分自身に加えたものなんだよ。幽霊が人の心を攻撃するというのも間違いだ。なぜなら人間の心、意識、思考する知性というものは、外部から傷つけられる性質のものではないし、今ここに座って話しているわたしたち自身の理性的意識の中には、幽霊を信じる気持ちなど、みじんもないのだからね。その証拠に、昨夜あんな体験をしたあとでさえ、みんなは〝幽霊〟という言葉を使うたびに、つい苦笑いをしてるじゃないか。そう、超常現象の真の恐ろしさは、それが現代人の精神的に弱い部分、迷信を一笑に付すだけの強さを持たず、それを補う別の防御さえもないような心の隙間に、容赦なくつけ込んでくるという点にあるんだ。昨夜、屋敷の庭を駆け抜けたのは幽霊だったとか、部屋のドアを叩いたのは幽霊だったとか、わたしたちの中で冷静にそう考える者は誰もいないだろう。しかし、昨夜〈丘の屋敷〉で何かが起こったことは確かだ。すると人間の理性が持ち合わせている本能的な避難対策——自己疑惑——は、ここでは役に立たなくなる。わたしたちは〝あれは自分の気のせいだった〟と言えないわけだ。自分以外にも三人の人間が経験しているんだからね」

「でも、こう言うことならできるわ」エレーナが笑みを浮かべた。「あなたたち三人は、みんなわたしの想像の産物。現実のものは何ひとつない」

「それを本気で信じているのなら、わたしはこの午前中にも、きみを〈丘の屋敷〉から追い出すよ」博士が厳しい表情で言った。「それはきみの精神が〈丘の屋敷〉の危険な側面を、温かな抱擁をもって受け入れようとする状態に傾きすぎた証拠だからね」

「つまり博士は、あなたの頭がおかしくなったんじゃないか心配だって言ってるのよ、ネル」

「ええ」とエレーナは言った。「そうなる可能性はあるわ。もしわたしが、みんなに刃向かって〈丘の屋敷〉の側につくようなことになったら、ここから追い出されても構いません」でも、なぜわたしなんだろう？　エレーナにはわからなかった。なぜ、それがわたしなの？　わたしは、良心の代弁者？　それとも、みんなが尊大すぎて気にもとめないようなことを、愚直に指摘させるのに最適な人間ってこと？　わたしが誰よりも、セオドラよりも弱い人間だって思われてるってこと？　四人の中では、わたしが一番みんなを裏切りそうにもない人間なのに、とエレーナは悔しく思った。

「一方、ポルターガイストというのは、また別物でね」博士はエレーナをちらりと見て続けた。「これは物質的な世界にのみ、影響を与える現象だ。石を投げたり、物を動かしたり、皿を割ったりする。〈ボーリー牧師館〉のフォイスター夫人は、この現象に悩みながらも長らく耐えた女性だが、一番大切にしていたティーポットが窓から投げ捨てられたのを機に、とうとう堪忍袋の緒が切れて出ていってしまった。もっとも、ポルターガイストというのは、超常現象の中でいうと一番原始的な部類でね。非常に破壊的だが、そこにはなんら意志や目的はない。ただ意味なく荒れ狂う力といったところだ」ここで博士は小さな笑みを浮かべて尋ねた。「きみたちはオスカー・ワイルドが書いた『カンタヴィルの幽霊』という面白い作品を覚えているかな？」

「アメリカ人の双子が、年季の入ったイギリスの幽霊をやっつける話ね」とセオドラ。

「その通り。しかしわたしは、そのアメリカ人の双子こそ、実はポルターガイストそのものだったんじゃないかという解釈が、前々から気に入っているんだ。実際、ポルターガイストに勝る強力な示威的現象はないからね。悪い幽霊が良い幽霊を追い出すというわけだ」そして彼は嬉しそうに手を打ち合わせ「もちろん、この現象にかかっては、その他のあらゆるものも追い出されてしまうがね」とつけ加えた。「スコットランドにポルターガイストの激しい荘園があるんだが、そこでは一日のうちに十七回も自然発火による火事が起きている。それにポルターガイストは、ベッドを乱暴にひっくり返して、寝ている人間を落っことすのが好きらしい。また、わたしが記憶している中では、ある聖職者が引越しをせざるをえなくなったケースというのもあった。競争相手の教会からポルターガイストが讃美歌の本を盗んで、それを彼の頭に毎日のように投げつけてきたからだよ」

なぜか突然エレーナの中に激しい笑いが込み上げてきた。今すぐテーブルの端まで走って博士を抱きしめたくなった。何かを口ずさみながら、ふらふらと芝生を歩いていきたくなった。歌をうたい、大声で叫び、腕を勢いよく振って、〈丘の屋敷〉の部屋から部屋をぐるぐる夢中で歩きまわりたくなった。わたしはここにいる。わたしはここにいる――彼女は喜びにぐっと目をつぶり、それから取りすました声で博士に言った。「それで、今日は何をするんですか？」

「まったくきみたちは、いつまでたっても子供の集団だな」博士が微笑んで言った。「いつもいつも〝今日は何をするの？〟とうるさく訊いてくる。おとなしく自分のおもちゃで遊べないかね？　あるいは仲間同士で遊んだらどうかな？　わたしにはしなきゃならない仕事があるんだ」

「あたしが一番したいことっていったら」――セオドラがクスクス笑った――「階段の手すりを滑り降りることね」エレーナの陽気な興奮が、彼女の心にも移ったようだ。

「かくれんぼもいいな」とルーク。

「ひとりの時はあまり長くふらつかないように気をつけなさい」と博士が注意した。「なぜと訊かれても、うまく説明できないが、用心に越したことはないからね」

「森の中には熊がいるからよ」とセオドラが言った。

「屋根裏には虎がいるしね」とエレーナ。

「そして塔には魔女が住み、応接室には竜が待っている」とルーク。

「わたしは真面目に言ってるんだがな」そう言いながら博士が笑った。

「十時です。食器をおさげし――」

「おはよう、ダドリー夫人」博士が声をかけ、エレーナとセオドラとルークは思わずのけぞって笑ってしまった。

「十時ですので、食器をおさげします」

「そんなに長く待たせない。だから、あと十五分ほど時間をくれないかな。そうしたら、片付けていいから」

「朝食は十時にさげることになっています。昼食は一時にお出しします。夕食は六時にご用意します。今は十時です」

「ダドリー夫人」博士は厳しい口調で注意しかけたものの、ルークの顔が笑いをこらえて強張っているのに気づき、手にしたナプキンで目元を覆ってから、あきらめ口調で渋々言った。

「いいでしょう、テーブルを片付けなさい、ダドリー夫人」

　四人は応接室の大理石像や二階の子供部屋や塔のてっぺんにまで届くほどの陽気な笑い声を〈丘の屋敷〉に響かせながら、いつもの細い廊下を通って談話室へ入っていき、それぞれの椅子に座った。「みんな、ダドリー夫人をからかってはいかんよ」博士はそう言うと、両手で顔を覆いながら、前のめりになって肩を震わせた。

笑いはなかなかおさまらなかった。誰かが何か言いかける言葉は、どれも中途半端に途切れる始末で、それでも互いを指差しながら〈丘の屋敷〉が揺れるほど笑い倒した彼らは、しまいに疲れてお腹が痛くなり、椅子の背にぐったり寄りかかった。「さて——」ようやく言いかけた博士の言葉は、セオドラが小さく吹き出したので、また止められた。

「さて、諸君」真面目に言い直した博士の声に、ようやく全員が静まった。「わたしはもう少しコーヒーを飲みたいと思うんだが、きみたちはどうかね？」

「それって、また食堂へ戻って、ダドリー夫人に頼むってことですか？」エレーナが訊いた。「一時でも六時でもない時間に、わざわざ彼女のところへ行って、コーヒーを入れてくれってお願いするの？」と、セオドラも気の乗らない声で言う。

「まあ、そういうことだな」と博士。「わたしの見るところ、ルーク、きみはなんとなくダドリー夫人に気に入られているようだから——」

「待ってください」ルークが驚いて言った。「一体どこをどう見たら、そんな突飛な観察結果が出るんです？　ダドリー夫人は、ぼくのことを、所定の棚におさまっていない皿みたいに嫌ってますよ。ダドリー夫人の目には——」

「しかしきみは、なんといっても、この屋敷の相続人なんだし」と博士がなだめるように言った。「ダドリー夫人は、若き当主に仕える古株の召使さながらに、きみを考えているはずだと思うがね」

「ダドリー夫人の目に映るぼくは、床に落ちたフォーク以下ですよ。すみませんが、あの婆さんに何か頼みたいのであれば、そこにいるセオか、われらが愛すべきネルを使いに出してください。恐れ知らずの彼女たちなら――」

「冗談でしょ」セオドラが言った。「こんなか弱き乙女が、ダドリー夫人と対決するなんて、無理に決まっているじゃない。ネルとあたしは、ここで大事に守ってもらうだけ。あんたみたいな弱虫に代わって前線に立ったりしないわ」

「それじゃ、博士が――」

「論外だな」と博士が心から言った。「きみだって本気で、わたしのような年老いた者に、行けとは言わんだろう。それに、彼女に好かれているという自覚ぐらいはあるだろうし」

「まったく食えない爺さんだ」とルーク。「たった一杯のコーヒーのために、ぼくを生け贄に差し出すとは。念のために言っときますが、もしも、みんなの大切なルークが、この件で帰らぬ人となっても、決して、決して驚かないでくださいよ。ダドリー夫人は、きっとまだ午前のおやつを食べていないでしょうからね。それに彼女だったら〝ルークのヒレ肉のムニエル〟を作るぐらいはお手のもの。いや、気分によったら〝ルークのノルマンディー風〟になるかな。とにかく、ぼくが戻ってこなかったら」――彼は博士の鼻先で、警告するように指を振った――「昼食に出てきた料理を、くれぐれも疑ってみるよう、心からご忠告しときます」巨人退治に出かける勇者にふさわしい、派手な身振りでお辞儀をすると、彼は部屋を出てドアを閉めた。

「ルークったら、素敵ね」セオドラが気持ちよく伸びをした。

「〈丘の屋敷〉も素敵よ」とエレーナが続けた。「ねえ、セオ、屋敷の横の庭にね、周囲は草がぼうぼうなんだけど、小さな四阿《あずまや》みたいなのがあるの。昨日、気がついたのよ。午前中は、そこへ行ってみない？」

「いいわね」とセオドラがうなずいた。「あたし〈丘の屋敷〉のことは隅々まで知っておきたいから。それに今日は、中にいるのがもったいないような、本当にいい天気だし」

「それじゃ、ルークも誘いましょう」とエレーナ。「博士もご一緒にいかがです？」

「わたしは記録を――」そう言いかけた時、突然ドアが勢いよくひらいて、博士は思わず口をつぐんだ。戸口にはルークが立っていた。彼はダドリー夫人のところへ行かず、ドアの外で息を殺し、戻るタイミングを計っていたんだわ――そう思ったエレーナが、彼の真っ青な表情に気づいた時、博士が「いかん、第一の規則を破って、彼をひとりで行かせてしまった」と焦った声で言うのが聞こえ、気がつけばエレーナ自身も、「ルーク、どうしたの？」と声をかけていた。

「大丈夫だ」ルークはかろうじて笑みを浮かべていた。「でも、一緒に廊下へ出てもらえるかな」

その顔色と声と微笑みにぞっとするものを感じながら、三人は黙って立ち上がると、彼について部屋の外の、玄関ホールへ続く長い廊下に出た。「ほら」ルークがマッチの炎で照らした壁を見た瞬間、エレーナの背筋に悪寒が走った。

「これ、書いてあるの？」エレーナは壁に顔を近づけて訊いた。

「書いてある。ぼくも行って戻ってくるまでは気づかなかったんだけどね」ルークは固い声で付け加えた。「ダドリー夫人には断られたよ」

「そうだ、懐中電灯」博士はポケットにあった懐中電灯をつけると、廊下の端から端まで、ゆっくり照らしながら歩いた。文字がはっきり浮き立って見えた。「チョークだ」博士は壁に近づき、指先で文字に触れてみた。「チョークで書いてある」

それは大きくぞんざいな文字の羅列で、エレーナには、悪童たちが塀に書きなぐった落書きそっくりに見えた。しかし、それが廊下の分厚い羽目板に書いてあるのは、まぎれもない現実だった。文字は廊下の端から端まで続いており、しかもあまりに巨大なので、反対側の壁まで目一杯にさがっても、一体なんと書いてあるのか、すぐには読み取れないほどだった。

「読めますか？」そっとルークが問いかけると、博士が懐中電灯を動かしながら、ゆっくりと読み上げた。「〝エレーナ、うちに、かえりたい〟」

「嘘よ」エレーナは言葉が喉に詰まった気がした。博士が読み上げるのと同時に、彼女は自分の名前に気がついていた。わたしだ、と彼女は思った。わたしの名前がこんなにはっきり書いてある。この屋敷の壁に、わたしが名指しされていいはずはないのに。「これ消して。消してちょうだい」セオドラの腕がふわりと肩を抱いたのを感じた。「こんなの、異常よ」エレーナはただうろたえて言った。

「ええ、本当に、その通りね」セオドラが力強く言った。「部屋へ戻りましょう、ネル。座った方がいいわ。これはルークがあとでなんとか消してくれるから」

「でも、こんなの異常よ」エレーナは壁に書かれた自分の名前をしつこく振り返った。「どうして――?」

そんな彼女の身体を、博士は半ば強制的に部屋へ戻してドアを閉め、ルークは早くもハンカチを出して、落書きを消そうと奮闘していた。「いいかね、よく聞くんだ」博士がエレーナに言った。「あそこにきみの名前があったからといって――」

「そうよ」エレーナは博士を凝視した。「あれはわたしの名前を知ってるの。そうでしょう? わたしの名前を知ってるのよ」

「黙って、落ち着きなさい!」セオドラが乱暴に彼女を揺すった。「あそこには誰の名前があっても不思議じゃないの。むこうは、あたしたち全員の名前を知ってるんだから」

「あなたたちが書いたの?」エレーナはセオドラを振り返った。「お願い、言ってよ――わたし、怒ったりしないから。だって、聞けばわかるもの――あれ、ただの冗談なんでしょ? わたしを怖がらせようとしただけなんでしょ?」彼女は訴えるように博士を見た。

「みんなが書いたんじゃないことぐらい、わかっているはずだよ」と博士が答えた。

ハンカチで手を拭きながら、ルークが部屋に入ってきた。エレーナは期待に満ちた顔で彼を振り返った。「ルーク、あれ、あなたが書いたんでしょう? さっき出ていった時に、ね?」

ルークは目を見張り、それからエレーナの座っている椅子の腕に腰を下ろした。「きみはぼくにきみの名前を、そこらじゅうに書かせたいのか？　木の幹に彫らせたいのか？　〝エレーナ、エレーナ〟って、紙切れに書き散らしてほしいのか？」彼はエレーナの髪を軽く引っ張った。「ぼくはもっと利口だよ。きみももっと冷静になるんだ」

「だって、どうしてわたしなの？」エレーナはひとりひとりの顔を順番に見た。わたしだけのけ者だ、わたしだけ選ばれてしまった——気が狂いそうな思いのなかで、彼女は口早に、助けを求めるように言った。「わたし、みんなと違って注意を集めてしまうようなことを、何かしてしまったの？」

「いいえ、いつもと変わらなかったわ」とセオドラが言った。暖炉のそばに立った彼女は、炉棚にもたれかかり、トントンと指先を動かしていたが、やがてぱっと明るい笑顔をエレーナに向けた。「ひょっとすると、あなたが自分で書いたのかもね」

エレーナは怒りのあまり、なかば叫ぶように言った。「こんなおぞましい屋敷に、自分の名前が落書きしてあるのを見て嬉しいと思う？　こんな形で注目を浴びて、わたしが喜んでると思うの？　わたし、そんな甘えた子供じゃないわ——ひとりだけはみ出すなんて、いやよ——」

「さっきのあれ、助けを求めてたわ。気がついてた？」セオドラが陽気に言った。「もしかしたら例の気の毒な世話係の魂が、やっとコミュニケーションの手段を見つけたのかもね。たぶん彼女は待っていたのよ。内気で目立たない、地味っぽい——」

「ええ、そういう相手なら、わたししかいないわよね。だってあなたみたいな利己主義の塊には、助けなんか求めたって、思いが届きっこないもの。わたしなら、もっと同情的で、もっと理解してあげられて――」

「だからあれは、あなたが自分に対して書いたのかもしれないって言ってるんじゃない」セオドラがくり返した。

女の喧嘩を前にした男のマナーとして、博士とルークはだんまりを決め、ともに並んで引き下がっていたが、やがて頃合いを見て、ルークが前に出た。「もう充分だろう、エレーナ」やれやれという調子で口をはさんだ彼に、エレーナは猛然と振り返り、足を踏み鳴らした。「何がよ?」彼女は息も絶え絶えに言った。「何がもう充分だって言うの?」

するると博士が笑い出した。彼女は思わず博士を見つめ、それから微笑んで自分を見ているルークを見た。わたしの何がおかしいっていうの?――彼女ははっと気がついた。セオドラが喧嘩をふっかけたのは、怯えるわたしを怒らせて立ち直らせるためなのだと、このふたりは思っているのだ。こんな手にはまるなんて、なんてみっともない話だろう。エレーナは両手で顔を覆い、椅子に座り込んだ。

「ネル、ごめん」セオドラが声をかけてきた。「あたしが悪かったわ」

何か答えなきゃ――エレーナは自分に言い聞かせた。ここは、うっかり乗せられたって顔をして見せなくちゃだめよ。わたしは可愛いうっかり者。そんな自分を恥ずかしがっている様子を見せておかなければ。「わたしこそ、ごめんなさい。怖かったのよ」

「それは当然だ」あいづちを打った博士を見て、エレーナは、なんて単純な人なんだろうと思った。表裏のない簡単な人。彼は耳に入った戯言を何から何まで信じている。おまけに、セオドラがショック療法でわたしを救ったとまで思ってる——彼女は博士に微笑みながら、自分がみんなの輪にまた戻れたことを確信した。

「あたしね、今にあなたがおかしくなって悲鳴を上げるんじゃないかと、本気で心配したのよ」そばにきたセオドラが、エレーナの椅子の横にひざまずいて言った。「あたしが同じ立場だったら、きっとそうなっていたもの。でもあたしたちは、あなたをそのまま狂わせるわけにいかなかったの」

そしてわたしたちは、あんた《セオドラ》以外の役者を舞台の中央に立たせるわけにはいかないのよね、とエレーナは思った。でも、その舞台を降りたくなったら、わたしはひとりで勝手に降りるわ。彼女は手を伸ばし、セオドラの頭を軽く叩いて言った。「ありがとう。確かにわたし、いくらか危ない状態だったと思う」

「今に殴りあいの喧嘩がはじまるんじゃないかとヒヤヒヤしたよ」とルークが言った。「もっとも、セオドラの計画には、すぐに気がついたけどね」

でも彼女の本当の計画は、あんたが考えてるのと違ってたのよ——嬉しそうに目を輝かせているセオドラをにこやかに見下ろしながら、エレーナは心ひそかに思った。

2

〈丘の屋敷〉の時間は物憂い早さで流れていった。エレーナとセオドラ、博士とルークは、いつ起こるとも知れぬ脅威に神経を尖らせながらも、緑豊かな丘に囲まれた、暖かくも薄暗い豪華な屋敷の中で、静かな昼と静かな夜を——いささか心がだれるくらいの、ゆっくりした時を過ごすことができた。四人は一緒に食事をとり、そこで味わうダドリー夫人の料理は、これまたやはり完璧だった。会話を楽しみ、チェスに興じ、博士は『パミラ』を読了して『チャールズ・グランディソン卿』を読みはじめた。やむにやまれぬ事情によって、四人が自室へひとりで戻らざるをえなかった、さまざまな時間にも、不穏な事件が起こることはなかった。みんなの声が聞こえ、誰からも見える広い芝生に座って、博士が書き物をしている間、セオドラとエレーナとルークは、屋敷の裏手に生い茂る雑木林を探険して、小さな四阿《あずまや》を見つけた。さらに、周囲を壁に囲われた雑草だらけのバラ園や、ダドリー夫妻が丹精こめて育てている野菜畑も見てまわった。そして時々思い出したように、小川へピクニックに行く相談をした。四阿のそばに野生のイチゴがなっているのを見つけた三人は、それをハンカチ一杯に摘んで芝生に戻ると、博士のそばに寝転んで、手や口のまわりを果汁で汚しながらほおばった。ノートから目を上げた博士は、まるで子供みたいだと、おかしそうに言った。すでに三人はこの〈丘の屋敷〉で見聞きした出来事に対する自分の考えを——散漫かつ、いささか詳細さに欠けた描写で

――レポートにまとめて提出し終え、博士はその記録を自分の書類ばさみ《ポートフォリオ》にしまった。翌朝――〈丘の屋敷〉で迎えた三度目の朝――ルークを助手に従えた博士は、例の冷気のある場所を正確に測定するため、チョークや巻尺を使いながら、二階の床に這いつくばって熱心な一時間をすごし、その間エレーナとセオドラのふたりは、あぐらをかいて廊下に座り、作業を見守りながら、三目並べをして遊んでいた。博士の作業は、調査対象そのもののせいで、かなり難航していた。極度の冷気にすぐ指がかじかんでしまうため、チョークや巻尺を一度にわずかな時間しか持っていられないからだ。巻尺の端を持って子供部屋の戸口に歩いていったルークも、冷気の場所にあたったとたん、指の力が抜けてしまい、弛緩した手は思うように動かなくなってしまった。ところが冷気点に置いた温度計は、なぜかその働きを一切拒否して、廊下のほかの部分と同じ目盛りを指したまま動かず、これを知った博士は、〈ボーリー牧師館〉で十一度の温度低下を測定した統計学者の業績にまで八つ当たりの文句を吐いた。それでもなんとか可能な範囲で冷気の測定を終えてしまうと、彼は結果をノートに記録し、それからみんなを連れて食堂へ降り、昼食の席で、いささか涼しいこの午後にクロッケーをしないかと誘った。

「今日はこんなに素晴らしい天気なのに、せっかくの午前中を、ただ床を這いながら、酷寒の場所を探してつぶしてしまったなんて、なんとももったいない限りじゃないか。われわれはこれからもっと、外で過ごすように計画を立てるべきだ」――そう説明をした博士は、いきなりみんなが笑い出したのを見て、ちょっと驚いた。

「ここと別の世界なんて、まだ存在するのかしら？」とエレーナが不思議そうに言った。今日のダドリー夫人が用意してくれたのは桃のショートケーキで、彼女はそれがのった自分の皿を見ながら続けた。「もちろん、夜になればダドリー夫人は、どこか違う場所へ去っていくし、朝になれば、もったりした生クリームを持って戻ってくるのは知ってるわ。毎日午後には亭主のダドリーが日用品を仕入れてくることもね。でも、わたしとしては、ここのほかに世界があったことなんて、まるで思い出せないのよ」

「なにせ、ぼくらは無人島にいるようなもんだからね」とルーク。

「わたし、〈丘の屋敷〉以外の世界なんて、とても思い描けないわ」とエレーナが言った。

「だったら」とセオドラが続けた。「一日が終わるたびに、棒っきれに刻み目をいれるとか、小石を積み上げていくとか、しておいたほうがよさそうね。それで自分たちがどれくらい孤立した暮らしを続けているのかがわかるわ」

「外からうるさい声が入ってこないってのは、実にありがたいもんだ」ルークが、自分の皿にクリームをたっぷりと盛りながら言った。「手紙は来ない、新聞も届かない。外で何が起こっていようと、こっちには関係なしだ」

「それが残念なことに――」博士はそこで言葉を止めると、「失礼、つい言い誤ってしまった」と断って続けた。「実は近いうちに、われわれのところにも外からの声が届くことになっているると、そう言いたかっただけなんだよ。もちろん、それが残念なことであるはずはないがね。モンタギュー夫人が――つまり、その、わたしの妻だが――ここへ土曜日にやってくるんだ」

「そういや、土曜日って、いつです？」とルークが訊いた。「もちろん、モンタギュー夫人にお会いできるのは楽しみですが」

「明後日だよ」博士は答えてから少し考え、やがて「うん、間違いない」と言った。「土曜日は明後日のはずだ。もちろん、当日になれば、土曜日だということははっきりするだろう」博士は目をきらりと光らせた。「モンタギュー夫人が登場するのだから」

「ここで夜に起こるドタバタ騒ぎを、あんまり期待してないといいわね」とセオドラが言った。「だって、この〈屋敷〉ときたら、初めの予想とはだいぶ様子が違うんですもの。それともモンタギュー夫人が来たとたん、心霊現象も一斉射撃で歓迎する気かしら」

「モンタギュー夫人は、すべてを受け入れる覚悟でやってくるのさ」と博士が言った。

　ダドリー夫人の監視の前で昼食のテーブルを立った時、セオドラがエレーナに話しかけてきた。「ねえ、不思議だと思わない？　どうしてこんなに何もかもが、ずっと静かなままなのかしら。こんなふうにただ待っていても、かえって気分が落ち着かなくて、何か起こってくれた方が、よっぽどマシだって思えてくるわ」

「待っているのは、こっちじゃないわ」とエレーナが言った。「屋敷の方が待っているのよ。時期が来るのを見計らってるんじゃない？」

「そうね。あたしたちが安心しきったのを見届けてから、いきなり飛びかかってくる気かも」

「それって、あとどれくらいなのかな」エレーナは身震いしながら、広い階段を上りはじめた。「今すぐ姉に手紙を書いてやりたい気分よ。そうね、文面は――〝この古めかしくも素晴らしい〈丘の屋敷〉では、まさに目の覚めるような時間を過ごしているので……〟」

「〝姉さんたちも来年の夏には、ぜひ一家そろって、ここへ来ることをおすすめします〟」とセオドラが続けた。「〝あたしたちは、毎晩しっかりと毛布にくるまって休み……〟」

「〝ここの空気は、特に二階の廊下あたりなど、冷たくピンと張りつめていて……〟」

「〝ただ歩きまわるだけでも、つねに生きているという実感が味わえ……〟」

「〝いつも何かしら出来事が起こっており……〟」

「〝文明社会からも遠く離れて……〟」

エレーナは思わず笑った。彼女はセオドラの先に立って、階段の一番上まで来た。いつもは薄暗い二階の廊下も、今日の午後はほのかに明るい。それは、さっきここを去る時に、子供部屋のドアをあけておいたおかげだ。塔のそばにある窓から入った陽射しが、床に置きっぱなしになっている博士の巻尺やチョークを照らしていた。一方、踊り場の窓にはまっているステンドグラスを通った光は、青やオレンジやグリーンの破片を、黒っぽい床一面に撒き散らしていた。「これから少し昼寝するわ」とエレーナが言った。「こんなにだらしなく時間を過ごすなんて生まれて初めてよ」

「あたしもベッドに寝転んで、路面電車の夢でも見るわ」とセオドラが言った。

この屋敷に来てからというもの、エレーナは自分の部屋へ入る時、つい戸口で立ち止まっては、すばやく室内に目を配るのが習慣になっていた。彼女はそれを、部屋があまりに青すぎるから、目を慣らすのに時間がかかるせいなんだと自分に言い聞かせていた。そして部屋に入ると、まっすぐ窓をあけに行く。なぜなら、窓はいつも必ず閉じてしまっているからだ。ところが今日は、部屋の真ん中まで行かないうちに、セオドラのドアが勢いよくひらく音と、彼女の押し殺すような「エレーナ！」という呼び声が聞こえた。反射的に廊下へ駆け出したエレーナは、隣室の戸口で足を止め、セオドラの肩越しに見えるものを、呆然と見つめた。「なんなの、これ？」と思わずつぶやく。

「なんに見える？」セオドラはヒステリックに声を張り上げた。「あれがなんに見えるっていうのよ、馬鹿！」

　あの時の二の舞はごめんだ――混乱した頭の中で、エレーナはそれだけをはっきり感じた。

「ペンキみたいね」と、彼女はためらいながら言った。「ただ」――ふと気がつく――「ちょっと臭いがひどいけど」

「血よ」セオドラが決着をつけるように言った。ドアにしがみついたまま、ドアの動きと一緒に揺れながら、彼女は目をむいて断言した。「あれは血なの。部屋一面よ。あんた、ちゃんと見えてるの？」

「ええ、もちろん見えてるわ。それに、部屋一面ってわけでもない。そんなふうに騒ぎ立てるのはやめなさい」そうは言っても実際のところ、今のセオドラが相当に自分を抑えて、たいした大騒ぎをしていないことは、エレーナにもよくわかっていた。そして、こんなことが続くと、今にわたしたちのどちらかが、仰向けにのけぞって、本当に叫んでしまうかもしれないと思った。でも、それは、わたしじゃない。だってわたしは、そうしないように気をつけているから。だから、取り乱すのはセオドラの方で……。彼女は気を取り直すと、平然とした声で訊いた。

「壁に、また何か書いてあるの？」――するとセオドラが大声で笑い出し、それを聞いたエレーナは、やっぱりおかしくなるのは自分の方だ、こんなことには耐えられない、と思った。いいえ、だめよ、しっかりしなさい。彼女はぐっと目を閉じた。気がつけばいつもの歌が心に流れていた。〝おお、ここにいて聞いておくれ、真実の恋人が想いのたけをのせた歌。愛しい人よ、もう行かないで。旅は愛するものとの出逢いで終わる……〟

「ええ、その通りよ」とセオドラが言った。「あんたがどうやったのかは知らないけど」

〝……それは賢き者なら知っていること〟――「落ち着きなさい」とエレーナは言った。「ルークを呼んで。それから博士も」

「どうして？」とセオドラが訊き返した。「これって、あたしをちょっとばかり驚かそうとしただけなんでしょ？　あたしたちだけの、内緒のお遊びなんでしょ？」それから、室内に入らないように自分を押さえているエレーナの手を振り払うと、彼女は衣裳だんすに駆け寄って、大きな扉をぱっとひらき、狂ったようにわめきはじめた。「あたしの服、あたしの服が！」

エレーナはしっかりした足取りで階段へ向かった。そして一番上の手すりから身を乗り出し「ルーク、博士」と呼んだ。取り乱さないようにこらえた声は、決して大きく響かなかったが、博士の本が床に落ちたらしい音がすぐに聞こえ、続いてふたりが階段の方へ走ってくる足音がした。階段を駆け上ってくる彼らの、妙に心得た表情に、エレーナは自分たちの心のすぐ内側にひそんでいる不安を見る思いがし、誰かが助けを求めて泣き叫ぶ瞬間をみんなが待ちわびていたような不快感を覚えた。ここでは知性や理解など、しょせんなんの役にも立たないのだ。

「セオよ」階段を上りきったふたりに彼女は伝えた。「ヒステリーを起こしてるの。誰かが――何かが――彼女の部屋に赤いペンキをまいて、彼女、自分の服がってわめいてるのよ」わたしにとっては今のが精一杯の説明だわ、とエレーナはふたりのあとに続きながら思った。それとも、もっと上手な言い方なんてあったかしら？　彼女は自問自答し、ふっと笑みを浮かべた。

セオドラは部屋の中でまだ派手に泣きじゃくったまま、癇癪を起こして衣裳だんすの扉を蹴飛ばしていた。それは普通なら、つい笑ってしまうような光景だったが、赤い染みがついて目茶苦茶になった黄色いシャツを抱きしめている彼女の姿に、滑稽さはみじんもなかった。衣裳だんすの床には、ハンガーから外されたほかの服が散乱し、そのすべてが赤い染みで汚れていた。「これは、なんなんです？」ルークの問いかけに、博士は首を振った。「どうやら血には違いないようだが、これだけの量となると、おそらく……」そこで博士は口をつぐんだ。

四人はしばらく沈黙したまま、ベッドの上の壁紙に並んだ、震える赤い文字を見つめた。そこには〝おねがい、エレーナ、うちに、かえりたい〟と書かれていた。

今度こそわたしは大丈夫よ――エレーナはそう確信してから、男性ふたりに言った。「彼女をここから出した方がいいわ。わたしの部屋へ連れていって」

「あたしの服が目茶苦茶だわ」セオドラが博士に訴えた。「ほら、この服、見てちょうだい」

室内の悪臭はひどく、壁の文字からは、まだ液体がしたたり落ちていた。その壁から衣裳だんすにかけて、点々と染みが続いており――たぶん、セオドラはそれを見て、すぐさまそちらへ駆け寄ったのだろう――そして最後は、緑の敷物の上にいびつな大きい染みを作っていた。

「なんて気持ち悪いのかしら」とエレーナはくり返した。「お願い、セオをわたしの部屋へ連れていってあげて」

ルークと博士は両側からセオドラを支えるようにしながら、バスルームのドアを通ってエレーナの部屋へ連れていった。エレーナは赤いペンキを振り返り（あんなのペンキよ。ただのペンキに決まってる。それ以外のなんだっていうの？）それから声に出して「でも、どうして？」とつぶやきながら、壁の文字をじっと見上げた。血潮でその名を書かれし者、ここに眠る——そんな文句を、胸の内で優雅に唱えてみる。もしかしたら今この瞬間にも、わたしはおかしくなっているのだろうか？

「彼女、大丈夫ですか？」博士が戻ってきたのに気づいて、エレーナは振り返った。

「じきに落ち着くだろう。今後しばらくは、きみの部屋で同居してもらった方がよさそうだ。セオドラも二度とここではひとりで寝たくないだろうしね」博士はいくぶん蒼ざめた顔で微笑んだ。「彼女が自分でドアをあけられるようになるまで、だいぶ時間がかかるだろうな」

「着替えは、わたしの服で我慢してもらわなきゃいけませんね」

「きみがそれでいいのなら、彼女も喜んで借りるだろう」博士は不思議そうにエレーナを見た。「きみはこのメッセージに、それほど驚いていないようだね」

「あまりに馬鹿げてます」エレーナは今の自分の気持ちをよく考えながら答えた。「さっきからここに立って、ずっと〝なぜなんだろう〟って考えてました。だってこれ、的はずれな冗談みたいなんですもの。きっとわたしがもっと怯えるのを期待していたんでしょうけど、あんまり恐怖を狙いすぎているから、かえって嘘っぽく見えてしまって、だからわたし、怖いと思えないんです。それに、セオが赤いマニキュアを使ってたことも、ずっと頭から離れなくて……」ククッと含み笑いしたとたん、博士の射すような視線を受けたが、彼女はかまわずに続けた。「これ、ペンキっぽいじゃありませんか、わかりません？」ああ、言葉が止まらない。こんな状況で、わたしは何をどう説明したらいいんだろう？「もしかしたら、わたし、この事件を真面目に受け取れないのかも。だって、セオが惨めな服のことでわめき散らす姿を見たばかりだし、この壁の名前だって、あんたが自分で書いたに決まってるって、わたし、責められたんですよ。もしかしたら、彼女がなんでもわたしのせいにすることに、慣れてしまったのかもしれないわ」

「きみが何かをやったなんて、誰も責めてはいないよ」そう博士に言われて、エレーナはなんだか叱られているような気がした。

「わたしの服なんかが、彼女の役に立ってくれればいいんですけど」と彼女は捨てぜりふのように言った。

博士はぐるりと室内を見まわした。一本の指先で、壁の文字に慎重に触り、セオドラの黄色いシャツを足先で横へどけた。「あとで、いや、明日になるかな」博士はつぶやくと、エレーナをちらりと見て微笑んだ。「この部屋の様子を正確にスケッチしよう」

「お手伝いしますわ」とエレーナは申し出た。「気持ちは悪いけど、怖くはありませんから」

「うん」と博士。「しかし、とりあえず今はこの部屋を閉鎖しておいた方がいいだろう。またセオドラが、うっかり入ってはまずいからね。あとで時間があいた時にでも、ゆっくり調べるとしよう。そうそう」彼はふと、おかしそうに言った。「ダドリー夫人がこの部屋へ掃除にきても困るしね」

エレーナが黙って見ている前で、博士は廊下側のドアに中から鍵をかけた。それからふたりはバスルームに入って、セオドラが使っていた〈緑の間〉側のドアにも鍵をかけた。「どこかからベッドを一台、運んでこなくちゃいけないな」そのあと、博士は幾分ぎこちなく続けた。「きみはしっかりしていてくれたね、エレーナ。おかげで助かったよ」

「言ったでしょう？　わたし、気持ちは悪くても、怖くはありませんでしたから」彼女は嬉しい気分で答えると、セオドラの様子を振り返った。セオドラはエレーナのベッドに横になっていた。彼女の手についた赤い汚れが、枕で拭われているのを見て、エレーナは嫌悪感をもよおした。「いいこと」彼女はセオドラに近づいて、そっけなく言った。「しばらくの間は、わたしの服を着てもらうことになるわ。新しい服を手に入れるか、あなたの服がきれいになるまではね」

「きれい？」セオドラは発作的に寝返りをうつと、汚れた両手を目に押し当てた。「あれがきれいになる？」

「ああ、待って。今、その汚れをとるから」理由も何もいらないほど、こんなにどうしようもなく誰かをいやだと感じたのは初めてのことだった。エレーナはバスルームへ行ってタオルを濡らすと、それを持ってセオドラのそばへ戻り、手と顔を乱暴に拭いた。「あなた、べとべとに汚れてるのよ」本当は触るのもいやだった。

するると、突然セオドラが微笑みを見せた。「あたし、あなたがやったなんて、本気で思っちゃいないのよ」その言葉に、エレーナがはっとして振り向くと、そこにはルークが立っていて、ふたりを見下ろしていた。「あたしって、ほんとに馬鹿よね」セオドラが言うと、ルークが笑って答えた。

「ネルの赤いセーターを着れば、きっときみも気分が晴れるさ」

なんていやらしい女なんだろうと、エレーナはあきれた。計算高くて、自堕落で、ずるい女。そう思いながら腰を上げてバスルームへ行き、汚れたタオルを洗面台の水につけて戻ってくると、ルークが話しているところだった。「……で、別のベッドをここへ入れるんだ。つまり、きみたちは今から、ひとつの部屋をわけあって暮らすわけさ」

「部屋も一緒、洋服も一緒。まるで双子みたいな生活ね」とセオドラ。

「従姉妹よ」と言ったエレーナの言葉は、誰も聞いていなかった。

3

「これは昔の死刑執行人が厳守していた習慣なんだが」ルークがブランデーグラスをまわしながら言った。「四つ裂きの刑を行う前には、ナイフで切るための線を、死刑囚の腹にチョークで書いていたんだってさ――つまり、失敗しないようにね」

わたしは彼女の頭を棍棒で殴ってやりたい――自分の椅子の横にあるセオドラの頭を見下ろしながら、エレーナは考えていた。わたしは彼女を石で叩きつぶしてやりたい。

「なんとも手の込んだ、素晴らしい仕打ちだよ。だって、死刑囚がくすぐったがり屋なら、腹をチョークでなぞられるなんて、耐えがたい責め苦じゃないか」

わたしは彼女が大嫌いだ。見ているだけで気分が悪くなる。なのに彼女はすっかり身体を洗い清め、こざっぱりとした顔をして、わたしの赤いセーターを着ている。

「しかし、これが鎖を使った絞首刑となると、死刑執行人は……」

「ネル？」セオドラが下から微笑んだ。「さっきのこと、本当にごめんなさいね」

わたしは彼女が死ぬところを見てやりたい――エレーナはにっこり笑い返した。「もういいのよ、気にしないで」

「スーフィー教には、〝この世界は決して作られたものではない、だから壊されることもない〟っていう教えがあるんだそうだよ」ルークが厳かに報告した。「今日の午後は、例の図書室でずっと本を読みあさったんだ」

博士がため息をついた。「今夜はもう、チェスはなしだな」その言葉に、ルークがうなずく。「今日はえらく疲れた一日だったからね」と博士は続けた。「きみたち女性も、早く休んだ方がいいだろう」

「ブランデーがしっかり効いて、ぼうっとしてくるまでは無理よ」とセオドラが頑固に言った。

「恐怖とは、つまり論理性の放棄。合理的思考パターンをみずから捨て去ったところに生まれる」と博士。「われわれはそれを受け入れることもできるし、戦って跳ね返すこともできる。しかし、中途半端に扱うことだけはできない」

「さっき考えていたんですけど」エレーナは、なぜかみんなに言い訳したくなって口をひらいた。「わたし、自分はまったく落ち着いている気でいたけれど、でも本当はものすごく怖かったんだって、今はわかるんです」彼女は迷って眉を寄せたが、三人は言葉の続きをじっと待った。「わたしは怖くなると、この世の繊細で美しい、怖くない部分ばかりを、はっきりと見てしまうんです。椅子やテーブルや窓が、いつものまま、少なくとも動いていない姿でそこにあるのを見たり、たとえば丹念に織りあげてある絨毯みたいな、もともと動くはずのないものを見たりして安心するんです。でも、怖がっているわたし自身って、本当はそういうものと切り離された、関係のない世界にいる存在なんですよね。だって、ものは怖がったりしないから」

「わたしたちは、ただ自分自身を恐れているのかもしれないね」博士がゆっくりと言った。

「いや、そうじゃないな」とルーク。「嘘偽りのない、生身の自分を知ることが怖いんだ」

「自分が本当は何を求めているのか、それを知るのが怖いのよ」とセオドラが言って、エレーナの手に自分の頬を押しつけた。エレーナは彼女に触れられるのがいやで、その手をさっと引き抜いた。

「わたしはいつだって、ひとりになるのが怖いわ」エレーナはそう言ってから、自分は何を言っているのだろうと思った。もしかして今のわたしは、明日になったら苦い思いで後悔するようなことを言ってるんじゃないだろうか？　今まで以上に自分を責めたくなるような真似をしてるんじゃないだろうか？「壁の文字は、わたしの名前の形に並んでいたけれど、それってどんな感じがするか、あなたたちにはわからないわ——どうしようもない近さを感じるものなのよ」エレーナは三人に向かって、訴えかけるしぐさをした。「想像してみて。あれはわたしの大切な名前で、わたし自身を指しているものなの。その名前を何かが使って、書いて、そうすることで、わたしを呼んでいる。わたし自身の名前が……」彼女はそこで口をつぐみ、それから、ひとりひとり順番に、自分を見上げているセオドラにさえ視線を向けて続けた。「つまり、こういうことよ。わたしはひとりしかいないし、名前はわたしそのものなの。なのに自分自身が分断されて、分けられて、別々にされるのを見るなんていや。だって、そうなったら、わたしは半分だけになった自分、自分の心にしか生きられないことになって、もう半分の自分自身が、なす術もなく、おかしくなっていく姿を、助けることもできずに見ているしかなくなるんだから。でも、本当はわたし、自分が決して傷ついたりしないってことがわかっているの。それに、まだまだ時間があることも。確かに、今この時だって、一秒一秒は過ぎていってるけど、わたしはどんなことにも耐えられるわ。たとえ、この身を明け渡す時が来たって——」

「この身を明け渡す？」博士の鋭い声に、エレーナははっと目を見張った。

「明け渡す、だって？」とルークがくり返す。

「違うわ」エレーナは混乱した。わたしは今ずっとしゃべっていた。何かをみんなに話していた——でも、何を？

「彼女、前にもこんなことがありましたよね」ルークが博士に言った。

「わかってる」博士の難しい声がして、エレーナは全員の視線が自分に集まっているのを感じた。「ごめんなさい」彼女は謝った。「わたし、馬鹿なことをしてしまったかしら？　だとしたら、きっと疲れているせいです」

「いや、大丈夫だよ」博士は難しい声のまま言った。「そのブランデーを飲みなさい」

「ブランデー？」エレーナは手元に視線を落とし、自分がグラスを持っていたことに気づいた。

「わたし、何を言いました？」と彼女は三人に尋ねた。

セオドラが含み笑いをした。「それ、飲みなさい。あなたにはお酒が必要よ、ネル」

エレーナはおとなしくブランデーを飲んだ。焼けるような熱い刺激が喉を通っていく。それから彼女は改めて博士に言った。「みんながじっと見てるってことは、わたし、何か馬鹿なことを言ったんですね」

博士が笑った。「みんなの注目を集めるような真似はやめるんだな」

「虚栄心、ってやつさ」ルークが穏やかに言う。

「スポットライトをちょうだいって、ってところね」とセオドラ。みんなは微笑みを浮かべ、エレーナをやさしく見ていた。

4

ふたつ並んだベッドの中で、エレーナとセオドラは起き上がったまま、互いに伸ばした手をきつく握りあっていた。室内は厳しい寒さと濃い闇に閉ざされている。隣の、今朝までセオドラが使っていた部屋からは、さっきからずっと声が流れていた。はっきり聞き取れないほど低い、嘘のように絶え間なく続いている囁き声。骨の感触がわかるくらい強く手を握りあいながら、エレーナとセオドラはじっとそれを聞いていた。低い囁きは疲れを知らずに、どこまでも続いていく。時には言葉の何かを強調するように高くなり、時には軽く息継ぎするように低くなり、そうしてひたすら続く声。すると、なんの前触れもなく、いきなり小さな笑いが起こった。しわがれたようなその笑いは、耳障りな囁きを破ると、一息ごとにだんだん大きく、うるさく響いていく。しかし、それも苦しげな息とともに、突然フッとやんでしまって、あとにはまた囁きが延々と続きはじめた。

　手を握っているセオドラの指が、一瞬ゆるんでまたきつくなった。隣室の声に気を取られていたエレーナははっとし、セオドラがいるはずの暗闇に目を向けて、急に心で悲鳴を上げた。どうして部屋がこんなに暗いの？　どうしてこんなに暗くなったの？　彼女はさっと横になると、今度は両手でセオドラの手を握り、話しかけようとした。なのにどうしても声が出ない。彼女は背筋が凍りつく思いで、ただひたすら手だけを握り、なんとか心を落ち着けよう、ちゃんとした理由を見つけ出そうとした。確か、明かりはつけておいたはずだ。でも、それならどうして、部屋はこんなに暗いのだろう？　セオドラ――囁こうとしたが、口はまったく動かなかった。セオドラ、どうして部屋が暗いの？――そう訊こうと焦るそばで、意味不明の隣室の囁きは、低く、絶え間なく、満足そうに、どこか湿った響きを添えて、やはり流れ続けている。

じっと静かに寝ていたら、何を言っているのか聞き取れるかもしれない。じっと静かに横になり、そして耳をすますのだ。エレーナは耳をすました。しかし聞こえてくるのは、いたずらに続くばかりの、終わりのない単調な声。思わずセオドラの手にしがみつくと、その気持ちに答えるような重みのある反応が腕に伝わってきた。

するとまたさっきの笑いが起こって、やがて囁きを完全に打ち消すほどの高笑いになり、そして突然、まったくの静寂が訪れた。息を呑んだエレーナが、それでも今なら声が出るだろうかと思った瞬間、今度はどこからともなく、胸を切り裂かれるような、小さく静かな泣き声が聞こえてきた。果てしない悲しみのこもった、あまやかな、それでいて絶望的な辛さのにじんだ泣き声。子供だ――エレーナは信じられない気持ちだった。どこかで子供が泣いている。そして彼女の思考を破るように、現実には一度も聞いたことがないけれど、悪夢の中ではいつも耳にしていた、悲痛な叫びが響いた。「あっちへ行って！　あっちへ行って！　こっちに来ないで、痛い目にあわせないで！」すすり泣きが続く。そして「お願い、傷つけないで。お願い、家へ帰らせて」という声がして、また小さく悲しい泣き声がはじまった。

こんなのは許せないと、エレーナははっきり思った。なんておぞましく、なんて残忍な話だろう。彼らはずっと子供を虐待しているのだ。そんなことは、わたしが誰にもさせない――また囁きが流れてきた。低く、絶え間なく、どこまでも、どこまでも、小さく上がり、小さく下がり、声はいつまでも続いていく。

大丈夫、とエレーナは思った。わたしは今、漆黒の闇の中で、脇を下にしてベッドに寝ている。両手はセオドラの手を握っていて、あんまりきつく握っているから、彼女の指の骨の一本一本までわかるくらいだ。だから大丈夫、耐えられる。むこうはわたしを脅かそうとしている。そう、それは成功だ。確かにわたしは怯えている。だけど、それが問題にならないくらい、わたしは立派なひとりの人間、大人、知性を持って二本足で歩いている人類だ。この狂った汚い屋敷から得るものは多いだろうけど、子供を傷つけるようなことだけは、絶対にしない。そうよ、絶対に、そんなことはしない。今すぐ、神様に誓って言うわ。大きな声で、叫んでやる、絶対に、叫んでやる、叫んでやる、叫んでやるのよ――「やめなさい!」声が出たとたん、部屋の明かりが元通りについて、しどけない恰好のセオドラが、驚いた顔でベッドに座っているのが見えた。

「何?」とセオドラが訊いてきた。「なんなの、ネル? 今の、何?」

「嘘、嘘よ」エレーナはつぶやくと、ベッドを飛び出て部屋の隅へ走り、そこに突っ立ったままガチガチと震えた。「嘘、どうして――わたしは誰の手を握っていたの?」

第六章

1

今のわたしは、〝心の綾《あや》〟を学びつつある。エレーナは真剣にそう思い、しかし、そんなことを考えて、一体なんの意味があるのだろうと思った。翌日の午後、陽のあたる四阿《あずまや》の階段にルークと並んで座りながら、彼女は、こうしたことが沈黙のうちに通いあう心の経路につながっていくのだと思った。今は自分でもわかるほどに、まだ蒼ざめていて、震えも止まらなくて、目の下には隈ができていたが、それでも太陽は暖かく、頭上の木の葉はやさしく揺れていて、隣ではルークが階段にだらしなく寝そべっていた。「ルーク」自分の言葉が中途半端に受け取られないように、エレーナはゆっくりと言った。「なぜ人は、互いに話がしたいのかしら？つまり人は、相手のどんなことを、いつも知りたいと思うものなの？」

「たとえば、きみはぼくの何を知りたい？」と彼が笑った。それを言うなら、彼の方こそわたしの何が知りたいのか訊けばいいのに。つまり彼は、あきれるほどの自惚れ屋なんだわ——エレーナは笑って切り返した。「目に見えること以外で、さらに何を知ることができるの？」こんなまわりくどい表現はできれば使いたくなかったが、今はこれが一番安全な言い方だった。

でも本当は〝わたしだけに何か特別なことを教えて〟と言いたかったような気がする。あるいは〝あなたの思い出になるものをくれる？〟と頼みたかったのかもしれない。いや、わたしなんて、もともと歯牙にもかけられない存在なのだから、もったいぶらずに〝あなたは力になってくれる人なの？〟とだけ訊けばよかったのだ——そんなことを考えるうちに、エレーナは頭が混乱し、さっきの言葉はやはり愚かだったろうか、それとも大胆すぎただろうかと迷った。しかしルークは、難問に没頭している人の、いくぶん眉根を寄せた表情で、両手に受けた木の葉をじっと見下ろしていた。

どうやら彼は最大の効果を狙って、あれこれ言葉を練っているらしい。でもそれを聞けば、彼がどんな目でわたしを見ているのかがわかるはずだとエレーナは思った。彼はどういう形でわたしに訴えかける気だろう？　ちょっと秘密めかした答えで、わたしを満足させようとしている？　自分自身をユニークに見せる戦法でいこうと思ってる？　それとも、伊達男めいた慇《いん》懃《ぎん》な態度で迫ってくるだろうか？　だとすれば、こんな屈辱的なことはない。なぜならそれは、わたしが色事に慣れてないことを、彼が見抜いている証拠だからだ。彼はミステリアスに迫ってくるだろうか？　それとも熱烈に？　わたしはそれを——たとえ真実ではなくても、ふたりだけの秘密になるとわかっている言葉を——どう受け止めるのだろう？　ルークは本当のわたしを理解してくれているのだと素直に喜ぶかもしれないし、あるいは現実との違いをなるべく見ないように努力するかもしれない。彼は思いのほか利口だったと認めるかもしれないし、自分の方こそ見る目がなかったと反省するかもしれない。いずれにせよ、彼がわたしを現実にどう思っているのかだけは、はっきりと示されたくない。それだけは絶対に知りたくないと、エレーナは強く願った。

やがて彼はちらりとエレーナを見て、ある種の微笑みを浮かべた。それが彼一流の、自分を卑下する時に浮かべる表情であることを、エレーナはいつしか覚えてしまっていた。セオドラは彼のことをこんなに知っているかしら？――彼女と自分を比べるのは決して楽しくなかったが、それでもエレーナはつい考えずにいられなかった。

「ぼくは母親を知らないんだ」彼の発した言葉は、予想通り、エレーナに大きなショックを与えた。これが彼の考えていたこと？　彼はこういう話をわたしが聞きたがっていると判断したの？　そしてわたしはこの告白を、大いに信頼されている証として拡大解釈しなければいけないの？　ここはため息をついてみせるべきだろうか？　それとも何かつぶやいてみせるべき？　さっさとこの場を立ち去った方がいい？　「それに誰からも愛されたことがない。〝井の中の蛙〟だからさ。この寂しさ、きみなら理解してくれるだろう？」

いいえ、と彼女は心で答えた。そういう安っぽい話で、わたしを手中に収めることなんかできないわよ。そんな言葉は一言たりとも理解できないし、同情をもって受け入れるつもりもない。この男はオウムと同じ、どこかで聞いた話をただくり返しているだけだ。だからはっきり言ってやろう。そういうくだらない話は理解できないし、お涙頂戴の自己宣伝じゃ、わたしの心は動かないのだと。ふざけた男の口車に乗って、さらに自分が馬鹿を見るような真似なんか、絶対にしない――そして答えた。「ええ、よくわかるわ」

「きみなら、きっとそうだと思った」これを聞いた瞬間、エレーナは本気でルークをひっぱたいてやりたいと思った。「きみは本当に素晴らしい人なんだね、ネル」これは名文句だったが、彼はそれをぶち壊すように続けた。「心が温かくて、正直だ。いずれ、家へ戻ったら……」そのまま言葉は途切れてしまい、エレーナの心にまたしても勘ぐりが生まれた。彼は何か大切なことをこれから言おうとしているんだろうか。それとも、このまま会話を美しく終わらせるために、体のいい沈黙で時間つぶしをしてるだけ？　ルークは理由もなく、こんな話し方をする人じゃない。みずから進んで身の上話をするようなタイプじゃない。きっと、人間味あふれる側面を見せれば、わたしがすぐに夢中になるとでも考えていたんだろう。でも、わたしがレディらしく振る舞えないと思って、心配になったのかもしれない。この男に、一体わたしの何がわかるっていうの？　わたしの考えや感じ方なんて、あんたにわかるはずがないのに。だから、わたしを哀れんでるわけ？「〝旅は愛するものとの出逢いで終わる〟のよ」とエレーナは言った。

「うん」とルークが続けた。「さっきも言ったけど、ぼくにはずっと母がいなかった。そして、今になって気づいたんだ。世間の人たちはみんな、ぼくが欲しくてたまらないものを、何かしら持っているんだってね」彼は微笑んでみせた。「ぼくは実に身勝手な人間だ」悔やむような声。「だからいつも、自分の行いを慎みなさいと注意してくれる人が現れないだろうか、ぼくの面倒をみようと覚悟を決めた女性が現れて、ぼくを成長させてくれないものかと、ずっと期待してるんだ」

エレーナはいささか鼻白みながら、彼は本当に自分勝手な人間だと思った。男性と一緒に座って、ふたりだけで話をするのは、これが初めてのことだったが、とても我慢できたものではない。とにかく彼はつまらない男なのだ。「どうして自分で成長しようとしないの？」彼女はそう問い返しながら、一体これまでに何人の人が――女性が――彼に同じことを言ったのだろうと思った。

「きみは賢いな」そして彼は、今までに何度こんな言葉を返してきたのだろう？

これじゃまるで禅問答だわ、と彼女はすこしおかしくなり、やさしい調子で「きっとあなたは、すごく孤独な人なのね」と言った。わたしは自分のことを大切に扱ってほしいのに、気がつけば自分勝手な男と、こんなわけのわからないおしゃべりをしてしまっている。「あなたって、きっと本当に、とても孤独なのよ」

彼はエレーナの手に触れると、もう一度、微笑んだ。「きみはすごく運がよかったんだよ。お母さんがいたんだからね」

2

「図書室で見つけたんだ」とルークが言った。「本当に、これ、図書室で見つけたんです」

「信じられん」と博士が言った。

「見てください」ルークはテーブルにその大きな本を置き、扉のページをひらいた。「彼が自分で作ったんですね――ほら、タイトルがインクで書いてある。〝記憶の書。ソフィア・アン・レスター・クレインへ。これは、彼女の生涯にわたる教育と啓蒙のために、やさしく愛情深い父であるヒュー・デズモンド・レスター・クレインが残す遺産である。一八八一年六月二十一日〟」

四人はテーブルを取り囲んだ。エレーナ、セオドラ、博士がじっと見守る前で、ルークは巨大な一ページ目をめくった。「どうやら彼は幼い娘に、謙虚に生きることを教え込もうとしたようですね。そのために、数々の古い立派な本を切って、このスクラップブックを作り上げたんです。いくつかの絵には見覚えがあるし、どれもみんな貼りつけてありますから」

「思うままに人を作ろうとした者の、無益な行為の産物だ」博士は悲しげに言った。「こんなものを作るために、ヒュー・クレインに切り刻まれた良書のことを考えてみたまえ。ほら、これはゴヤのエッチング画じゃないか。幼い少女が眺めて学ぶ教材にしては、あまりに残酷な題材だ」

「彼の書き込みがありますよ」とルークが指摘した。「この醜悪な絵の下のところです。〝娘よ、そなたの父と母を敬え。そなたをこの世に送り出したる者たちには、肩に重き責務が課せられている。それはみずからの子を、この恐ろしき世で道に迷わせることなく、清き心のまま永遠なる祝福の地へと導き、その敬虔にして高潔な魂を、神の御許へゆだねさせることなのだ。娘よ、思い描くがいい。神によって造られし、これら小さき者の魂が、天の国にて翼を広げ飛翔する喜びを。罪や冒瀆のかけらも知らぬうちに解き放たれた心の自由を。そなたに課せられし終わりなき務めは、この者らと同じ清らかな魂を保ち続けることにある〟」

「かわいそうな子だわ」そう漏らしたエレーナは、ルークがめくった次のページを見て息を呑んだ。ヒュー・クレインの第二の道徳授業には、蛇の巣穴を描いたカラー図版が使われていた。それは、色鮮やかに描かれた蛇たちが、ページ全体にわたってのたうち苦しんでいる絵柄で、その下にはやはり注釈が、ここでは金の染料を使い、かっちりした活字体で綴られていた。

〝永遠なる天罰は、多くの人類に下されるもの。涙も、贖罪《しょくざい》も、人々に下された罪の遺産を消し去ることはできない。娘よ、そのような世界には近づくな。強き欲望や忘恩の情を知り、身を堕落させてはいけない。娘よ、その身をしっかりと守れ〟

「次は地獄だ」とルークが言った。「心臓に自信のない人は見ないほうがいい」

「わたしは遠慮しておくわ」とエレーナが断った。「でも、内容は読み聞かせてちょうだい」

「賢明な選択だな」と博士。「ここはどれもみんな、フォックスの絵だ。死者を描いた、あまりぞっとしない作品のひとつだが、わたしはいつも思うんだ。こんなものを見たところで、誰に殉教者たちの心情が理解できるんだろう、とね」

「でも、これを見てください」とルーク。「ページの端が焼いてあって、ここにこう書いてあります。〝娘よ、今しばらくは耳をすまし、永遠の業火に焼かれゆく哀れな魂たちの苦悶を、悲鳴を、悔悛を誓う悲痛な叫びを聞くがいい！　そして一瞬ながらも、不毛の世界を燃やし尽くさんとする赤き輝きを、その目にしっかり焼きつけるがいい！　ああ、終わりなき苦痛の中に落とされた者の、なんと惨めなことだろう！　娘よ、父は今、このページに蠟燭の炎を近づけ、もろき紙が炎の中で歪みしぼんでいく様を見ている。娘よ、心しておくがいい。地獄の業火に比べれば、蠟燭の熱は砂漠の砂の一粒ほどでしかないが、そのような炎の中でもこうして紙は燃えていく。しかし、地獄に落ちたそなたの魂は、この千倍もの熱さの中で永遠に焼かれ続けるのだ〟」

「きっと彼は娘を寝かす前に、毎晩これを読んで聞かせたんだわ」とセオドラ。

「待って」ルークが言った。「まだ〝天国〟を見ていないだろう――このページなら、きみが見ても大丈夫だよ、ネル。こいつはブレークの作品で、ちょっとばかり厳めしい絵柄だが、地獄よりもずっとマシだからね。いいかい――〝ああ、聖なるかな、聖なるかな！　天国の清らかな光の中で、天使たちは口々に神を賛美し、その声は終わりなく続いてゆく。娘よ、わたしがそなたを導く場所はここである〟」

「まさに愛の苦心作だな」と博士が言った。「何時間もかけて作品の構想を練り、このように麗々しく文字をしたため、金箔まで使って――」

「お次は七つの大罪です」とルークが説明した。「ここはクレイン自身が絵を描いたようですね」

「〝大食の罪〟はかなり気合いを入れて描いてあるのね」とセオドラ。「こんなのを見たあとじゃ、食欲なんて二度とわきそうにないわ」

「もっとすごいのは〝欲望の罪〟だよ」とルークが彼女に言った。「七つのうちでは一番、力が込められている」

「もうこれ以上見るのはたくさん、って気分だわ」とセオドラが言った。「あたし、そっちへ行ってネルと一緒に座ってるから、もし、このあたしを感化させてくれるような素晴らしい道徳教育が出てきたら、そこだけ大声で読んでちょうだい」

「ほら、これが〝欲望の罪〟です」とルークがページをひらいた。「こんな様子で、その気になる女がいますかね？」

「なんたることだ。信じられん」と博士がつぶやく。

「これは彼自身が描いたものに絶対間違いありませんね」ルークが断言した。

「子供に見せるために？」と博士は憤慨した。

「まさに、彼女のためだけのスクラップブックなんですよ。これは〝虚栄の罪〟だな。なんだか、ここにいるネルとだぶって見える」

「なんですって？」エレーナは思わず立ち上がりかけた。

「冗談だよ」博士がとりなすように言った。「わざわざ見に来ることはない。彼はきみをちょっとからかったんだ」

「そしてこれが〝怠惰の罪〟」とルークが続ける。

「で、〝嫉妬の罪〟か」と博士。「こんなものを見せられた哀れな子供が、どうして罪を犯す気になど……」

「そして最後のページですが、これは最高の出来だと思いますね。そちらのご婦人方にもお知らせするけど、ここはヒュー・クレインの血で書かれているんだ。ネル、ヒュー・クレインの血を見るかい？」

「いいえ、遠慮します」

「セオは？　見たくない？　しかし、きみたちも気になっているといけないから、本書を結ぶヒュー・クレインの言葉を念のために読んであげよう。〝娘へ。聖なる契約とは血を用いて署名するものである。そこでわたしは、みずからの手首から温かき体液を絞り取り、それをもって、そなたを縛ることとする。高潔であれ。慎ましくあれ。信仰篤《あつ》き誠実な心を持って、そなたの〝あがない主《ぬし》〟と、このわたし、そなたの父を敬え。さすればわたしは、来世においてもそなたとともに、終わりなき祝福の地でともにあることを約束しよう。謙虚なる心のうちにこの書をものしたわたしの、この慈愛深き父からの教えを受け取れ。わたしのささやかなる努力は、その目的をよく果たし、わが娘をこの世の落とし穴から守り、天国にて待つ父の腕へと、無事、導いてくれることだろう〟――そして、次のような署名が続いている。〝この世においても来世においても常に変わらぬそなたの父であり、そなたの創造者であり、そなたの美徳を守る者。心からのやさしき愛を込めて。ヒュー・クレイン〟」

セオドラが身震いした。「わざわざ自分の血で署名するなんて、この人、相当に楽しんでたのね。のけぞって高笑いしてる姿が目に浮かぶようだわ」

「不健全だな。ひとりの人間のやることとして、まったく不健全きわまりない行為だ」と博士。

「でも、彼がこの屋敷を出ていった当時、娘はまだとても幼かったはずだわ」とエレーナが疑問を口にした。「彼、本当に自分で娘に読み聞かせたりしたのかしら」

「したに決まってるわ。娘の小さなベッドにかがみこんで、一語一語を丹念に吐いて、幼い心にこの教えを植えつけようとしたんでしょうよ」とセオドラが断言した。「ヒュー・クレイン、あんたは本当にどす黒い心を持った父親で、どす黒い屋敷を造った男よ。もしあんたが今もどこかでこの声を聞いているなら、あたしは面と向かってこう言ってやりたいわ。あんたなんか、永遠にその恐ろしい絵に閉じ込められて、一瞬の休みもなく炎に焼かれ続ければいい、ってね」彼女は部屋じゅうに向かって激しく嘲笑するしぐさを見せた。それから四人は、まるで返事を待つかのように、そろって黙りこくった。やがて暖炉の炎の中で、炭がかすかな音とともに崩れ落ち、それをきっかけに博士が腕時計を見て、ルークが立ち上がった。

「さて、そろそろ一杯やれる時間だ《ザ・サン・イズ・オーバー・ザ・ヤーダム》な」と博士は嬉しそうに言った。

3

暖炉のそばに身体を丸めて座りながら、セオドラはどこか意地悪い目でエレーナを見上げていた。部屋の反対端では、テーブルでチェスの駒を動かす軽い音が響いている。セオドラが変にねちっこい声でやさしく言った。「ねえ、ネル。いつか彼をアパートメントに誘って、星のカップで飲み物を勧めるつもりでいるの？」

エレーナは何も答えず、じっと暖炉を見つめていた。わたしはなんて馬鹿だったんだろう、本当に愚か者だと、ただそれだけを考えていた。

「部屋は、ふたりでも平気なくらいに広い？　あなたが誘ったら、彼、ついてくるかしらね？」

　こんな最悪なことはない、とエレーナは思った。わたしは本当に愚か者。

「もしかすると、彼は小さな家にずっと憧れていたんじゃないかしら――もちろん、この〈丘の屋敷〉より、ずっと小さい家よ。ひょっとすると、彼、あなたの家までついてくるかも」

　愚かだ。笑ってしまうほど愚かだ。

「あなたの家には白いカーテンがあるんでしょ――それに小さな石のライオン像――」

　エレーナは穏やかともいえる顔で、セオドラを見下ろした。「でも、わたしはもう来てしまったわ」そう言うと、彼女はすっと立ち上がり、この場を逃げ出すために、いきなり身を翻した。背後で起こった驚きの声も耳に入らず、どこへどう行きたいのかもわからぬまま歩きまわった彼女は、いつしか玄関にたどり着いて、そのまま生暖かい夜の中へ出て行った。「わたしはもう、来てしまったのよ」と、彼女は外の世界に向かって言った。

　不安と罪悪感は背中合わせだ。やがて追ってきたセオドラが芝生でエレーナをつかまえた。心のどこかでは、相手に悪いことをしたと互いに思っているものの、怒り、そして傷ついたふたりは、黙って肩を並べたまま〈丘の屋敷〉をどんどん離れていった。怒ったり、笑ったり、怯えたり、嫉妬したりしている人間は、普段では考えられないような突飛な行動に出ることがある。エレーナとセオドラもその例に漏れず、日が落ちてから〈丘の屋敷〉を出て遠く歩くことの軽率さに、どちらも気づいていなかった。というより暗闇にでも逃げ込まなければ鎮まらないくらいの、やけっぱちな気分になっていて、隠しても隠しきれない憤りを無理に抑えた固い態度のまま、相手を痛いほど意識しつつ、いずれ何か言わなくてはいけないと考えながら、ひたすら歩き続けていた。

先に口をひらいたのはエレーナだった。石で足をくじいた彼女は、自尊心からなんでもない表情を取り繕っていたのだが、痛みはすぐにやってきた。ここが潮時と思い、彼女はなるべく平然と聞こえるように、固い声で言った。「なぜあなたが、わたしの個人的なことに口出しする権利があると思ったのか、わたしには理解できないわ」その改まった口調には、怒濤のような反論やくだらない非難（あたしたちって赤の他人じゃないでしょ？　従姉妹同士でしょ？）をまるで受けつけない強さがあった。「わたしが何をしようと、そんなことは、あなたに一切関係ないはずよ」

「その通りね」とセオドラがにこりともせずに言った。「あなたが何をしようと、あたしには一切関係ないわ」

これでは、互いに塀をはさんで平行に歩いているようなものだとエレーナは思った。しかし、わたしにだって生きている意味はある。それをはっきり知りたくて、わたしはあの四阿《あずまや》でルークとのつまらない一時間を過ごしたのだ。「足、怪我しちゃったわ」

「ごめん」セオドラが心から申し訳なさそうに言った。「でも、彼がどんなにいやな奴か、あなたもわかっているでしょう？」そこで彼女はちょっとためらい、やがて「放蕩息子よ」と、少し冗談めかして言った。

「彼がどんな人間かなんて、わたしにはどうでもいいことなの」そして女の喧嘩らしく、こう続けた。「もっとも、あなたは気になっているようだけど」

「あいつの思い通りにさせちゃいけないわよ」とセオドラ。

「思い通りにするって、何を？」エレーナがすまして訊いた。

「あんた、しっかり馬鹿を見てるじゃない」とセオドラが言い返す。

「どうしてそう言い切れるの？　あなたこそ、今度のことでは自分の方が間違っていたと知ることが、すごく怖いだけなんじゃない？」

するとセオドラの威勢が弱まり、皮肉のこもった声になった。「もしあたしが間違ってるなら、心から祝福してあげるわよ。あんたって本当に馬鹿な人だわ」

ふたりは森の小道を小川の方へ進んでいた。暗闇の中で、坂を下っていく感触を足に覚えながら、以前は一緒に楽しく歩いたこの道を、今こんなふうに歩くはめになったのは彼女のせいだと、ふたりは心ひそかに相手を責めあっていた。

「あなたこそ、それしか言えないくせに」

「とにかく」とエレーナは落ち着きを取り戻した声で言った。「何が起ころうと、それはあなたにとって、なんの意味もないことよ。なのに、どうしてあなたは、わたしが馬鹿を見るんじゃないかと、そんなことを心配するの？」

セオドラは黙ったまま歩き続けている。しかしエレーナは、セオドラが何も見えない闇の中で、自分に向かって片手を差し出していることが、なぜか急にはっきりとわかった。「セオ」エレーナはぎこちなく言った。「わたしは人と話したり、何かを言ったりすることが苦手なの」

セオドラが笑って切り返した。「じゃあ、得意なことって一体なんなの? 逃げること?」

取り返しのつかない言葉だけは、まだ出てはいなかったが、友情をつなぐ糸は、もう切れる寸前にきていた。ふたりは未解決の問題をめぐって、互いに様子をうかがいあっていた。ここでもし、それを問う——「あなたはわたしのことが好きなの?」と訊くような——言葉が出てしまったら、それには決して答えられないし、忘れることもできないだろう。ふたりはそれぞれに悩み、考え込みながら、ゆっくりと歩き続けた。足を出す先からさらに下っていく坂道を、ともに並んでたどりつつ、相手の出方に大きな期待をかけて——ためらい、牽制しあいながら、ふたりは結果となるものを受け身に待つことしかできなかった。相手が何を考え、何を言いたがっているのか、それがすぐに伝わってくるから、互いに泣きたい気持ちだった。その時、小道に変化が起こった。ふたりは同時にそれに気がつき、気づいたのが自分だけではないことを互いに知った。セオドラがエレーナの腕を取る。ふたりは立ち止まることを恐れるように、ゆっくり歩きながら身を寄せあった。目の前の小道は、今までよりも広くなり、暗さを増し、大きく曲がっていた。

エレーナがはっと息を呑むと、腕をつかんだセオドラの手に力が入って、声を出すなと無言で伝えてきた。ふたりの両側に続いていた木立は、それまでの暗い色彩を沈黙のうちに捨て去って、透き通るように青白く光りはじめ、黒い空に向かって白くまぶしく立ち上がった。色を失った下草、黒く広く延びている道。そのほかには何もない。エレーナは歯をガチガチと鳴らし、恐怖からくる吐き気に、思わずしゃがみ込みそうになった。セオドラにつかまれた、今や痛いほどの強さで握られている腕にさえ震えが走っているなかで、それでも彼女はゆっくり進みながら、こうして無理やり動いていること、恐ろしいほどの正確さで意識的に左右の足を交互に出していくこの歩みが、正気を示す唯一の証拠であるような気がした。どぎついまでの道の黒さと、さざめくような木立の白さに、目が痛みを訴えて涙がたまってくる。エレーナの心には、今の気持ちが正確な言葉となって、くっきりと浮かんでいた――〃わたしは、今、本当に怖い〃。

ふたりが進んでいくにつれて、道はどんどん延びていった。白い木立もその姿を変えることなく延々と両側に続いて、頭上には漆黒の空が横たわっている。一歩一歩、道を踏むたびに、白くちらつく自分たちの足。セオドラの手も青白く光って見えている。道は前方で曲がっていて、先の方は見えなかったが、ふたりはどこまでもゆっくりと、正確に歩き続けた。もはやそうする以外には行動のしようがなかったし、こうして歩き続けることだけが、恐ろしいほどに黒く白く光っている邪悪な輝きの中に吸い込まれてしまわないための、唯一の手段だったのだ。〃わたしは、今、本当に怖い〃――エレーナは心に燃え浮かぶこの文字をくり返した。腕をつかんでいるセオドラの手の感触はまだなんとなく感じていたが、セオドラの存在そのものは、すでに遠く離れたものになっていた。周囲にあるのは痛烈な寒さだけで、そばに人の温かい身体があるような気がしないのだ。〃わたしは、今、本当に怖い〃――道に足をおろすたびに、凍りつくような冷たさに触れて、エレーナは身を震わせ続けた。

道はどこまでも延びている。それはまるで意志をもって、ふたりをどこかへ導こうとしているかのようだった。その証拠に、ふたりはこの道をわざとはずれて、木立の奥に広がっているはずの、真っ白に消滅している草地へ入っていくことができないでいた。道はゆるゆると曲がって、黒く白く光りながら続き、ふたりはそこをただひたすら歩き続けた。と、セオドラの手に力が入り、エレーナも小さくひきつけるように息を呑んだ——はるか前方で何か動いている。木立の白さよりもっと白く明滅している、あれは合図？　何かがこちらをうかがいながら、木立の色とまぎれつつ、合図しているの？　音ひとつしないこの夜の中で、自分たち以外に、少しでも動くものがあるなんて。今、見えない足がすぐ横の、白い草地を歩いていかなかった？　彼らはどこにいるの？

道はふたりを予定されていた場所へ導き、そこで足元から消えた。エレーナとセオドラは忽《こつ》然《ぜん》と現れた庭をのぞき、太陽のまぶしさと鮮やかな色の数々に目がくらんだ。信じられないことに、庭の芝生ではピクニック・パーティがひらかれていた。子供たちの笑い声と、愛情のこもった両親の楽しげな声が聞こえてくる。豊かに生えた芝生は濃い緑色をしていて、あたりには赤とオレンジと黄色の花が咲き、青く澄み渡った空には金色に輝く太陽があって、赤いジャンパーを着た子供のひとりが、仔犬を追いながら芝生をころげ、また陽気な笑い声を上げた。芝生にはチェック柄のテーブルクロスが広げてあり、そこに座った母親はやさしい笑みを浮かべながら、色鮮やかな果物ののった皿を取ろうと身を伸ばし——そこでセオドラが悲鳴を上げた。

「振り返らないで！」彼女は恐怖にかられ、金切り声で叫んだ。「振り返らないで——見ちゃだめ――走って！」

理由もわからぬまま、とにかく言われた通りに駆け出しながら、エレーナは、あのチェックのテーブルクロスに足を引っかけるかもしれないと思った。仔犬につまずいて転ぶかもしれないと思った。しかし走って突っ切ろうとした庭は、あっという間に草が黒々と生えた暗闇に変わり果てて、セオドラは悲鳴を上げたまま、さっき花が咲いていたあたりの草むらを踏みつぶし、土に埋もれた石や壊れたカップにつまずいて泣き声を上げた。やがて蔓がびっしりからみついた白い石壁に突き当たったふたりは、なおも悲鳴を上げたまま、拳で叩き、爪で引っかき、ここから出してくれと叫び、ようやく錆びた鉄門がひらくと、息も絶え絶えに泣きながら、それでもなんとか手を握りあって〈丘の屋敷〉の台所の庭を駆け抜け、裏口から中へ飛び込んだ。するると、こちらに飛んでくるルークと博士の姿が目に入った。「何があったんだ？」ルークがセオドラの腕をつかんで言った。「ふたりとも大丈夫か？」

「気が変になるほど心配したんだぞ」と博士が疲れきった様子で言った。「何時間も探していたんだ」

「ピクニックだった」とエレーナが言った。彼女は台所の椅子に座り込み、自分の手に視線を落とした。すり傷だらけの血がにじんだ手は、気づかぬうちに震えていた。「わたしたち、必死に逃げてきたの」彼女はよく見えるように両手を突き出して、ふたりに言った。「あれはピクニックだったわ。子供たちが……」

低い声で泣き続けていたセオドラが、泣きながら笑い出した。細く弱い声で泣き笑いしながら、その合間を縫うように「あたし、振り返って——行って、それで、自分たちのうしろを見て……」と言って、また笑った。

「子供がいたの……それと仔犬が……」

「エレーナ」セオドラがいきなり振り向いて、乱暴に顔をすりつけてきた。「エレーナ、エレーナ」

セオドラを抱き寄せながら、エレーナはルークと博士を見上げた。部屋がひどく揺れだした気がして、こんな時はいつもそうであるように、ふいに時間が止まるのを感じた。

第七章

1

モンタギュー夫人が来るという日の午後、エレーナはひとりで〈丘の屋敷〉の裏手にある丘へ出かけていった。これという目的地があったわけではなく、どこをどう歩いてどこへ着こうと構わないから、とにかく重苦しく暗い屋根の下を逃れて、人目につかない場所へ行きたかったのだ。彼女は柔らかな草が生えている乾いた小さな空き地を見つけて横になり、こんなふうに草に寝転んで、ひとりで考え事をするのは何年ぶりだろうと思った。まわりの木々や野の花は、生長しては枯れていく自分たちの生活の地にいきなり踏み込んできたこの侵入者を、自然に生きるもの独特のやさしさをもって迎え入れ、大地に根を張ることもできぬまま、ひとつの場所からまた次の場所へと否応なく動かなければならない不運な生き物には、やはり気を遣ってやらなければいけないとでも思ったように、そっと注意を寄せてきた。しかし鈍感で何も気づかない彼女は、手近にあったヒナギクを無為に摘んでその命を奪うと、死んでしまった花の顔を、寝転んだままのんびり眺めた。今の彼女の頭には面倒な物思いなどまるでなく、心にはただ圧倒的な幸福感が満ちあふれていた。彼女は手にしたヒナギクの花びらを順にちぎりながら、ふと微笑んで考えた。さて、これからどうしよう？　これからわたしは何をする？

2

「荷物はホールに置いておきなさい、アーサー」モンタギュー夫人が言った。「まったく、誰かが玄関に出迎えに来てもよさそうなものなのにねぇ。こんなお屋敷なんだから、部屋へ荷物を運ぶ人くらい雇わなくっちゃいけませんよ。ジョン？　ジョン？」

「やあやあ、おまえ、よく来てくれたね」モンタギュー博士はナプキンを持ったまま玄関ホールへ走り出て、妻が自分に差し出した頬に、素直にキスをした。「無事に着いて何よりだ。もう来ないんじゃないかと、みんなあきらめていたんだよ」

「あら、今日はこちらに参りますと話しておいたでしょう？　わたくしが行くと言っておいて、その約束をたがえたことが、今までに一度でもありました？　今日はアーサーも一緒なんですよ」

「アーサーか」博士は気のない声でくり返した。

「だって、誰かが運転しなくちゃいけませんでしたからね」とモンタギュー夫人が続けた。「あなた、わたくしが自分ひとりで、ここまで運転してくることを期待なさっていたんでしょう？　そうすれば、わたくしがくたくたに疲れることは、まず間違いありませんものね。あら、みなさん、はじめまして」

博士はうしろを振り返り、戸口のところで困ったように固まっているエレーナとセオドラとルークに微笑んだ。「おまえに紹介するよ。彼らはこの数日間〈丘の屋敷〉で寝起きを共にしている、わたしの友人たちだ。セオドラ。エレーナ・ヴァンス。ルーク・サンダースン」

セオドラとエレーナとルークの三人が小声でもぞもぞ挨拶すると、モンタギュー夫人はそれに会釈を返して言った。「どうやらみなさん、わたくしを待たずに夕食をはじめてらしたようね」

「もう来ないとあきらめていたんでね」と博士。

「でもあなたには、確かに今日こちらへ参りますと話しておいたはずですよ。もちろん、わたくしが間違っている可能性だって絶対にないとは言いませんけれど、今日こちらへ参りますと言った記憶が、わたくしにはありますもの。そうそう、みなさんのお名前は、すぐに覚えてしまいますからね。こちらの紳士はアーサー・パーカー。わたくし、自分で運転するのがいやだったものですから、この人に乗せてきていただいたの。アーサー、こちらのみなさんはジョンのお友達よ。どなたか、スーツケースを部屋へ運んでいただけないかしら？」

博士とルークが何やらつぶやきつつ荷物のところへ行くと、モンタギュー夫人が続けて言った。「わたくしのお部屋は、もちろん一番出るところにしてくださいね。アーサーはどこでもいいわ。そこのお兄さん、青いスーツケースがわたくしのですよ。それと、小さなアタッシェケースも。それを一番出る部屋へ運んでくださいな」

「というと、子供部屋かな」ルークのもの問いたげな視線を受けて、博士が言った。「わたしは子供部屋がここの現象を起こしている発生源のひとつではないかと考えているんだよ」その説明に、彼の妻は苛立たしそうにため息をついた。

「今のお話しぶりじゃ、あまり手際よく進んでいないようですわね。あなたったら、ここへ来て一週間近くにもなるのに、まだ〝プランセット〟の力を借りてないんでしょう？　自動書記を、ね？　それにそちらのお嬢さん方も、こうして拝見したところ、どちらも霊媒能力なんてお持ちではなさそうだし。ああ、そっちにあるのがアーサーの荷物よ。この人、万一の場合に備えて、ゴルフ道具まで持ってきたの」

「万一の場合って？」セオドラがぽかんとして訊き返すと、モンタギュー夫人が冷ややかに彼女を振り返った。

「どうぞ、わたくしに構わず、お食事を続けていらして」やがて彼女はそう言った。

「だが、子供部屋のドアのすぐ外には、明らかに冷気の感じられる場所があるんだよ」博士は妻の期待に応えようと、熱心に言い添えた。

「そうなの、それは素敵ね、あなた。あら、そちらの若い方がアーサーの荷物を運んでくださるんじゃないの？　いやだわ、ここはまだ、だいぶ混乱しているようね。一週間も経っているのだから、いい加減それなりの秩序ができているだろうと思っていたのに。で、幽霊を見ることはできたんですか？」

「心霊現象であると認められるような出来事はいろいろと――」

「わかりました。さあ、こうしてわたくしも来たことだし、これからはもっと手順よく事を進めていきますからね。アーサーの車は、どこへ止めておけばいいのかしら？」

「屋敷の裏にあいている馬小屋があってね、そこをみんなの車庫代わりにしているんだ。明日の朝になったら車を移動させるといい」

「まあ、何を言っているの。物事を先送りにするなんて、わたくしの一番嫌いなことよ。それはジョン、あなただってよくご存知でしょう。今夜の作業は別にしても、朝になったらやらなければいけないことが、アーサーには山ほどあるんですからね。車は今すぐ移動させておかなくては」

「だが、外はもう暗いし」と博士がためらった。

「ジョン、びっくりさせないでちょうだい。夜になったら外が暗くなるかどうか、わたくしが知らないとでも思ってらっしゃるの？　車にはちゃんとライトがあるのよ。それに、そちらの若い方が一緒に行って、アーサーに場所を指示してくだされればすむことじゃありませんか」

「ご指名には感謝しますが」とルークがにこりともせずに言った。「ここでは暗くなったら外には出ないようにするという、みんなで決めた重要な決まりがあるんです。もちろん車が気になるのなら、アーサーさんが外へ出て行くのは自由ですが、ぼく自身は遠慮します」

それに続いて、博士が口をひらいた。「こちらのお嬢さん方も、それを破ってひどいショックを――」

「腰抜けめ」いきなりアーサーが言った。車に積んであったスーツケースとゴルフバッグと大型のバスケットを運び終えてモンタギュー夫人の横に立っていた彼は、ルークをじろりと見下ろしていた。赤ら顔で白髪のアーサーは、ルークを馬鹿にして叱り飛ばした。「ご婦人方の前だというのに、貴様という男は、恥を知れ」

「そのご婦人方だって、ぼくと同じように怯えているんですよ」ルークは平然と言い返した。

「いや、その通り、その通りなんだ」モンタギュー博士はなだめるように、アーサーの腕に手を伸ばした。「きみもしばらく滞在すれば、きっと理解できるよ、アーサー。ルークがこういう態度をとるのは、別に腰抜けだからではなく、思慮深いからなんだとね。日が落ちたら、みんなで一緒にいるというのが、わたしたちの決まりなんだ」

「あなた方が、まさかこれほどの臆病風に吹かれているなんて、夢にも思いませんでしたよ、ジョン」とモンタギュー夫人が言った。「こういう現象に怯えるなんて、嘆かわしい限りだわ」彼女は抑えきれない苛立ちに爪先を打ち鳴らした。「ジョン、あなただってよくご存知でしょう。あの世に旅立った魂が望んでいるのは、わたくしたちが楽しそうに笑っている姿を見ることなんですよ。彼らは生きている人間に、愛しい存在だと思ってもらいたがってるの。この屋敷に棲む霊だって、あなた方に怖がられたりして、さぞ傷ついているんじゃないかしら」

「その話は、またあとにしようじゃないか」と博士が憔悴した声で言った。「ところで、夕食は？」

「もちろん」モンタギュー夫人はエレーナとセオドラをちらりと見やった。「途中でお邪魔してしまって、申し訳なかったわ」

「で、夕食は食べてきたのかね？」

「もちろん、いただいていないに決まっているじゃありませんか、ジョン。わたくし、夕食はこちらでいただくように参りますと、そう言いましたでしょう？　それとも、これもわたくしの勘違い？」

「いや、いずれにせよ、おまえがここへ来ることはダドリー夫人にも話しておいたのでね」博士はそう言いながら、娯楽室のドアをあけ、食堂へ入っていった。「彼女は、素晴らしいごちそうを用意していってくれたよ」

博士が妻を案内しやすいようにと、脇へどいていたエレーナは、お気の毒なモンタギュー博士、と思わずにいられなかった。あんなに困った慌てた顔をして。奥さん、いつまで居座るつもりかしら。

「あの奥さん、いつまで居座るつもりかしらね？」セオドラが耳打ちしてきた。

「さあ、持ってきたスーツケースが心霊体《エクトプラズム》で一杯になるまでじゃないの？」とエレーナが希望を込めて答える。

「で、おまえはいつまでここに滞在できるのかね？」モンタギュー博士はテーブルの上座に腰を下ろし、その隣へ満足そうに落ち着いた妻に尋ねた。

「それなんですけどね、あなた」とモンタギュー夫人は言いながら、ダドリー夫人特製のケーパー・ソースを味わった。「――あらまあ、ずいぶんと腕のいい料理人を見つけたこと――そうそう、それでアーサーなんですけど、学校に戻らなくてはいけませんでしょう。アーサーは校長先生をしているのよ」と彼女はほかの面々に説明した。「それで、月曜日の予定はわざわざ全部キャンセルして来てくれたんです。だから、月曜日の午後にはここを出発しようかと思っていますの。そうすればアーサーも、火曜日にはちゃんと朝から学校に出られますしね」

「大部分の生徒は、アーサーがいなくてせいせいしてるってところだな」ルークがセオドラに囁くと、セオドラが返事した。「そうは言っても、今日は土曜よ」

「このお料理、本当に文句のつけようがないわ」とモンタギュー夫人が言った。「ジョン、わたくし明日の朝になったら、ここの料理人と話してみるわ」

「ダドリー夫人は実にあっぱれな女性でね」と博士が言葉を選んで答える。

「わたしの口には、ちょっと高級すぎるようだ」とアーサー。「なにせ、肉とポテトがあれば満足できる人間なのでね」彼はセオドラに説明した。「酒はやらない、煙草も吸わない、くだらぬものは一切読まない。そうでないと、生徒に示しがつかんのですよ。彼らには少しでも尊敬できる人間が必要だ」

「生徒さんは、みんなあなたを見習っていると思います」とセオドラが神妙に答えた。

「しかしいつの時代にも、不良というものはいる」アーサーは首を振った。「たとえば彼らはスポーツをたしなまない。いつも隅の方をうろついている。すぐ泣き言を言う。そういう根性は、できるだけ早く叩き直さないと」彼はバターに手を伸ばした。

するとモンタギュー夫人がテーブルに身を乗り出して、離れた席にいるアーサーに声をかけた。「軽めに食べておきなさい、アーサー。今夜は忙しくなりますからね」

「一体、何をする気なんだね？」と博士が訊く。

「あなたがこういったことを、どんな形であれ、ご自分の方法に取り入れたりなさらないのは、充分承知しておりますわ。でもね、ジョン、この分野に関してはわたくしの方が本能的な理解力に優れているということを、きっとあなたも認めると思いますよ。女にはね、そういう能力があるんです。すくなくとも、ある種の女には」そこで彼女はちょっと黙り、見透かすような視線でエレーナとセオドラを眺めた。「あえて言わせていただくけれど、そちらのおふたりは眼鏡違いだったようね。もっとも、これもまた勘違いだと、あなたはおっしゃりたいかしら？　あなたはわたくしの間違いを指摘するのが、とてもお好きですからね、ジョン」

「おまえ――」

「わたくし、何事にもいいかげんな仕事は許せませんの。もちろん、アーサーには見張り役をやってもらいます。そのつもりで、一緒に来てもらったんですから」彼女は隣に座っているルークに言った。「教育の分野にありながら別世界に興味を持ってらっしゃる方とお会いするなんて、なかなかないことなんですよ。じきにあなたも、アーサーが驚くほどの知識の持ち主だってわかるでしょうけれどね。わたくしは今夜、一番出るというその部屋に常夜灯をともして横になり、このお屋敷を騒がせている霊《エレメント》との接触を試みるつもりです。問題のある霊魂がいる場所だと、わたくし、絶対に眠れないの」彼女の説明を聞かされて、ルークは言葉もなくうなずいた。

「だが、こういうことに前準備もなく挑むというのは、あまり感心できない話でね」とアーサーが言った。「つまり、低すぎる確率に金は賭けるな、ということだ。そのへんを、みなさんに説明するといいんじゃないかな」

「このお夕食が終わったら、〝プランセット〟の力を借りて、ちょっとした降霊会を行おうと思っております」とモンタギュー夫人が言った。「もちろん、わたくしとアーサーのふたりだけで。ほかのみなさんは、拝見したところ、まだその準備ができていないようですし、お誘いしたら、かえって霊たちを追い払うことになってしまうでしょうから。それで、どこか静かな部屋を使いたいのですけれど――」

「図書室がありますよ」とルークが礼儀正しく教えた。

「図書室？　それはいいかもしれないわ。書物というのは、良質な導体になってくれることが多いですからね。本が置いてある部屋では、霊体の具現化現象がかなりよく起こるんです。逆にいえば、本のせいで霊体の具現化が妨げられることなど、どんな場合でも、まず考えられませんしね。でも、その図書室、埃だらけなんじゃないかしら？　アーサーはよくくしゃみをする人だから」

「屋敷の中はダドリー夫人がきっちりと手入れしてくれているよ」と博士。

「明日の朝、夫人とお話しするのがますます楽しみになってきたわ。それじゃあ、ジョン、図書室まで案内してくださいね。それとこちらのお兄さんには、わたくしのケースを二階まで取りに行っていただけるかしら。大きなスーツケースではなくて、小さなアタッシェケースの方。それを図書室のわたくしのところへ持ってきていただきたいの。みなさんとは、あとでご一緒しますからね。〝プランセット〟の降霊会が終わったら、わたくしミルクを一杯と、できたら小さなケーキをいただきたいわ。あまりお塩がきいていなければ、クラッカーでも構いませんよ。気の合った方たちと、しばらく静かにお話しするのって、今夜のように霊との接触を控えている時には、とてもいい助けになりますしね。人間の心というのはとても正確で繊細なものだから、いたわりすぎてはいけないことなんてないんです。アーサー？」彼女はエレーナとセオドラのふたりに離れたまま会釈すると、アーサーとルークと夫の三人にエスコートされて食堂を出ていった。

しばらくしてセオドラが言った。「あたし、モンタギュー夫人と一緒にいたら、今に気が狂うと思うわ」

「わたしは、よくわからないけど」とエレーナが言った。「アーサーは、まだなんとか好きになれる気がする。それと、ルークは本当に腰抜けだと思うわ」

「かわいそうなルーク」とセオドラが言った。「彼はお母さんがいなかったのに」顔を上げたエレーナは、セオドラが奇妙な笑みを浮かべて自分を見ているのに気づき、いたたまれない気持ちに、思わずテーブルを立った。急に動いたはずみでグラスが倒れ、中味がこぼれた。

「わたしたちだけ、はぐれてちゃいけないわ」彼女は変に息を詰まらせて言った。「早くみんなのそばへ行かなくちゃ」テーブルを離れて小走りに食堂を駆け出すと、セオドラも笑いながらあとを追ってきた。そうして細い廊下を走り、いつもの談話室へ行くと、ルークと博士が暖炉の前に立っているところだった。

「質問があるんです」ルークが神妙な顔で博士に訊いた。「〝プランセット〟って、誰のことなんです？」

博士は不愉快そうにため息をついた。「まったく、馬鹿者が」それから彼は、慌てて言い直した。「いや、すまん。あのふたりの考え自体が腹立たしくてね。しかし、あれはそれを気に入っていて……」博士は暖炉を振り返り、乱暴に火を掻き起こした。そして、少し間をおいてから説明をはじめた。「〝プランセット〟というのは〝ウィージャ・ボード〟と似ている小さな道具で、いや、自動書記を行うひとつの形式と言った方がわかりやすいかもしれないな。つまり――その――実体のない存在とコミュニケーションをとる方法のひとつなんだが、わたしとしては、実体のない存在が道具を通じて話しかけるという現象は、それを行った人間が自分の想像で道具をそのように動かしただけなんじゃないかと考えている。うん。そうなんだ。〝プランセット〟は軽くて小さい木製の道具で、たいていはハート形か三角形だ。一番細い角の部分に鉛筆をセットする差し込み口があって、残りの角には小さな車輪か、紙の上でも滑りやすいような足がついている。で、ふたりの人間が上に指をあてて何か質問をすると、その道具がなんらかの――いや、その正体がなんなのかは、今ここでは議論しないが――とにかく、なんらかの〝力〟に押されて動き出し、下の紙に答えを書いていくわけだ。さっき言った〝ウィージャ・ボード〟もこれと非常によく似た道具だが、ただしこちらは、板にばらばらに記されている文字を、順番に指し示すようにできている。ごく普通のワイングラスでも、これと同じことはできるんだよ。わたしは車輪つきの子供のおもちゃで試みた例を見たことがあるが、正直、こういう実験は馬鹿馬鹿しいとしか思えなかったね。参加者が道具に添えるのは片手の指先だけで、もう片方の手は質問と返答を記録するためにあけてある。しかし出てくる答えは、たいていが決まりきった内容の、意味のないものばかりだ。もちろんわたしの妻に言わせれば、それは違うと反論するだろうがね。あんなのはたわごとにすぎんよ」博士はまた火を掻きはじめた。「女学生のお遊び。ただの迷信だ」

3

「今夜のプランセットは、とても協力的でしたよ」とモンタギュー夫人が言った。「ジョン、このお屋敷には間違いなく、外国人の霊《エレメント》がいますわ」

「いや本当に、今回は実に驚くべき結果が出ました」アーサーは手にした紙束を得意げに振ってみせた。

「あなたのお役に立つ情報が、とてもたくさん手に入りましたの」とモンタギュー夫人が続けた。「まずは、これ。プランセットは尼僧のことをずいぶんしつこく伝えてきました。ジョン、あなた尼僧について、何かご存知じゃないかしら？」

「この〈丘の屋敷〉で？　そんな話はまるでないが」

「でもプランセットは、尼僧についてかなり強い反応を示したんですよ、ジョン。もしかしたら、何かそれに関するような――ぼんやりとした黒い影のようなものでも――この近くで目撃されているんじゃありません？　深夜にほろ酔い気分で家路についた村人が、びっくりした話とか」

「だが、尼僧の幽霊なんてものは、ごくありふれた部類の——」

「ジョン、やめてちょうだい。わたくしが間違っているとおっしゃりたいのはよくわかってますわ。それとも、プランセット自体が間違っているとおっしゃりたいのかしら？　でもね——たとえわたくしの言葉がお気に召さなくても、あなたはプランセットの力を信じるべきだし——この〝尼僧〟というのは、一番はっきり示された言葉なんです」

「いや、ただわたしが言いたいのはだね、尼僧の幽霊なんてものは、心霊現象の中でももっとも典型的な存在だってことなんだよ。この〈丘の屋敷〉にはそんなものと関係があった記録などまるでないが、だいたいの場合——」

「ジョン、やめて。話を続けさせていただいてもよろしい？　それとも、プランセットのことは忘れて、何も聞かないことにします？　そう、ありがとう」モンタギュー夫人は表情をやわらげた。「それじゃ、続けましょう。このほかにプランセットは、ある名前を綴りました。これは〝ヘレン〟あるいは〝ヘレナ〟〝エレナ〟と綴られたりもしたのだけれど、一体、誰のことなんでしょうね？」

「おまえ、この屋敷には、これまでたくさんの人々が住んで——」

「その〝ヘレン〟は、怪しい僧侶に気をつけるよう、警告してくれました。つまり、僧侶と尼僧がそろってひとつの屋敷に姿を見せるということは——」

「ここは僧院の跡地に建てられたものと思われる」とアーサー。「霊の力は相当に強いものですからな。古《いにしえ》の怨念が、まだ色濃く漂っているのだろう」と彼は駄目押しするように言った。

「破戒の罪を犯したということろかしらね？　どうも、そんな感じがしたのだけれど」

「裏ではいろいろなことがあったはずですよ。たぶん、誘惑がね」

「そんなことは、とても考えられない――」博士が口をはさもうとすると、それをさえぎって夫人が続けた。

「はっきり申し上げますけれど、彼女は壁の奥に生き埋めにされたんです。ええ、ええ、尼僧のことですよ。そういうことが、ずっと行われていたんです。その生き埋めにされた尼僧が、わたくしにどんなメッセージをくれたか、あなたには想像もつかないでしょうけれどね」

「ここで尼さんがどうこうされたなんて記録は、一切――」

「ジョン。もう一度言わせていただくけれど、わたくしは生きながら壁に閉じ込められた尼僧たちからのメッセージを受け取ったんです。あなた、わたくしが嘘をついているとでもお考えなの？　それとも、本当は生き埋めにされなかったのに、尼僧がわざと嘘をついてると思ってらっしゃるの？　これもまたわたくしの勘違いかもしれないって、そういうことなんですか、ジョン？」

「まさか、そんなことはないよ、おまえ」モンタギュー博士は疲れたため息をついた。

「たった一本の蠟燭と、ひとかけらのパンを与えられたきりでね」とアーサーがセオドラに言った。「考えるだに恐ろしい話だ」

「壁に生き埋めにされた尼僧など、ひとりもいるものか」博士は不機嫌な顔で、わずかながら声を荒らげた。「そんなのは伝説だ。物語だよ。意地悪く流された中傷で――」

「わかりましたわ、ジョン。このことで喧嘩するのはやめましょう。あなたは、ご自分が信じたいことだけを、信じていらっしゃればいいのよ。でも、これだけは理解してくださいね。そういう純粋に唯物的なものの見方も、時として事実の前では、負けを認めざるをえないんです。そして、厳然たる事実として今ここにあるのは、この屋敷を騒がしている訪問者の中に、尼僧と――」

「ほかには何があったんです？」ルークが慌てて尋ねた。「いや、ぼくはすごく興味があるんですよ、その――プランセットが、ほかには何を答えたのかと」

モンタギュー夫人はいたずらっぽく指を振ってみせた。「あなたについては何も言ってくれなかったわ、坊や。もっとも、そちらのお嬢さんのどちらかなら、興味を持つかもしれないことはありましたけれどね」

なんて嫌味な女なんだろう、とエレーナは思った。嫌味で、俗悪で、自分勝手な女。「さて、先ほどの〝ヘレン〟ですけれど」とモンタギュー夫人が続けた。「地下室で古い井戸を探してほしいと、わたくしたちに頼んでいます」

「そこにヘレンが生き埋めにされたなんて言わんでくれよ」と博士。

「それが違うとも言い切れない感じですのよ、ジョン。わたくしね、彼女はまさにそれを訴えようとしていた気がするんです。実のところ〝ヘレン〟は、その井戸で何が見つかるのか、はっきり教えようとはしませんでした。かといって、まさか宝物が見つかるとも思えませんしね。

こういう場合に本物の宝を掘り当てるなんて、そう滅多にあることじゃありませんでしょう。消えた尼僧の手掛かりの方が、よっぽど考えられますわ」

「むしろ、八十年分のガラクタじゃないのかね」

「ジョン、あなたって人は、なぜそうまで懐疑的なのかしら。わたくしにはとても理解できないわ。だってあなたは、超常現象の証拠を集めるために、このお屋敷へいらしたんでしょう？なのに、わたくしがたくさんの原因を探してあげたり、どこを調べればいいかお教えしようとすると、決まって頭ごなしに馬鹿になさるんだから」

「わたしたちにはここの地下室を掘り返す力なんてないんだよ」

「でも、アーサーがいれば――」モンタギュー夫人が希望を込めて言いかけたが、博士はきっぱりさえぎった。「そうじゃない。わたしが結んだ賃貸契約は、この屋敷によけいな手を加えることを一切禁じているんだ。だから地下室を掘り返すことも、壁板や床板を剝がすこともできない。〈丘の屋敷〉は今もって貴重な財産だし、わたしたちはここに学ぶ生徒であって、心なき破壊者ではないんだからな」

「わたくしはただ、あなたが真実を求めているに違いないと思って言っただけですわ」

「これ以上知りたいことなど何もない」モンタギュー博士は足音荒くチェス盤のそばへ行くと、ナイトの駒をつかんでにらみつけた。まるで荒れた気持ちを鎮めるために、心でじっと数を数えているようだった。

「困った人。誰にだって、我慢しなければならない時ぐらいあるものなのに」モンタギュー夫人はため息をついた。「怒ってらっしゃるのはわかるけれど、わたくしとしては、解決の糸口になると思えた部分の記録を、ぜひ聞いていただきたいの。アーサー、そちらにあるかしら？」

アーサーは手にした紙束をめくった。「叔母様に花を贈りなさいという、あなたへのメッセージのすぐあとでしたよ」とモンタギュー夫人は教え、それからほかの面々に説明した。「今日のプランセットは〝メリゴット〟という名の霊に支配されていたのだけれど、その〝メリゴット〟がアーサーに個人的な興味を強く示してね、彼の親類縁者の言葉を、いろいろ運んできてくれたのよ」

「命にかかわる病気じゃないが、もちろん花は贈るつもりだ」とアーサーが真面目に言った。「メリゴットも強くそう勧めたからね」

「これよ」モンタギュー夫人は数枚の紙を選び出し、素早くめくって確認した。どの紙もミミズの這ったような鉛筆の字が一面に書き散らされている。モンタギュー夫人は眉をひそめ、指先でそれを順に追っていった。「ここだわ」と彼女がうなずいた。「アーサー、質問の部分を読んでちょうだい。わたくしはその答えを読み上げますから。その方が、より自然な感じでみなさんにも伝わるでしょう」

「それはいい」アーサーは楽しそうに言い、モンタギュー夫人のうしろに立って、肩越しに紙をのぞきこんだ。「さてと――読みはじめるのは――このへんから？」

「〝あなたは誰ですか？〟のところよ」

「了解。〝あなたは誰ですか？〟」

「〝ネル〟」モンタギュー夫人のはっきりした言葉に、エレーナとセオドラとルークと博士はさっと振り向き、耳をそばだてた。

「〝ネルというのは誰ですか？〟」

「〝エレーナ、ネリー、ネル、ネル〟――こういうことって、時々あるのよ」モンタギュー夫人が朗読を中断して説明した。「ちゃんとこちらに伝えようとして、何度も何度も同じ言葉をくり返してくるんです」

アーサーが咳払いして、先を続けた。「〝あなたの望みはなんですか？〟」

「〝家《ホーム》〟」

「〝家へ帰りたいのですか？〟」それを聞いてセオドラが、おどけたようにエレーナに肩をすくめてみせた。

「〝家《ホーム》がいい〟」

「〝あなたはここで何をしているのですか？〟」

「〝待ってる〟」

「〝何を待っているのですか？〟」

「〝家《ホーム》〟」アーサーはここで中断し、しきりにうなずいた。「また同じだ。ひとつの言葉にこだわって、それがはっきりわかるように、何度も何度もくり返している」

「普段ですと、わたくしたちは〝なぜ？〟という質問を絶対にしません」とモンタギュー夫人が言った。「そういう訊き方をすると、プランセットが混乱してしまう場合が多いからです。でも今回に限っては、わたくしたちも勇気を出して、すぐに問いかけてみました。アーサー？」

「〝なぜ？〟」とアーサーが読み上げる。

「〝お母さん〟」この答えを読んでから、モンタギュー夫人がまた説明した。「つまり今回は、こちらの問いかけも正しかったということですわね。プランセットはすぐに素直に答えてくれたわけですから」

「〝〈丘の屋敷〉はあなたの家ですか？〟」アーサーが単調に読み上げる。

「〝家《ホーム》〟」とモンタギュー夫人が答え、博士がため息をついた。

「〝あなたは苦しんでいますか？〟」とアーサー。

「これには答えがなかったわ」モンタギュー夫人が納得するようにうなずいた。「こんなふうに霊魂は、自分の苦痛を認めようとしないことがあるんです。苦しいと聞けば、あとに残されたわたくしたちも、気持ちが暗くなりますからね。たとえば、アーサーの叔母様のような人は、ご自分が病気であることを決して認めたりはなさらないでしょう。〝メリゴット〟は、いつでもわたくしたちに教えてくれますけどね。つまり、質問にあえて答えない場合は、それだけ状況が悪いということなんです」

「彼らはストイックなんだ」とアーサーは言って、次を読んだ。「〝何かお手伝いしましょうか？〟」

「〝いいえ〟」

「〝わたしたちにできることは何かありませんか？〟」

「〝いいえ。ない。ない。ない〟」モンタギュー夫人は顔を上げると「おわかりかしら？」と四人に言った。「またここでも、ひとつの言葉が何度も続いているんです。彼らはくり返すことが本当に大好きで、一枚の紙がまるまるひとつの言葉だけで埋まってしまうこともよくあるんですよ」

「〝あなたのほしいものはなんですか？〟」とアーサーが続けた。

「〝お母さん〟」と夫人が答える。

「〝なぜ？〟」

「〝子供〟」

「〝あなたのお母さんはどこにいるのですか？〟」

「〝家《ホーム》〟」

「〝あなたの家はどこですか？〟」

「〝ない。ない。ない〟」モンタギュー夫人は持っていた紙を折りたたんだ。「ここからあとは、わけのわからない言葉の羅列に変わってしまいました」

「プランセットがこれほど協力的に答えてくれたのは初めてでね」アーサーが秘密を打ち明けるようにセオドラに言った。「実に素晴らしい体験だった」

「でも、どうしてネルが選ばれたの？」セオドラは不愉快そうに尋ねた。「一体なんの権利があって、あなた方の馬鹿なプランセットは、他人にそんなメッセージを伝えたりするのよ、本人の許可もなく――」

「プランセットを悪く言っても、得るものは何もありませんぞ」アーサーが注意しかけると、モンタギュー夫人はそれをさえぎって、素早くエレーナを振り返った。「あなたがネルなの？」

彼女はそう問いただし、今度はセオドラを見て言った。「わたくしたち、あなたが〝ネル〟なんだとばかり思っていたわ」

「だったら、何？」とセオドラが尊大に言い返す。

「もちろん、こんな勘違いは、メッセージの内容になんの影響もありませんけどね」モンタギュー夫人は苛立たしそうに指で紙を叩いた。「わたくしたち、ちゃんと自己紹介をして、覚えていたはずだと思ったものですから。ええ、プランセットなら、ふたりをきちんと見分けているはずだし、わたくしだって自分が勘違いさせられていたことを気にしてはいませんわ」

「無視されたってひがむことないさ」ルークがセオドラに言った。「なんならみんなで、きみを生き埋めにしてやるから」

「どうせお告げを受けるんなら、隠された宝のありかを教えてもらう方がいいわ」とセオドラが言った。「叔母さんに花を贈れだなんて、つまんない話はお断りよ」

みんな、さりげなくわたしを見ないようにしている、とエレーナは思った。またわたしひとりがつまはじきにされて、なのにみんなはご親切にも、なんでもないようなふりをしている。

「なぜ、わたしにだけメッセージが送られたと思います？」エレーナはなすすべもなく尋ねた。

「そんなことを訊かれてもねぇ」モンタギュー夫人は紙束を低いテーブルに投げ出した。「正直なところ、お答えのしようがないわ。それにあなたは子供どころか、もう立派な大人でしょう？　ひょっとすると、ご自分で思っている以上に霊媒体質なのかもしれないわね。もっとも」――彼女は冷淡に横を向いた――「この屋敷に来て一週間も経つわけだし、あの世からの簡単なメッセージぐらい、受け取って当然でしょうけれど……あらあら、暖炉の火を掻き立ててやらなくちゃいけないわ」

「ネルだって、あの世からのメッセージなんかほしいわけないでしょ」セオドラは慰めるように、エレーナのそばに寄って冷たい手を握った。「ネルがほしいのは、暖かいベッドと少しの睡眠よ」

いいえ、安らぎだわ、とエレーナは強く思った。わたしがこの世で一番ほしいのは安らぎ。ゆっくり横になって考え事のできる静かな場所。花に埋もれながら夢を見たり、素敵な物語を自分に語れる、どこか静かな場所なのよ。

4

「わたしは子供部屋のすぐ横にある小部屋を本部に使います」アーサーが有無を言わさぬ口調で言った。「叫べば聞こえる距離ですからな。念のために拳銃を出して――いや、心配はいりません、ご婦人方。わたしは射撃の名手です――それから懐中電灯と、一番よく響く笛も用意しておきましょう。そうすれば万一の場合、みなさんを一気に招集できますからな。たとえば、これは一見の価値があるというような事態に遭遇した時とか、あるいは——その——仲間がほしいと思った時にですよ。まあ、みなさんには静かに休んでいていただけると思いますが」

モンタギュー夫人が補足した。「アーサーは今夜この屋敷をパトロールすることになっています。一時間ごとに巡回して、二階の部屋を見まわってくれるんですよ。わたくしがいるのは二階ですから、わざわざ階下《した》まで見まわる必要はありませんしね。わたくしたち、今までにもう何度も、こういう形でやってきたんです。それじゃ、みなさん、参りましょうか」みんなは夫人のあとについて無言のまま階段を上りながら、彼女が手すりや壁の浮き彫りをやさしく叩いていく様子を見ていた。途中で彼女が言った。「でも、こんなに嬉しいことってないわ。このお屋敷では、自分の身の上を語り、重い悲しみから解放されたいと願っている霊たちが待っていてくれたんですもの。さてと。アーサーに先に寝室を調べてもらいましょうね。アーサー？」

「では、ご婦人方のお許しをいただいて、ちょっと失礼」アーサーはエレーナとセオドラが共同で使っている〈青の間〉のドアをひらいた。「優美な部屋だ」と彼は嬉しそうに言った。「こちらの魅力的なお嬢さん方に、よくお似合いのしつらえですな。ご異存がなければ、念のためにクローゼットとベッドの下を拝見させていただきますよ」全員がしかつめらしい表情で見守る中、アーサーは両手両膝を床についてベッドの下をのぞきこみ、それから立ち上がって、手についた汚れを払い落とした。「大丈夫、異状ありません」

「ところで、わたくしはどのお部屋を使えばよろしいのかしら？」とモンタギュー夫人が、訊いた。「荷物はどこへ運んでいただけたの？」

「この廊下をまっすぐ行った突き当たりだよ」と博士。「そこを子供部屋と呼んでいるんだ」

アーサーを従えたモンタギュー夫人は、迷いのない足取りで廊下を突き進んでいき、例の冷気の場所を通って、ぶるっと身を震わせた。「これじゃ、もっと毛布がいるわ。あの若い人に、ほかの部屋から余分な毛布を持ってこさせてちょうだい」それから彼女は子供部屋のドアをあけ、しきりにうなずいて言った。「なるほど、ベッドはきちんと支度できていますね。でもこのお部屋、風を通してあったのかしら？」

「ダドリー夫人には頼んでおいたが」と博士。

「なんだか黴《かび》臭いこと。アーサー、今夜は寒いだろうけど、窓をあけておきなさいね」

子供部屋の壁に描かれた動物たちは、わびしい表情でモンタギュー夫人を見下ろしていた。

「おまえ、本当にここで……」博士はためらい、戸口の上で笑っている一対の顔を気遣わしげにちらりと見上げた。「やはり、誰かが一緒にいた方がいいんじゃないかね？」

「あなた」あの世の者との接触を前に上機嫌になったモンタギュー夫人は、面白そうに言った。「わたくしは、これまでに何時間も――それこそ、本当にとても長い時間――純粋なる愛と理解の心を持って、ひとりでありながら決してひとりではない部屋に座ってきた経験の持ち主なんですよ。愛と共感が支配する場所にはなんの危険もないということ、あなたにはどう説明したらわかっていただけるのかしら？　わたくしがここにいるのは、不幸な存在を助けるためで

――心からの慈《いつく》しみをもってこの手を差し伸べ、あなたたちのことを覚えている人間がここにいます、あなたたちの声に耳を傾け、その悲しみに涙する人間がいますと、教えてあげるためなんです。そして、彼らの孤独が癒されれば、わたくしは――」

「わかった」と博士が言った。「しかし、ドアはあけておいておくれ」

「あなたがそうおっしゃるなら、鍵はかけませんわ」モンタギュー夫人は寛大な態度で約束した。

「わたしは廊下の先の部屋にいるからね」と博士は念を押した。「見張りはアーサーがしてくれるというし、あえてこちらから買って出る真似はしないが、必要ならいつでもわたしを呼ぶんだよ」

モンタギュー夫人は笑いながら夫に手を振った。「あなたの保護が必要なのは、わたくしよりもほかのみなさんの方よ。もちろん、わたくしはできるだけの努力をしますわ。でも、あの方たちときたら頭は固いし、物事を素直に見ようとしないし、本当にあまりにも無防備すぎますからね」

面白そうについてくるルークを尻目に、ほかの部屋を次々にチェックしおえたアーサーは、子供部屋まで戻ってくると、勢いよくうなずきながら博士に報告した。「問題ありません。このまま寝室へ引き取られても大丈夫です」

「ありがとう」博士は真顔で礼を言い、それから妻に声をかけた。「それじゃあ、おやすみ。気をつけてね」

「おやすみなさい」モンタギュー夫人は全員に微笑みを振りまいた。「どうぞ、心配なさらないでね。どんなことが起こっても、わたくしがちゃんとここにおりますから」

「おやすみなさい」セオドラの言葉に続いて、ルークも「おやすみ」と挨拶した。今夜はゆっくり眠れるだろうし、もし銃声がしても心配はいらない、巡回は夜半からはじめるつもりだ、と告げるアーサーの声をうしろに聞きながら、エレーナとセオドラは〈青の間〉に引き取り、ルークも自室のある方へ戻っていった。博士もそれに少し遅れて、渋々ながら妻の部屋の閉じたドアをあとにした。

「待って」部屋に入ったところで、セオドラがエレーナに言った。「博士たちの方へ来てくれって、さっきルークに言われたの。だから着替えないで、静かにしてて」彼女はドアを細くあけながら、肩越しに振り返って囁いた。「きっとあのメンドリ婆さん、完璧なる愛のおこないとやらで、この屋敷を大騒ぎに陥れてくれるわよ。完璧なる愛なんて、なんの役にも立つもんですか、ここは〈丘の屋敷〉なんだから。あ、アーサーがドアを閉めたわ。急いで。音を立てないでね」

ふたりは息を殺し、音を立てないように廊下の絨毯をストッキング一枚の足で、博士の部屋へ小走りに向かった。「早く、早く」博士がちょうどふたりが入れるくらいにドアをひらいて促した。「静かにな」

「あいつが誰かを撃ったりしたら、安全どころの騒ぎじゃないよ」そう言いながら、ルークはわずかな隙間が残る程度にドアを閉めると、戻ってきて床に座った。

「困った話だな」博士が心配そうに言った。「ルークとわたしは徹夜で見張りをするつもりなんだ。だからきみたち女性には、こちらの目の届くところにいてほしかったのだよ。きっと何かが起こるだろうからね。まったく困った話だ」

「あたしなんか、彼女がこのままおとなしくしてくれて、あのプランセットで馬鹿なことをしなきゃいいって、それだけを願ってるわ」とセオドラが言った。「ごめんなさい、モンタギュー博士。べつに奥様の悪口を言うつもりじゃなかったんですけど」

その言葉に博士は笑い、しかし視線はドアに釘付けのままで言った。「あれはもともと、最初から最後までここに滞在する気でおったんだよ。ところが、ヨガ教室に参加しているものだから、それを休むことができなくてね。あれでも彼女は多くの面で、本当に素晴らしい女性なんだ」彼は理解を求める目で三人を見た。「わたしにとってはいい妻で、夫の面倒をよくみてくれる。それに何をするんでも実に器用で手際がいい。シャツのボタンも上手につけてくれるし」と幸せそうに微笑む。「これは」――博士は廊下の方を身振りで示した――「これは彼女の唯一の悪癖なんだよ」

「奥様にすれば、きっと博士のお仕事を手伝っているつもりなんでしょう」とエレーナ。

ふいに博士が顔をしかめて身震いした。と、次の瞬間、目の前のドアがふわりとひらいて勢いよく閉まり、しんと静まった廊下から、強い風が吹き抜けていくような、低くて鋭い動きのある音が聞こえてきた。四人は互いに顔を見合わせ、なんとか微笑もうとした。ゆっくり忍び寄る非現実的な寒さの中で、平然とした態度をとろうとした。すると風のような音を縫って、階下のドアを叩く音がはじまった。セオドラは博士のベッドの足元にあったキルトを無言で取ると、自分とエレーナの身体を包み、ふたりは物音を立てないように、ゆっくり身体を寄せ合った。エレーナは自分を抱き寄せるセオドラにしがみつきながら、なぜか少しも暖かくなれない恐ろしい寒さの中で、あれはわたしの名前を知っている、今度はわたしの名前を知っていると、心でくり返していた。階下でドアを叩いていた音は、いつしか階段の方へ移って、一段一段轟きながら二階へと上ってきていた。博士が緊張の面持ちでドアの横に立っていると、ルークがその隣へ移動した。「〈子供部屋〉の近くじゃありませんよ」彼はそう言って手を伸ばし、ドアをあけかけた博士を止めた。

「こうバンバンと騒がれ続けたんじゃ、いいかげんうんざりするわね」セオドラがおどけた。「あたし、来年の夏は、絶対どこか別の場所へ行くわ」

「どこへ行ったって不便は同じさ」とルーク。「湖のあるところへ行けば蚊の大群に襲われる」

「もしかして〈丘の屋敷〉のレパートリーは出尽くしちゃったんじゃない？」セオドラが声を震わせながらも、強いて明るい調子で言った。「この叩く音だって、確か前にも経験したもの。また最初に戻ってやり直しってことかしら？」打ち砕くような音はすでに廊下じゅうに響いていたが、場所は子供部屋とは反対の、廊下のずっと先あたりらしい。博士は緊張してドアに身を寄せたまま、いても立ってもいられぬ様子で首を振った。「わたしはこれから廊下に出てみる」と彼は三人に言った。「妻も怖がっているだろうし」

　エレーナは、廊下の騒ぎが頭の中に移ったかのように、音と呼応して身体を揺らしながら、セオドラにきつくしがみついた。「むこうは、わたしたちの居場所を知ってるわ」三人は、彼女の言った〝むこう〟の意味を、モンタギュー夫人とアーサーのことだと思ってうなずいた。違う、あの音よ――エレーナは心で叫びながら、両手を目に押し当てたまま、轟きに身体を揺らし続けた。あれは廊下をやってくる。廊下をずっと、どこまでも進んで、突き当たりまで行ってしまったら、今度は反対に戻ってくる。そうして、この前みたいに、またずっと戻ってきて、戻ってきて、急に止まるのだ。するとわたしたちは、顔を見合わせて笑い出すだろう。そして、この前の時の寒さを、背筋に這いのぼった、あの恐怖を思い出すのだ。もうすぐ、あの音は止まる。

「あれはあたしたちを決して傷つけたりしません」騒音の合間を縫って、セオドラが博士に言った。「むこうのふたりだって、傷ついたりしませんよ」

「わたしはただ、妻によけいな真似をさせたくないだけなんだ」と博士が険しい顔で言った。彼はまだドアに張りついているものの、あまりの音の凄まじさに、どうにもドアがあけられないでいるらしい。

「なんだか、あたし、年寄りの冷たい手に触られてるみたいな感じがする」とセオドラがエレーナに言った。「もっと寄って、ネル。温めて」彼女は毛布の下で、エレーナをいっそう引き寄せた。しかし、吐き気がするほどの冷気はふたりを取り巻いて放さない。

すると突然、静寂が訪れた。みんなの記憶に刻まれている、不気味なまでの、あの静けさが。四人は息を殺し、互いに見つめあった。博士は両手でしっかりとドアノブを握り、ルークは蒼白な顔をしながら、震える声で明るく言った。「誰か、ブランデーはいるかい？　ここは酒《スピリッツ》でもやらないと——」

「やめて」セオドラが神経質に笑った。「そんな冗談、面白くないわ」

「悪かった」ルークはデキャンターとグラスをカチカチ鳴らしながら、ブランデーを注ごうとした。「でも、信じてもらえないだろうけど、ぼくは冗談を言ったんじゃないんだ。それにこの騒ぎは、幽霊屋敷に棲むものが、悪ふざけでやってるんだから」彼は両手でグラスを支え、セオドラとエレーナがひとつ毛布にくるまっているベッドのそばへやってきた。セオドラは片手を出してグラスを受け取り、「さあ」とエレーナの口元に寄せた。「飲んで」

　言われるままにブランデーをすすっても一向に温まらない寒さの中で、エレーナは、ちょうど今は台風の目の中にいるみたいだと思った。だからこの静けさは、そう長くは続かない。彼女がじっと見ている前で、ルークは博士のところにも慎重な手つきでグラスを運んでいき、そっと差し出した。すると、あっと思う間もなく、ルークの手からグラスが滑り落ち、同時に目の前のドアが、音もないまま激しく揺れた。ルークは博士をドアから引き離した。ドアは音もなく攻撃を受けている。それは今にも蝶番《ちょうつがい》が引きちぎられそうな勢いで、このままではドアがひしゃげて、四人が無防備にさらされるのも時間の問題に思えた。ルークと博士はあとずさったまま、なすすべもなく凍りついていた。

「入れないわ」セオドラはドアをにらみつけ、くり返しつぶやいた。「入れないわよ、入ってこさせない、入らせない——」やがて振動が止まって静かになると、今度はドアノブをまさぐる、かすかな音がはじまった。そっとやさしく、試すように動かしている気配。それで鍵がかかっているとわかったのだろう。次には、中に入れてくれと哀願するように、ドア枠を軽く叩いたり撫でたりしはじめた。

「わたしたちがここにいるって知ってるんだわ」エレーナが小声で囁くと、ルークが肩越しに振り返り、荒々しい身振りで〝声を出すな〟と伝えてきた。

ああ、なんて寒いんだろう――エレーナは子供のように考え続けた。頭の中からこんなにひどい音が聞こえてくるなんて、もう二度と眠ることはできない。でも、わたしの頭で響いてる音が、どうしてみんなにも聞こえるんだろう？　わたしは少しずつ少しずつ、この屋敷に呑み込まれかけている。これはわたしを打ち砕く音。一回響くたびに、わたしは端から壊されて、どんどん細かくなっていく。なのに、どうしてほかのみんなまで怖がったりしているの？

それからエレーナは、またドアを叩く音がはじまっていたことに、やっとぼんやり気がついた。金属的な凄まじい音が、荒れ狂う波のように次々と襲ってくる。彼女は自分の顔がまだあることを確かめるように冷えた両手で口元を覆い、もうたくさんだ、と思った。もうたくさんよ。わたしは凍えきっている。

「子供部屋のドアだ」激しい騒音の中、ルークがよく通る緊張した声で言った。「子供部屋のドアです。あ、いけません」彼は片手で博士を制した。

「純粋なる愛だって」セオドラが浮かされたようにつぶやいた。「純粋なる愛」そして彼女はまたククッと忍び笑いをはじめた。

「あっちだって、ドアさえあけなければ――」ルークは博士に訴えた。博士はドアにぴたりと頭を当てて外の様子に聞き耳を立て、ルークはそんな博士を逃がさないように、しっかり腕をつかまえている。

　ああ、また新しい音がはじまるわ――エレーナは頭の中の音に耳をすました。音の質が変わった。こんなことをしても無駄だとわかったのか、ドアを叩く音はぴたりとやんで、今度は廊下をゆっくりと徘徊する音がはじまった。恐ろしいほどの辛抱強さで行きつ戻りつする獣のように、それは動くものの気配を求めて、ドアを順に見てまわっている。それと一緒に、いつかの夜も耳にした、あの意味不明の低い囁きがエレーナの耳に聞こえてきた。これは、わたし？――エレーナは素早く考えた。わたしが囁いてるの？　すると彼女をあざけるように、ドアのむこうで低い笑いが起きた。

「フ、フフフ、フン」セオドラが声にならない声をもらすと、低い笑いは一気にふくらみ、大きな叫びへと変わった。頭の中だ――エレーナは両手で顔を覆った。これも頭の中の声。それが外へ出ようとしている、出ようとしている、出ようとしている――

　今や屋敷全体が大きく振動しはじめていた。カーテンは窓に叩きつけられ、家具はぐらぐら揺れ続け、外の騒音は壁全体に広がって轟きわたっている。廊下にかかっていた絵が落ちたのか、それとも窓が壊されたのか、どこかでガラスの砕け散る凄まじい音がした。ルークと博士はドアがあかないように必死になって押さえているが、そのふたりの足元でも、床は激しく動いている。わたしたちは駄目になる、わたしたちは駄目になる――そう考え続けるエレーナの耳に、セオドラの声が遠く聞こえた。「この屋敷、つぶれるわ」それは恐怖を通り越した、平然とした声だった。しかしエレーナは、身体を激しくあおられながらも、必死にベッドにしがみついていた。頭を低くして、目を閉じて、寒さにぐっと唇をかむ。すると、ふいに床が抜け落ちたような気持ちの悪い落下感が襲い、しかしそれはすぐにおさまって、また少し部屋が傾き、ゆっくりと揺れ続けた。「ああ、神様」とセオドラの声がした。はるか彼方のドアの前では、ルークが博士の身体を受け止め、倒れないように支えていた。

「そっち、大丈夫か？」ドアに背中を押しつけたルークが、博士の肩を抱いて支えながら声をかけてきた。「セオ、大丈夫か？」

「こらえてるわよ」とセオドラが言った。「でも、ネルはわからない」

「彼女を温め続けるんだ」遠くでルークが言っている。「まだこれで終わりじゃない」その言葉は小さくなって消えた。でもエレーナには、それが聞こえていたし、彼とセオドラと博士が遠ざかった部屋でまだ身構えている様子も見えていた。今のエレーナは渦を巻いている底なしの闇に落ちていた。あたりには確かなものなど何もなく、ただ、関節が白くなるほどベッドの支柱を握っている自分の両手だけが頼りだった。やけに小さく見えるその手に、またぐっと力が入った瞬間、ベッドが揺れ、壁が傾き、遠く見えるドアが横ざまに倒れた。どこかで何か巨大なものがまっさかさまに崩れたような大音響がして、猛烈な振動が伝わってきた。塔だ、とエレーナは思った。あの塔だけは、まだ何年も立ち続けていると思っていたのに。わたしたちは終わりだ。もうおしまいだ。この屋敷は自分で自分を破壊している——いくぶん調子のはずれた、狂ったものの鋭い笑いが、ぱあっと一気に大きくなって、周囲をすべて包み込んだ。いや、そうじゃない、と彼女は気づいた。この笑いはわたしを包み込んでいる。もうたくさんよ、と彼女は思った。わたしはこんな自分自身を喜んで放棄するわ。わたしがわたしである権利、一度だってほしいと思わなかったこんなものは、喜んであげる。望むものはみんなあげる。

「本当よ」そう叫んで我に返ったエレーナは、自分をのぞき込んでいるセオドラの顔に気がついた。部屋は静かで、カーテンの隙間からは日の光が射している。窓のそばの椅子にはルークが座り込んでいた。顔は傷だらけで、シャツも破れていて、まだブランデーを飲んでいる。別の椅子には博士が座っていた。髪にはきちんと櫛が通って、身なりもこざっぱりと整って、とても落ち着いている様子だ。エレーナを見ていたセオドラは「どうやら彼女も大丈夫みたいね」と言った。エレーナは身体を起こすと、頭を振りながら室内を眺めた。あたりは何ひとつ動いた形跡もないまま、しんと静まり返っており、屋敷は元の整然とした表情に戻っていた。

「どうして……」エレーナの言葉に、三人が笑った。

「朝が来たんだよ」と博士が言った。すっきりとした姿に似合わず、その声は憔悴していた。

「夜が終わったんだ」

「さっきも言いかけたんだけど」と、ルークはセオドラに念を押した。「幽霊屋敷の住人は、こういう悪ふざけが好きなんだ。べつにぼくはわざと禁句を言ったわけじゃなかったんだからね」

「あの人――たちは?」とエレーナが尋ねた。なんだか自分の声ではないようで、口が変に強張った。

「ふたりとも赤ん坊のように眠っている」と博士は答え、それからエレーナが眠っている間にしていた会話の続きをはじめるように言った。「しかし正直なところ、今回の大嵐を妻が引き起こしたとは、とても信じられないんだ。確かに、純粋な愛がどうのこうのと、いらぬ言葉を言ってはいたが……」

「あれはなんだったの?」とエレーナは尋ねた。やっぱり口の感じが変だ。どうやらわたしは一晩じゅう、歯を食いしばっていたに違いない。

「〈丘の屋敷〉が踊りだしたのよ」とセオドラが言った。「夜中にあたしたちを、めちゃくちゃ振りまわしてね。ええ、あれは一応、踊りだったと思うけど、もしかしたら宙返りくらいしていたのかもしれないわ」

「そろそろ九時だな」と博士。「エレーナの身支度が整ったら……」

「いらっしゃい、赤ちゃん」とセオドラが促した。「セオがその顔をきれいに洗って、気持ちよく朝食ができるようにしてあげるわ」

第八章

1

「誰かあの人たちに、ダドリー夫人は十時に片付けるって教えなかったの？」セオドラはポットの中のコーヒーを心配そうにのぞいた。

博士がためらいがちに言った。「あんな夜のあとだから、ゆっくり寝かしておいてやりたくてね」

「でも、ダドリー夫人は十時にここを片付けるのよ」

「そこまで来てるわ」とエレーナが言った。「階段を降りてくる音が聞こえる」この屋敷内の音なら、わたしはなんでも聞き取れるのよと、彼女はみんなに自慢したい気分だった。

やがて全員の耳に、モンタギュー夫人の甲高い苛立った声がかすかに届いて、するとルークが「しまった——食堂がわからないんだ」と気づき、大急ぎでドアをあけに行った。

「——きちんと風を通さないと」という声がしたかと思うと、モンタギュー夫人が食堂に現れた。彼女は朝の挨拶代わりに夫の肩を軽く叩き、ほかのメンバーにはまとめて会釈して席についた。そして座ったとたん、口をひらいた。「いきなり文句を言うようでなんですけれど、朝食には声をかけてくださるとばかり思ってましたのよ。お料理、冷めてしまったんじゃありません？　コーヒー、まだ少しは温かいかしら？」

「おはよう」アーサーもむっつりとした声を出し、不機嫌きわまりない様子で自分の席に座った。セオドラはモンタギュー夫人にコーヒーを注ごうと慌てて、あやうくポットをひっくり返しかけた。

「まだなんとか飲める熱さね」とモンタギュー夫人。「いずれにせよ、今朝はダドリー夫人にきちんと話をしますわ。あのお部屋、風を通さなくちゃいけませんよ」

「それで、昨夜は？」博士がおずおずと尋ねた。「いや、その――充実した、いい夜だったかね？」

「その〝充実したいい夜〟というのが〝快適だったか〟という意味なら、はっきりそう訊いていただきたいわ。いいえ、ジョン。せっかくですけれど、わたくし、快適な夜など過ごせませんでした。一睡もできませんでしたよ。本当にいやな部屋」

「古いなりに、にぎやかな屋敷じゃないか」とアーサーが続けた。「わたしの部屋など、一晩じゅう、窓に梢《こずえ》があたってね。コンコン、コンコン鳴り続けて、気がおかしくなりそうだった」

「窓をあけておいたって、息が詰まる部屋なんですから。でも、ダドリー夫人のコーヒーは、部屋の管理ほどまずくないわね。もう一杯、おかわりをいただくわ。とにかく、ジョン、わたくし驚いているんですのよ。あんな風の通らない部屋へ、あなたがわたくしを案内したこと。

あの世の人たちとコミュニケーションをとる場所は、少なくとも空気の循環がよくなくてはいけないんです。なのに、あの部屋は一晩じゅう、黴《かび》の臭いがひどくて」

「きみたちが理解できんよ」とアーサーが博士に言った。「そろいもそろって、こんな屋敷の何にびくついているんだか。昨夜は拳銃を手にずっと起きていたが、ネズミ一匹出なかった。腹にすえかねたのは窓にあたる木の枝だけでね。いや、あれには本当に頭がおかしくなりそうだった」彼は最後の言葉をセオドラにそっと打ち明けた。

「でも、もちろん、こんなことで希望を捨てたりしませんわ」モンタギュー夫人は博士をにらんだ。「きっと今夜こそ、なんらかの現象が起こるはずです」

2

「セオ」エレーナがレポート用紙を置いて声をかけると、忙しく手を動かしていたセオドラが、しかめっ面で見上げた。「わたし、ずっとあることを考えていたんだけど」

「あたし、この記録作業って大嫌い。こんな気違いじみた出来事を必死に書き綴ってると、自分まで馬鹿になった気がするわ」

「わたし、ずっと思ってたんだけど」

「ふうん」セオドラがちょっと笑った。「ずいぶん真面目な顔をしてるじゃない。何か大決心でもしたってわけ？」

「ええ」エレーナは心を決めて言った。「今後の自分の身の振り方。〈丘の屋敷〉を出たあとのことなんだけど」

「それで？」

「あなたと一緒についてく」とエレーナ。

「あたしと、って、どこへ？」

「一緒に帰るわ、家まで。わたし」――エレーナは弱々しく笑った――「あなたの家へついていくつもりよ」

セオドラは目を丸くした。「どうして？」と啞然として訊く。

「わたし、世話をしなきゃいけない人が、もういるわけじゃないし」エレーナはしゃべりながら、前にも誰かがこんな話をしていた、あれはどこで聞いたんだろうと思った。「だから、どこかちゃんとした自分の居場所がほしいの」

「あたし、野良猫を拾って帰る癖はないのよねぇ」セオドラが軽い調子で言った。

するとエレーナも笑った。「あら、わたしは野良猫と同じってわけ？」

「そうは言っても」セオドラはまた鉛筆を取り上げた。「あなたにはあなたの家があるでしょう。いずれここを去る日が来れば、あなただって自分の家へ帰るのが嬉しくなるわよ、ネル、ネリーちゃん。あなただけじゃなく、みんながね、きっとウキウキ自分の家へ帰ると思うわ。ねえ、昨日の夜のあの騒音、どんなふうにレポートに書いた？　あたし、うまく表現できないわ」

「でも、わたしは行くわよ」とエレーナが言った。「とにかく行く」

「ネリー、もう、ネリーったら」セオドラがまた笑い出した。「いいこと。これはたったひと夏だけの、田舎の古い別荘で過ごす、数週間の滞在にすぎないのよ。あなたにはあなたの戻るべき生活があるし、あたしにはあたしの生活がある。夏が終わったら、あたしたちは帰るの。もちろん、手紙のやり取りはするだろうし、互いの家を訪ねることだってあるかもしれないけれど、〈丘の屋敷〉は永遠の地じゃないのよ。わかってるでしょ」

「わたし、仕事を見つけるわ。あなたの邪魔はしないから」

「信じられない」セオドラは怒って鉛筆を投げ出した。「あなたって、いつもそうやって、行っても喜ばれないところへ押しかけるの？」

エレーナは穏やかに笑って答えた。「だってわたしはどこへ行っても、喜ばれたことがないもの」

3

「すべてが母のように慈しみ深く、何もかもがやわらかい」とルークが言った。「何もかもがフカフカしている。ところが、すっぽりと包み込んでくれそうな椅子やソファーは、いったん腰を下ろしてみるや、とたんに固くてよそよそしい態度になり、座った者を拒絶する——」

「セオ？」エレーナがものやわらかに声をかけると、セオドラは彼女を見て、激しく首を振った。

「――そして、あらゆる場所にたくさんの手がある。小さくてやわらかなガラスの手が、しなやかに伸びて、合図を送り――」

「セオ？」エレーナがまた声をかける。

「だめよ」とセオドラが言った。「あなたを連れていく気はないわ。それにこの話は、もうしたくないの」

そんなふたりの様子を眺めながら、ルークが続けた。「最も厭《いと》わしいものをひとつ挙げるとするなら、おそらくそれは、丸いものに見られる強調表現だ。小さなガラスの破片を貼りあわせて作られたランプシェード、階段の上にかかっている照明器具の大きくて丸い球、セオのそばで虹色に光っている縦溝彫りのキャンディ・ポット、そういったものを冷静に見てごらん。食堂には、子供の像が両手で持っている、ことさら汚らしい黄色の丸い器があって、その中には、踊る羊飼いたちの絵を描いた砂糖のイースターエッグが入っている。階段を見れば、豊満な胸の貴婦人像が、頭で手すりを支えているし、応接室にかかった額縁の中には――」

「ネリー、あたしはひとりの方がいいの。さあ、小川かどこかへでも、散歩に行きましょう」

「――クロスステッチされた子供の顔が飾られている。ネル、そんなに浮かない顔をするなよ。セオはただ、小川まで散歩に行こうかと言っただけじゃないか。よかったら、ぼくも一緒に行くよ」

「好きにすれば」とセオドラ。

「ウサギを追い払う係をしてやろう。お望みなら、棒を持っていく。来るなと言うなら、ついて行かない。返事はセオにお願いしよう」

セオドラが笑った。「どうやらネルはここに残って、壁に落書きしている方がいいみたい」

「ひどいなぁ」とルークが言った。「思いやりがなさすぎるぞ、セオ」

「あたし、イースターエッグの中で踊ってるという羊飼いの話をもっと聞きたいわ」とセオドラが言った。

「砂糖菓子に閉じ込められた世界さ。すごく小さな六人の羊飼いが踊っている横で、ピンクと青の服を着た羊飼いの女がひとり、そばの苔むした土手に寝そべって、彼らの踊りを楽しんでるんだ。まわりには花や木もあって、もちろん羊たちもいて、年老いた山羊飼いが笛を吹いている。ぼく、山羊飼いになれればよかったなぁ」

「闘牛士になっていなきゃね」とセオドラ。

「そう、闘牛士になっていなければ、さ。そういやネルの恋愛沙汰は、巷のカフェで評判だったんだっけね」

「牧神《パン》にしなさいよ」とセオドラが言った。「あんたは木の洞《うろ》にでも、住んでいる方がお似合いよ、ルーク」

「ネル」とルークが声をかけた。「きみ、さっきから上の空だね」

「ルークったら、あんたが彼女を怖がらせてるんじゃない」

「怖いって、この〈丘の屋敷〉が、秘密の宝やクッションとともに、いつの日かぼくのものになるから？　ぼくはこの屋敷にやさしくなれないんだよ、ネル。このままだと、今にイライラの発作が起こって、砂糖のイースターエッグをつぶしたり、子供像の小さな手を叩き割ったり、奇声を上げて足音荒く階段を駆けずりまわりながら、ステッキを振り上げてランプシェードを元のガラス片に砕いたり、頭に手すりをのっけてる胸のでかい女を殴り倒したりしてしまうかもしれない。それに――」

「ね？　彼女を怖がらせてるわ」

「その通りだな」とルーク。「ネル、こんなのはただの冗談で言ってるんだよ」

「どうせこの人、ステッキなんか一本も持ってやしないわ」とセオドラ。

「いや、本当は持ってるんだけどさ。ネル、これはただの冗談なんだ。なあ、セオ、彼女は何を考えてるんだい？」

セオドラは慎重に答えた。「この〈丘の屋敷〉での仕事が終わったら、彼女、あたしの家へ一緒に連れて帰ってくれって言うの。でも、そんなことはできないわ」

ルークが笑った。「お馬鹿のネリー。〝旅は愛するものとの出逢いで終わる〟か。さあ、小川へ散歩に出かけよう」

「母なる家《マザー・ハウス》」ベランダから芝生へ出る階段を降りながら、ルークが言った。「寮母《ハウスマザー》、女校長《ヘッドミストレス》、女主人《ハウスミストレス》。しかしぼくは〈丘の屋敷〉を相続しても、アーサー校長と同じで、かなり情けない〝管理者《ハウスマスター》〟にしかなれないだろうな」

「〈丘の屋敷〉を所有したいと思う人の気がしれないわ」セオドラがそう言うと、ルークは振り返って、面白そうに屋敷を眺めた。

「自分が何をほしいと思うかなんて、それをはっきり目にするまでは、誰にもわからないものさ。この屋敷だって、自分の手に入るものではなかったら、ぼくとしても感じ方はまるで違っていただろうしね。そういや、人間は本当のところ、互いに何を求めあっているのかって、この前ネリーに訊かれたな。ほかの人間はなんの役に立つのか?」

「母さんが死んだのはわたしのせいだわ」とエレーナが言った。「母さんは壁を叩いて、わたしを呼んで、何度も呼んでいたのに、わたしは起きなかった。薬を持っていかなきゃいけなかったのよ。いつもそうしてたんだもの。でも、あの時は、母さんが呼んでいたのに、わたしは目が覚めなかった」

「そんなことは、もう忘れちゃいなさい」とセオドラ。

「あの時、目が覚めていたら、どうなっていただろうって、ずっと考えてきたの。もしも目が覚めて、母さんの声を聞いてたら? もしかしてわたし、何も聞こえなかったように、また眠ってしまったのかしら? そうすることだって簡単にできたはずだし、そんなことが、ずっと頭を離れないのよ」

「小川へ行くんなら、ここを曲がらないと」とルークが言った。

「気に病みすぎよ、ネル。もしかしてあなた、あれは自分の過失だったって考えるのが、気に、い、い、入っているだけなんじゃないの?」

「確かに、いずれは起こるはずのことだったけど」とエレーナが続けた。「でも、いつであろうと起こってしまえば、それは当然、わたしの責任ってことになったわ」

「でも、そうなってなかったら、あなたは〈丘の屋敷〉に来ることはできなかったのよ」

「ここは一列になった方がいいな」とルーク。「ネル、先頭を行って」

エレーナは微笑むと、小道をさくさくと歩いて先頭に立った。これでわたしは、自分の行き先が見えたんだわ、と彼女は思った。セオには母さんのことを話した。だからもう大丈夫。わたし、小さな家を見つけよう。ううん、彼女みたいに、アパートメントの部屋でもいい。それで彼女とは毎日会って、一緒に可愛いものを探して歩くのよ――金の縁取りのお皿や、白い猫や、お砂糖でできたイースターエッグや、お星さまのカップを。もう怖がることは何もないし、ひとりぼっちになることもない。わたしもこれからは自分のことを〝エレーナ〟とだけ名乗るようにしよう。「あなたたち、わたしのことを話してるの？」彼女は肩越しに振り返って声をかけた。

少し間があき、やがてルークが律義に答えた。「ネルの心で起こっている、善と悪との戦いについてね。でもこのぶんじゃ、ぼくが神様になるしかなさそうだ」

「あたしたちが神様じゃ、彼女、どっちも信用しないに決まってるわ」セオドラがおかしそうに言う。

「確かに、ぼくじゃ無理だな」とルーク。

「本当はね、ネル、あなたのことを話してたんじゃないのよ」とセオドラが続けた。「あたしのこと、遊んでばかりいる人間みたいに言うんだから」彼女はルークに半分怒った声で言った。しかしエレーナは、すでに考え事に戻っていた。ああ、なんて長い間、わたしは待ち続けていたんだろう。でもやっと、自分自身の幸せがつかめたんだわ……。先頭を切って丘の頂にたどりついた彼女は、小川まで通っていくことになる、森の中の細い道を見下ろした。周囲の木々は青空に向かってまっすぐに伸びている。その姿はどこまでも自由で美しい。〝何もかもがやわらかい〟というルークの言葉は間違いだとエレーナは思った。だって、ここの樹木は、まさに木そのものの顔をしていて、とても堅いのだから。うしろのふたりは、まだわたしのことを話している。わたしが〈丘の屋敷〉に来たいきさつや、ここでセオドラと出会ったこと。そしてわたしが、彼女をひとりで帰らせないだろうということも。背後から聞こえてくるのは、ふたりがひそひそ話す声で、それは時々、どこか悪意の響きを帯びたり、あざけるように高くなったり、ひどく気の合った感じの笑いがにじんだりしている。エレーナは夢見心地で歩きながらも、うしろのそんな様子をぼんやりと聞いていた。だから、ふたりが自分より少し遅れて丈高い草地に入ってきたのも、すぐにわかった。草を踏む音がしたし、驚いたバッタが慌てて飛び去って行ったからだ。

そうだ、彼女の店を手伝おう、とエレーナは考えた。セオは美しいものが大好きだから、わたしも彼女と一緒に、そういう品を探しに出かけるのだ。ふたりなら、いろんな楽しいところへ行ける。望むなら世界の果てにだって行けるし、帰りたければ、いつでも好きな時に帰ってくればいい。ちょうど今ルークが、わたしについて知ってることを彼女にうちあけている。わたしは理解しにくい女だって。でも、それはわたしが自分のまわりに夾竹桃の壁を張りめぐらせているから。そして彼女が笑っているのは、わたしがもうひとりぼっちじゃないから。ふたりはとてもよく似た人間で、それにどちらもすごく親切。まさかみんなから、こんなに多くのものを与えてもらえるなんて、本当に思ってもみなかった。ここに来たのは大正解だったのだ。だって〝旅は愛するものとの出逢いで終わる〟んだから。

彼女は木立の枝がしっかりと張っている下へ来た。強い陽射しに照らされながら小道を歩いてきたあとだけに、日陰の涼しさは気持ちがいい。しかしここからはさらに慎重に歩いていかなければならなかった。なぜなら小道は下り坂になっていて、そのところどころに石が出ていたり、木の根が張っていたりするからだ。背後で聞こえている声は、時に鋭く早くなったり、笑いでなごんだりしながら、まだずっと続いている。でも、振り向いたりしないわ、とエレーナは幸せな気分で思った。そんなことをしたら、わたしの考えていることが、ふたりにわかってしまうもの。このことは、うんと時間が経ってから、いつの日かセオとゆっくり話したい。木立を抜けて、小川へ降りていく最後の急な坂にかかりながら、エレーナは、これはなんて奇妙な気分なんだろうと思った。さっきからわたし、何か不思議な感じに囚われているのに、そのくせ、とても楽しくて幸せだ。だから、あたりを見まわしたりするのは、小川のすぐそばへ行ってから、以前にセオが落っこちかけた、あの場所に着いてからにしよう。それから、あの日語りあった金魚のことや、ピクニックの話をしてみよう。

エレーナはせまい緑の土手に座って、膝にあごをのせた。今日のこの瞬間は一生忘れない

――そう心に誓っていると、ゆっくり丘を下ってくる、ふたりの声と足音が聞こえてきた。

「早く来て」彼女はセオドラを振り返った。「わたし――」そこで言葉に詰まった。丘には誰の姿もなかった。なのに、小道を降りてくる足音は確かにしていて、あざけるような笑い声がかすかに聞こえてくる。

「誰――?」エレーナは囁いた。「誰なの?」

するとと目の前の草が、足音に合わせて踏まれたようにぐにゃりと沈んだ。バッタが驚いて飛び去り、小石が鳴って転がっていく。こちらへ近づく足音が、またはっきりと聞こえた瞬間、彼女は土手を降りて、斜面にぴたりと背中をあてた。すぐそばで笑い声がした。「エレーナ、エレーナ」そんな声が、頭の中からも外からも聞こえてくる。そう、これまでの人生で、いやというほど聞いてきた、あの呼び声が。と、ふいに足音が止まった。空気が固い塊となってぐっと動き、あおられてよろけたエレーナは、しかしその空気に支えられた。「エレーナ、エレーナ」耳のそばを吹き抜けていく風の中から響く声。「エレーナ、エレーナ」身体はまだしっかりと、見えない何かに支えられている。でも寒くない、とエレーナは気づいた。なぜだかこれはまるで寒くない。彼女は目を閉じると、土手によりかかって念じた――わたしを放さないで――それから、身体を支えていた何かがするりとはずれて消えるのを感じ――ここにいて、行かないで――と心でくり返した。「エレーナ、エレーナ」最後の呼び声を聞いた彼女は、川岸に立ったまま目をあけた。そして、太陽が沈んでしまったかのような不安に身を震わせながら、見えない足が小波をたてて小川をわたり、むこう岸の草を踏んで、ゆっくり穏やかな足取りで丘へ去って行くのを、驚きもせずに見送った。

戻ってきて――その言葉が、川岸で震えるエレーナの口から出かかっていた。しかし彼女はやがて振り返ると、一目散に丘を駆け上がり、走りながら必死に叫んだ。「セオ？　ルーク？」

ふたりはまだ道の途中の、小さな木立のところにいた。木の幹によりかかって、何やら談笑中だった。そこにエレーナが血相を変えて走ってきたので、ふたりは驚いて振り向き、セオドラがなかば怒って言った。「今度は一体、なんだっていうの？」

「わたし、小川のところで待っていたのに――」

「涼しいからここにいようって決めたのよ」とセオドラが言った。「あなたにも、ちゃんと聞こえるように声をかけたんだから。ねえ、ルーク？」

「あ、うん」ルークは決まり悪そうな顔をした。「聞こえてると思ったんだけど」

「でも、そろそろ、そっちに行こうかなって話してたところなの」とセオドラが続けた。「そうでしょ、ルーク？」

「ああ」ルークがニヤついて相槌を打った。「もちろん、そうさ」

4

「地下水の影響だよ」博士がフォークを振りながら言った。

「まあ、馬鹿馬鹿しい。ここのお料理、全部ダドリー夫人がひとりで作っているんですの？

このアスパラガス、結構いけるお味だわ。アーサー、あなたもそちらの若い方にアスパラガスを取ってもらいなさいな」

「ところでね」博士は妻をいとおしげに見た。「わたしたちは昼食のあと、いつも一時間ほど休むことにしているんだ。だから、おまえも――」

「もちろん、休みませんわ。ここにいる間にしなければならないことが、わたくしには山ほどあるんです。あなたの料理人と話をしなければならないし、わたくしの部屋に風を通してあるか確かめなければならないし、今夜の降霊会にそなえて、プランセットの準備もしなければなりません。アーサーには拳銃の手入れがありますしね」

「戦士たるものの証《あかし》です」とアーサーがうなずいた。「火器はつねに万全の状態にしておかなくては」

「もちろんあなたは、こちらのお若いみなさんとお休みくださって結構よ。どうせあなたは、わたくしのすることなんて、どうとも思ってらっしゃらないんでしょう。ここにさまよう哀れな霊を救ってやりたくてたまらない気持ちなど、あなたにはわかりませんものね。ひょっとしたら、彼らに同情をよせるなんて、困った妻だとお思いかしら。もしかすると、馬鹿なやつだとさえ思ってらっしゃるかもしれませんわね。わたくしが、なんの救いもないまま見捨てられている魂に涙したりしているから。でも、純粋なる愛は――」

「クロッケーは?」ルークが慌てて言った。「クロッケー、どうです?」彼はひとりひとりの顔を熱心に見て提案した。「バドミントンにしますか? それとも、やはりクロッケー?」

「地下水の調査は？」とセオドラが助けるように言う。

「口先の誘いには乗らんよ」アーサーが真面目に言った。「そういう言葉を口にするのは不良の証拠だと、いつも生徒に話している」彼はじっとルークを見すえた。「不良の証拠だ、とね。口先の誘いは、ご婦人用にとっておきたまえ。わたしの生徒は、ちゃんと自分で自分の世話ができる者ばかりだ」彼はセオドラに言った。「それが男たるものの証ですからな」

「ほかにはどんなことを生徒さんたちに教えてらっしゃるの？」セオドラが礼儀正しく問い返す。

「教える？　それは――うちの生徒が何を学んでいるのか、というご質問ですかな？　つまり――代数とか、ラテン語とか？　もちろんですよ」アーサーは満足げに椅子によりかかり、「そういった科目は、すべて担当の教師たちに任せてあります」と説明した。

「じゃあ、あなたの学校には、何人の生徒さんがいらっしゃるのかしら？」客に会話の花を持たせるべく、セオドラが身を乗り出して興味のある顔をしてみせると、アーサーはすっかりいい気分になったようだ。もっともテーブルの上座では、モンタギュー夫人が眉根を寄せた表情になり、指先でせわしなくテーブルを叩いている。

「生徒の数？　生徒の数ね。うちではまず一流のテニス・チームを抱えていますが」彼はセオドラに微笑んだ。「一流の、まさにトップクラスの選手たちです。腰抜け連中は数えなくてもよろしいかな？」

「ええ、もちろん」とセオドラ。「腰抜けは除いて結構よ」

「では、テニスのほかにあるのが、ゴルフ、野球、陸上、クリケット」彼はいたずらっぽく笑った。「うちの学校にクリケットのチームがあるなんて意外でしょう？　あとは水泳と、バレーボールのチームもある。それを全部かけもちしている生徒も何人かいましてね」彼はこころもち控えめに説明した。「まあ、万能タイプということでしょう。そういった者も含めて、だいたい七十名ぐらいですかな」

「アーサー」モンタギュー夫人が痺《しび》れを切らして言った。「仕事の話はよしてちょうだい。ここへは休暇で来ているのよ」

「そうだったな。わたしとしたことがうかつだった」アーサーは愛想よく微笑んだ。「さて、銃の手入れをしに行かなければ」

「二時です」ダドリー夫人が戸口に現れて言った。「テーブルを片付けさせていただきます」

5

セオドラの笑い声がした。四阿《あずまや》の裏に隠れたエレーナは、自分の居場所がばれないように、両手で口を押さえた。そうして、きっと探り出してやる、と心でくり返していた。きっと、探り出してやる。

「『グラタン一家殺し』っていう歌さ」とルークが言った。「傑作だ。よければ今すぐ歌ってあげるよ」

「不良の証拠ね」とセオドラがまた笑った。「かわいそうなルーク。いっそ〝悪党〟って呼ぶべきかしら」

「きみね、この短いひとときを、あのアーサーと過ごした方がよかったって言うんなら……」

「ええ、できればアーサーといたかったわよ。教養のある人って、楽しくおしゃべりができる相手だもの」

「クリケットだってさ」とルークが言った。「今時、クリケットをやってるなんて、信じられないよな」

「ね、歌って、歌って」セオドラが笑いながらせがむ。

するとルークが鼻にかかった声で、言葉のひとつひとつを強調しながら、単調なメロディで歌いはじめた。

「一番はじめは、ミス・グラタン
男を家には入れまいとして
コーン・ナイフでブスリと刺された
これが彼の犯罪のはじまり

「次の犠牲者は、グラタンばあさん
白髪頭のよれよれ年寄り

でも犯人には抵抗した
ついに力が尽きるまで

「次の犠牲者は、グラタンじいさん
暖炉のそばに座ってた
男はうしろから忍び寄り
針金でその首を絞めた

「最後の犠牲者は、ベビー・グラタン
車輪のついたベッドで寝ていた
男は小さな胸を押しつぶした
骨が砕けて子供が死ぬまで

「それからヤニ臭い茶色の唾を
その子の金髪に吐きかけた」

彼が歌い終わると、しばらく沈黙が続き、やがてセオドラが力なく言った。「傑作だわ、ルーク。完璧に素敵だった。これからこれを聴くたびに、あんたのことを思い出しそう」

「アーサーにも歌ってやろうかと思ってさ」とルークが答えた。隠れているエレーナは、ふたりはいつになったらわたしのことを話すのだろうと気を揉んだ。そのうち、ルークが何気なく続けた。「ところで、博士が書くって言ってる本、どんな感じに仕上がるのかな？　ぼくたちも登場すると思うかい？」

「きっとあんたは熱意に燃える若き心霊研究家ってことになってるわよ。あたしは、否定しようのない能力はあるけれど、評判芳しからぬ女性になっているでしょうね」

「ひょっとすると、モンタギュー夫人の紹介だけで、丸ごと一章がつぶれるんじゃないかな」

「それにアーサー。あと、ダドリー夫人もね。あの人たちのせいで、こっちがグラフの数字だけになっちゃわないことを祈るわ」

「考えるとキリがないや」とルークが言った。「今日の午後は暑いなぁ。どうしたら涼しくなると思う？」

「ダドリー夫人にレモネードを作ってくれって頼んでみるとか」

「ところが、ぼくの考えは違うのさ」とルーク。「ぼくは探険に出かけようと思ってるんだ。あの小川にそって、水源を探しに丘の上へ行ってみようよ。もしかしたら、どこかに池があって、そこで泳げるかもしれない」

「あるいは、滝があるかもね。あの川、滝の水が下に流れてきて小川になりましたって感じだもの」

「それじゃ、出発だ」陰にひそむエレーナの耳に、ふたりの笑い声と、屋敷に向かって走っていく足音だけが残った。

6

「ほう、これは面白いものを見つけたぞ」そう言ったアーサーの声には、相手の気を引こうという精一杯の努力がにじんでいた。「この本の記事ですよ。よくある子供のクレヨンで蠟燭を作る方法が書いてある」

「それは面白い」博士が疲れた声で言った。「アーサー、申し訳ないんだが、わたしはこの記録を書きあげなければならないんだ」

「どうぞ、お続けください、博士。誰にだって、しなければならない仕事はありますからな。静かにしていましょう」エレーナが談話室の外で聞き耳を立てていると、アーサーが静かに座っていようとするあまり、つい立ててしまう耳障りな音が、小さく聞こえてきた。「それにしても、このあたりでは、たいしてすることがありませんな」アーサーがまた口をひらいた。

「あなたは、普段ここで何をしているんです？」

「仕事です」博士が簡潔に答える。

「この屋敷で起こったことを書きとめているんでしたね？」

「ええ」

「わたしのことも入っていますか？」

「いいえ」

「わたしたちがプランセットで得た情報も、ぜひ織り込んでおくべきだと思いますがね。今は何を書いているんです？」

「アーサー、きみは読書でもしていたらどうかね？」

「そうしましょう。べつにあなたの仕事の邪魔をするつもりはなかったんですよ」エレーナが耳をすましていると、アーサーが本を取り上げ、すぐにそれを置き、煙草に火をつけ、ため息をつき、軽く身動きし、ついにまた話しはじめるのが聞こえた。「ところで、このあたりでは、何もすることがないんですかね？　みんなはどこにいるんです？」

博士は辛抱強く、しかし気のない声で答えた。「セオドラとルークは小川へ探険に出かけたと思いますよ。ほかの者たちも、どこかそのへんにいるでしょう。少なくとも、わたしの妻は、ダドリー夫人を探しまわっているはずです」

「なるほど」アーサーはまたため息をついた。「では、本でも読んでいるしかないな」しかし一分ほどすると、彼は再度、口をひらいた。「ちょっと、博士。いや、あなたの邪魔はしたくはないんだが、ちょっと聞いてくれないだろうか。ほら、この本の記事なんだがね……」

7

「いいえ」モンタギュー夫人が言った。「わたくしはね、ダドリーさん、若い男女を無分別にも一緒にしておく神経が、どうしても信じられませんの。せめて夫が、この不思議なお屋敷での計画を立てる前に、わたくしに一言、相談してくれていたら――」

「そうはおっしゃっても」と、今度はダドリー夫人の声がした。エレーナは食堂のドアに耳を押しあて、大きく口をあけたまま、横目にドア板を凝視していた。「奥様、わたしはいつもこう申すんですが、誰にでも若い時分はございますでしょう。あのお若い方たちは、自分なりに楽しんでいます。それが、あの年頃には自然なことなんですよ」

「でもねえ、ひとつ屋根の下に――」

「ここにおいでのみなさんは、善悪の判断もつかないような子供じゃありません。あのセオドラさんという、おきれいな女性だって、年相応の分別はそなえてらっしゃると思いますよ。ミスター・ルークが、いかに浮わついた男でもね」

「銀器用の乾いたふきんを貸してくださいな、ダドリーさん。わたくしね、最近の子供たちが、大人にもならないうちに、なんでも知ってしまってるという風潮は、とても恥ずかしいことだと思うんです。今の世の中はもっともっと秘密を大事に守るべきですよ。子供にとっては不思議だけれど、大人だけは知っている、だから大人になるまでは知ることができないという秘密をね」

「そうなると子供たちもひと苦労でしょう」ダドリー夫人の声は、いつもより気安く、のんびりとしている。「このトマト、うちの亭主が今朝、菜園からとってきたものなんですよ。今年は本当に豊作で」

「それ、わたくしがやりましょうか？」

「いえいえ、とんでもない。そちらに座って、休んでらしてくださいな。奥様にはもう充分に手伝っていただきましたから。今、お湯を沸かしますわ。おいしいお茶を入れましょう」

8

「〝旅は愛するものとの出逢いで終わる〟か」ルークが部屋の反対側からエレーナに微笑みかけてきた。「セオが着ている青いドレスは、本当にきみのなのかい？　今まで見たことがなかったけど」

「あたしはエレーナよ」セオドラが意地悪く言った。「なぜなら髭が生えているから」

「ふたり分の着替えを持ってくるなんて、用意がよかったね」ルークがエレーナに言った。

「ぼくの着古したブレザーじゃ、彼女にはあの半分も似合いやしなかっただろうし」

「あたしがエレーナなのよ」とセオドラ。「だって、青い服を着てるじゃない。あたしは〝E〟の字に縁がある人を愛してやまなくって、なぜかというと彼女は〝この世のもの《エーテリアル》じゃない〟感じだから。その名はエレーナ、期待だけで生きている女」

　彼女は意地悪をしているんだと、エレーナはぼんやり気づいた。今の彼女は自分だけが、なぜか遠いところへ離れて、そこからみんなの様子を見たり、聞いたりしている気分だった。そして、やっとはっきり感じた。セオは意地悪な態度を見せていて、でもルークは感じよく振る舞おうとしている。彼はわたしを笑い者にするのが恥ずかしくて、セオの意地悪な態度も恥ずかしく思っているのだ。「ルーク」セオドラがエレーナを横目でちらりと見ながら言った。「こっちへ来て、さっきの歌をうたってよ」

「あとでね」ルークが決まり悪そうに言った。「博士がチェス盤の用意をしてくれたから」と彼はいくぶん慌てて背を向けた。

気分を害したセオドラは、椅子の背に頭をあずけて目をつぶり、しばらくは口をききたくないという態度になった。エレーナは座ったまま手元に視線を落とし、屋敷の音に耳をすました。今、上の階のどこかのドアが、そっと静かに閉まったわ。一羽の小鳥が塔に舞い降りて、でも、すぐにまた飛んでいってしまった。台所では火の消えたコンロが、だんだん冷えてキシキシと小さな音を立てている。あ、四阿《あずまや》のそばの草むらを、動物――ウサギ?――が走っていった……。屋敷の〝知覚〟に目覚めた彼女は、今や屋根裏部屋に漂う塵の動きや、少しずつ古びていく木材の様子までも、しっかり感じ取っていた。しかし図書室だけはどうしても彼女の意識を寄せつけず、プランセットにかがみ込んでいるはずの、モンタギュー夫人とアーサーの荒い息遣いや、ふたりが興奮気味に投げかけている質問を聞き取ることはできなかったし、朽ちていく古書たちの声も、塔へ延びている鉄の螺旋階段を侵食していく錆の気配も、読み取ることはできなかった。一方、この小さな談話室で目を伏せていても聞こえてくるのは、セオドラが苛立たしげに何かを叩いている指先の軽い音と、チェスの駒が動いている静かな響きだった。やがて図書室のドアが乱暴にひらく音が聞こえ、それに続いて怒りに満ちた鋭い足音がこちらにやってくるのがわかった。ドアをあけて猛然と入ってきたモンタギュー夫人を、四人は一斉に振り返った。

「みなさん」モンタギュー夫人は、かっかと荒い息を吐いて鋭く叫んだ。「今回はどうしても言わせていただきます。わたくし、これほどの憤りを感じたことは――」

「おい、おまえ」と博士が立ちあがったが、モンタギュー夫人は怒りもあらわに夫をはねつけて続けた。「あなた方が、礼儀というものさえわきまえていたら――」

夫人のうしろを羊のようにおとなしくついてきたアーサーは、彼女の横をそっと通って、暖炉のそばの椅子にこそこそと腰を下ろした。セオドラが顔を向けると、彼は力なく首を横に振ってみせた。

「ごく当たり前の礼儀ですよ。そうでしょう、ジョン、わたくしがはるばるここまで来たのは、それにアーサーまで来てくれたのは、あなたのお手伝いをするためだったんじゃありませんか。なのに夢にも思いませんでしたよ。こんな人を馬鹿にした態度や疑い深い目を、あなたから、あなた方全員から向けられるだなんて。そこの人たち――」彼女はエレーナとセオドラとルークを指差した。「わたくしが、このわたくしがただお願いしたいのは、ほんの少しの信頼をいただきたいってことなの。わたくしがすることに、わずかでいいから共感していただきたいってことなのよ。そういう不審な目で、人をあざけったり、笑ったり、からかったりすることじゃなくてね」息を荒らげ、顔を真っ赤にしたまま、彼女は博士に指を振り、苦々しく言った。「今夜はもう、プランセットは語ってくれませんよ。あなたが鼻で笑い、頭から疑ってかかったものだから、今日はプランセットから一言もも《ヽヽ》ら《ヽ》えませんでした。ことによると、今後数週間は何も語ってくれないでしょうね——以前にもそういうことがあったんですよ。わたくしが、疑い深い人たちから侮辱を受けてしまった時に、やはりこうなってしまったんです。ああ、こんなことになるだろうって、最初からわかっていたはずなのに。それでも、わたくしが純粋な気持ちでここまで来てしまったのは、みなさんに多少の敬意を払っていただけるかもしれないと、わずかに期待していたからなんですよ」それから彼女は言葉もなく、黙って博士に指を振り続けた。

「おまえ」博士がとりなすように言った。「そんな、わざと邪魔をしようだなんて、そんなことを考えている人間はここには誰もいやしないよ」

「馬鹿にしたり、からかったりしなかったというの？　プランセットの言葉を目の前にしても、まるで信用なさらなかったのに？　そちらの若い方たちだって、生意気で傲慢な態度をしていたじゃありませんか」

「モンタギュー夫人、本当にそんなつもりは……」とルークが言いかけたが、夫人はその横をさっさとすり抜けると、唇を固くむすび、目をぎらつかせたまま腰を下ろした。博士はため息をつき、何か言おうとしてやめた。そして妻に背を向けると、チェステーブルに戻るよう、ルークに手招きをした。ルークは納得の表情で博士に従い、アーサーは居心地悪げに椅子の中でもぞもぞしながら、低い声でセオドラに言った。「あんなに気落ちしている夫人を見るのは初めてです。沈黙したプランセットを待ち続けるのは、なんとも惨めなものでね。言うまでもなく、あれは気難しいんです。周囲の雰囲気にとても敏感で」これで充分に事情が説明できたと満足したらしく、彼はゆったりと椅子に座り直し、控えめな笑みを浮かべた。
しかしエレーナは、そうした会話にほとんど耳を傾けることなく、ただ奇妙な思いで、室内の動きをなんとなく感じ取っていた。誰かが歩きまわっているわ、と彼女はさして興味もなく思った。ルークが室内を行ったり来たりしながら、独り言をつぶやいているらしい。次に打つチェスの奇策を考えているのだろうか？　それともハミング？　何かの歌？　その言葉の断片は、途中で一、二度、耳に入りかけ、やがて静かに話しているルークの声が別に聞こえてきた。彼はテーブルにいるのだ。エレーナは顔を上げ、何もない部屋の中央を見た。誰かがそこを歩きながら、静かな調子で歌っている――と、突然それがはっきり聞こえた。

谷をずーっと歩きに行こう
谷をずーっと歩きに行こう
谷をずーっと歩きに行こう
昔みんなでそうしたように……

なんだ、これなら知っているわ――エレーナはかすかなメロディに微笑みながら耳を傾けた。あのゲーム、いつもみんなでやっていたもの。ちゃんとわたしは覚えてる。
「つまりね、あれはもっとも繊細かつ複雑な仕組みで働くものなの」モンタギュー夫人がセオドラに説明していた。彼女の怒りはまだおさまっていなかったが、セオドラの同情的な姿勢のおかげで、夫人の態度は目に見えてやわらいでいた。「ほんのわずかでも不信の空気を感じると、へそを曲げてしまうんです。でも、それも当然ね。あなただって、まわりの人が誰も自分を信用してくれなかったら、一体どんな気がします？」

窓を出たり入ったりしよう
窓を出たり入ったりしよう
窓を出たり入ったりしよう
昔みんなでそうしたように……

その声は軽やかで、たぶん歌っているのは子供ひとりだけなのだろう。歌声は、ほとんど息継ぎを感じさせず、ただ細くやさしく響いている。プランセットの話をしているモンタギュー夫人の声よりも、ずっとはっきり聞こえる歌に、エレーナは微笑みながら思い出にひたった。

まっすぐ行って愛する人に会おう
まっすぐ行って愛する人に会おう
まっすぐ行って愛する人に会おう
昔みんなでそうしたように……

メロディはだんだん小さくなって消え、やがて空気が軽く動いたかと思うと足音が近づいてきた。そして何かがエレーナの顔をかすった。たぶん頬のそばで、小さなため息をついたのだろう。彼女は驚いて振り返った。ルークと博士はチェス盤で向かいあっている。アーサーは馴れ馴れしくセオドラのそばによりかかり、モンタギュー夫人は話し続けていた。

エレーナは嬉しく思った——今のは誰にも聞こえていなかった。聞こえていたのは、わたしひとりだけだったんだ……。

第九章

1

部屋を出たエレーナは、セオドラを起こさないように、そっと静かにドアを閉めた。もっとも、あれだけぐっすり寝入っていれば、ドアの音ぐらいで目を覚ますことはないだろう。そういうわたしは、いつも母さんの声に気を張っていたから、浅く眠る癖がついてしまったけれど、彼女はいささかの自負を持って思った。廊下は、階段に小さな常夜灯がともっているだけで薄暗く、ドアはみんな閉まっている。絨毯の上を素足で音もなく歩いていきながら、彼女はなんだか滑稽な気がした。ここは自分が知っている中でも唯一、夜中の物音に気を遣わなくていい――少なくとも、その音の主が自分だと知られても困らない屋敷なのだ。さっきエレーナは目が覚めるなり、図書室に行かなければ、と思った。思うそばから心にはちゃんとした理由が生まれていた。わたしは眠れないの、だから階下《した》へ本を取りに行くのよ。もし誰かに見つかって、どこへ行くんだと訊かれたら、眠れないから図書室へ本を取りに行くんですと言えばいい。

今夜はどこかうっとりと眠気を誘う暖かさに満ちている。エレーナは静かに階段を降りて、確かここが図書室だったと記憶しているドアの前に立った。でも、わたしはここに入れない、入ることを許されていない――部屋がかもしだす腐臭に吐き気を覚え、エレーナは戸口で身をすくめた。「母さん」思わず声に出してあとずさる。すると「こっちだよ」と答える声が二階の方からはっきり聞こえ、彼女は慌てて振り向くと、階段のそばへ急いだ。「母さん？」そっと小さく問いかける。もう一度。「母さんなの？」低くやわらかな笑い声がふわりと降りてきたのを耳にして、エレーナは息を切らしながら階段を駆け上がると、踊り場で足を止め、左右に続く長い廊下に並んでいるドアを見渡した。

「ここのどこかにいるのね」と彼女が言うと、かすかな空気の流れに乗って廊下に小さくこだまが響いた。「ここのどこかに……ここのどこかに……」

エレーナは笑いながら、こだまを追って足音もなく、子供部屋へと廊下を走った。例の冷気は消え去っていて、彼女は自分をニヤニヤ見下ろすふたつの顔を笑いながら見返した。「中にいるの？」彼女はドアの外で囁いた。「この中なんでしょ？」そして、拳でドアを叩きはじめた。

「はい？」答えたのはモンタギュー夫人で、目を覚ましたばかりの声をしていた。「はい？誰だか知らないけど、お入りなさい」

違う、違う。エレーナは自分自身を抱きしめ、声を出さずに笑った。ここじゃない。モンタギュー夫人に用はない。するりと身を翻して、廊下を逆戻りすると、背後でモンタギュー夫人の呼んでいる声がした。「わたくしはあなたの友達よ。あなたを傷つけたりしないわ。だから中へ入ってきて、あなたの苦しみを話してちょうだい」

どうせドアをあけやしないわ、とエレーナは抜け目なく思った。怖がっているわけではないけれど、夫人はドアをあけたりしない。次に彼女はアーサーの部屋のドアを叩いた。彼が目を覚ましたらしい、低いうめき声がした。

やわらかな絨毯の上を踊りながら、やがて彼女はセオドラが眠っているドアの前へ来た。不実なセオ、残酷で人を笑いものにするセオ、起きて、起きて、起きるのよ！　拳や平手でドアを何度も叩き、笑いながらドアノブをつかんで揺する。それからまたスーッと廊下を走り、今度はルークのドアを叩いた。起きなさい！　起きて、その不実な本性を見せるといい！　誰ひとりドアをあけるもんですか、と彼女は考えていた。どうせ起きても毛布にくるまったままで、今度は何が起きるんだろうと震えてるだけに決まっているのよ。起きなさい！――彼女は博士のドアを叩きはじめた。あんたにはぜひドアをあけてもらわなきゃ。出てきて〈丘の屋敷〉の廊下で踊ってる、このわたしを見てちょうだい！

その時、はっとするほど大きいセオドラの叫び声がした。「ネル？　ネル？　博士、ルーク、ネルがいないわ！」

かわいそうな屋敷、とエレーナは思った。わたしときたら、エレーナのことを忘れてたなんて。これじゃ、みんながすぐにドアをあけてしまう――素早く階段を駆け降りるうしろで、心配そうな博士の声と、「ネル？　エレーナ？」と呼んでいるセオドラの声が聞こえた。みんな、なんて馬鹿なのかしら。でも、これでいよいよ図書室に入らなければならなくなった。「母さん、母さん」と彼女はつぶやき続けた。「母さん」図書室のドアまで来ると、やはり気分が悪くなった。上の廊下では、みんなの話し声がしている。面白いわ、と彼女は思った。今のわたしは屋敷の中のことが、すべて手に取るようにわかる。モンタギュー夫人が文句を言ってる声だって聞こえるし、今度はアーサーが何か言っている。あ、そして博士がはっきり言ったわ。

「とにかく彼女を見つけなければ。みなさん、急いでください」

そうそう、わたしも急がなくては――彼女はいつもの細い廊下を走って談話室に向かった。ドアをあけると、暖炉の熾火《おきび》がぱっとまたたき、テーブルには、ルークと博士が立った時のままに、チェスの駒が置いてあった。セオドラが座っていた椅子の背には、彼女の巻いていたスカーフがかかっていた。メイドに借りてきたっていう感傷的な装飾品、あれもついでに片付けてやろう――エレーナはスカーフの端を歯で嚙むと、一気に引き裂いて床に投げ捨てた。と、彼らが階段にいる音が聞こえた。みんなそろって不安そうに降りてきながら、まずどこを探そうかと口々に言いあっていて、その合間に「エレーナ？　ネル？」と呼んでいる。

「いらっしゃい、いらっしゃい」そう呼ぶ別の声が、屋敷の中のどこか遠くから聞こえて、それから博士たちの足元で階段がギシギシ揺れている音や、バッタが芝生で一匹だけ鳴いている声も聞こえた。エレーナは妙に浮かれた気分で、わざと廊下を駆け戻り、境目の戸口から、玄関ホールをのぞき見た。みんなは緊張した様子で、互いに離れぬよう注意しながら、ひとかたまりに動いている。博士の持った懐中電灯はホールを端から照らしていき、やがて玄関でぴたりと止まった。巨大な扉が大きくひらいていたのだ。とたんに彼らは「エレーナ、エレーナ！」と叫びながら一斉に玄関を飛び出して、懐中電灯を忙しく動かしながら、外をうろうろ探しはじめた。エレーナはドアにしがみついて、涙が出るほど笑った。なんて馬鹿なんだろう。あんなに簡単にこっちの手にひっかかるなんて。みんなのろまだ。鈍感だ。そして、ひどくうっとうしい。この屋敷を隅々までのぞきまわって、つっつきまわして、手荒く踏みにじるなんて。彼女はホールを駆け抜けると、娯楽室を通って食堂へ行き、そこからドアだらけの台所へ入った。ここは便利だ。誰かの気配を感じても、すぐに好きな方向へ出ていける。やがて捜索隊が結果むなしく、エレーナの名を呼びながら玄関ホールへ戻ってくると、彼女は素早くベランダへ、涼しい夜の中へ出た。そしてドアを背にして立つと、〈丘の屋敷〉のかすかな霧が足元にまとわりついては流れていく中で、目前にぐっと迫った裏手の丘を見上げた。幾重にも連なっているこの丘は、なんて心地いい安心感と温かさで包んでくれるのだろう。〈丘の屋敷〉は幸運だわ。

「エレーナ？」彼らがすぐそばまで来たのを知ると、エレーナはベランダを走り、応接室に飛び込んだ。「ヒュー・クレイン、こちらへいらして、わたしと一緒にダンスをいかが？」そう言って、傾きかげんの大きな彫像に優雅なお辞儀をしてみせると、像の目がチカチカッと輝いて彼女を見下ろした。その光は、室内にある小像や金メッキの椅子にも反射するほどで、エレーナはヒュー・クレインの鋭い眼差しに見つめられながら、大真面目にダンスを踊った。「窓を出たり入ったりしよう」歌いながら踊るうちに、誰かがそっと両手を取ってくれる感じがした。「窓を出たり入ったりしよう」彼女は踊りながらベランダへ出て、屋敷の周囲をまわりはじめた。こうやって、いつまでもまわり続けていれば、誰にも見つかりっこないわ――通りすがりに台所のドアを軽く触ると、六マイル彼方で眠っているダドリー夫人が身震いした。やがてエレーナは塔のところへ来た。屋敷にしっかり抱きしめられ、がっちりと捕まえられている灰色の石造物には、たとえ外側からであっても触れてみることはできない。彼女もここだけはゆっくりと歩いて通過した。そして次のカーブを曲がると、正面玄関へ出た。それはまた閉まっていたが、彼女は片手を伸ばして重いドアを軽々とあけた。こうしてわたしは〈丘の屋敷〉に入るのよ――彼女は我が家へ戻った気分で玄関の中へ進み、「ただいま」と声をかけた。

「わたし、屋敷のまわりをまわってきたの。窓を出たり入ったりしながら、ダンスして――」

「エレーナ？」それがルークの声であることに、エレーナはすぐ気がついた。いやだ、彼にだけは捕まりたくない。お願い、わたしを見つけないで――そう祈りながらきびすを返すと、彼女はためらうことなく図書室に駆け込んだ。

やったわ、ついに入ってしまった――図書室は寒いどころか、ほっとするほど気持ちのいい暖かさに満ちていた。室内はほのかに明るくて、塔の上へと、螺旋状に延びている鉄の階段や、てっぺんについている小さな戸も見える。石床は、足の裏にその身をすり寄せるようにやさしく動き、まわりの空気もやわらかに揺らめきながら、彼女の髪をふわりと泳がせ、指に触れ、唇にそっと息を吹きかけ……その中でエリーナはくるくると舞いはじめた。石のライオン像はいらない。夾竹桃もいらない。だってわたしは〈丘の屋敷〉の魔法を解いて、こうして中へ入れたのだから。やっと帰れた――そう思った自分に、彼女は驚いて足を止めた。帰れた？　そう、やっと帰れたのよ、わたし。だったら、次は上へ行かなくては。

鉄のせまい階段を上っていくのは、めまいがするほどの楽しさだった。ゆっくりとまわりながら、少しずつ少しずつ高く、鉄の細い手すりにつかまり、石床をはるか下に眺めながら、一段一段、進んでいく。彼女は下を見るたびに、外に広がる緑の芝生や、幾重にも重なり続く丘、青々と茂った木立を思い浮かべた。そして上を仰ぎ見ては、木立の間に誇らしくそびえ立っている〈丘の屋敷〉の塔の雄姿を思い浮かべた。この塔ははるかな高みから一本の道を見下ろしている――ヒルズデール村を抜け、花々に埋もれた白い家や、夾竹桃の魔法の森や、石のライオン像の前を通りすぎ、さらにずっと彼方まで、あの〝無事を祈る〟と言ってくれた小柄な老婆のところまで続いている、わたしが通ってきた道を。でももう時間だ、と彼女は思った。何もかも、みんな過去のものになって消えていく時が来た。たぶん今でも祈っていてくれる、あの気の毒な老婆さえも……。

「エレーナ！」

一瞬、彼らが誰であったか、エレーナは思い出すことができず（あの人たち、石のライオンがいるわたしの家のお客だったかしら？　蠟燭の明かりが揺れる長いダイニングテーブルで、一緒にお食事をした？　それとも、にぎやかな川の流れに張り出して建っていたレストランで出会った人たち？　あの中のひとりは、旗を翻しながら緑の丘を馬でやってきたんじゃなかった？　暗闇の中でわたしの隣を一緒に走った人もいるんじゃない？――それから、ふと現実を思い出し、彼らの姿が本来のものと一致して）彼女は戸惑いながら手すりをつかんだ。みんな、なんて小さく、頼りなく見えるのだろう。彼らはずっと下の石床に立って、エレーナを見上げている。さかんに呼びかけてくる声は遠く、しかし焦りに満ちていた。

「ルーク」思い出して、エレーナは口に出してみた。その声が聞こえたらしく、みんなは静まり返った。「モンタギュー博士。モンタギュー夫人。アーサー」彼女は次々に名前をあげていったが、黙ったまま少し離れて立っている、最後のひとりだけは思い出せなかった。

「エレーナ」モンタギュー博士が呼びかけた。「慎重に、慎重にこっちを向いて、ゆっくりと降りてきなさい。いいかね、エレーナ、ゆっくりと、ゆっくりとだ。決して手すりを離すんじゃないよ。さあ、こちらを向いて、降りておいで」

「一体あの娘は何をしているんです？」モンタギュー夫人がきつい声で言った。頭にはカーラーを巻いたままで、はおったバスローブのお腹のところには竜の模様がついている。「さっさと下へ降ろして、みんなベッドに戻りましょう。アーサー、あの娘を引きずり降ろしてちょうだい」

「しかし、あれでは」とアーサーがためらうと、ルークが階段に進んだ。

「頼むから気をつけてくれ」足元を確かめるように上っていくルークに、博士が声をかけた。

「そいつはところどころ朽ちて、壁から離れているからな」

「そんな階段、ふたりも乗ったら持ちゃしませんよ」モンタギュー夫人が断言した。「こっちへ崩れ落ちてくるのが関の山だわ。アーサー、戸口の方へ寄っていなさい」

「エレーナ」博士がまた呼びかけた。「ゆっくりと向きを変えて、降りてこられるかね？」

目の前には小塔に出るための跳ね上げ戸があるだけだった。すでに階段を上りきったエレーナは、せまい踊り場に立ったまま戸板を押してみた。しかし、びくとも動かない。彼女は血相を変え、あけなきゃ、ここをあけなくちゃと、拳で乱暴に叩いた。早くあけないと、あいつらに捕まっちゃう！　肩越しにちらりと振り返ると、ルークが弧を描くように、ゆっくりこちらへ近づいてきているのが見えた。「エレーナ」彼が声をかけてきた。「そこでじっとしてるんだ。動かないで」その声は怯えているように聞こえた。

わたしはもう逃げられない――エレーナは下を見下ろした。すると、ひとつの顔がはっきり目に飛び込んで、名前が頭に浮かんできた。「セオドラ」と彼女は口に出した。

「ネル、みんなの言うとおりにして、お願い」

「セオドラなの？　わたし、ここから出られない。ドアが釘付けになってるの」

「釘付けになってて大正解だ」とルークが言った。「そうなっていて、きみのためにもよかったよ、お嬢さん」彼はゆっくり、ゆっくり進み、踊り場まであと少しのところまで来ていた。

「そのままじっとしててくれ」

「そのままじっとしてるんだ、ネル」博士が下からくり返す。

「ネル」セオドラも続けて言った。「頼むから、みんなの言うとおりにして」

「なんで？」下を見たエレーナの目に、めまいがするほどの塔の高さと、壁にくっついている鉄の階段がルークの重みでキシキシ鳴りながら揺れている様子と、冷たい石の床と、遠く小さいいくつもの蒼ざめた顔が映った。「わたし、どうやって降りればいいの？」彼女は頼りなく訊いた。「博士――わたし、どうやって降りればいいんですか？」

「ゆっくり、落ち着いて動くんだ」と博士。「ルークの言う通りにしなさい」

「ネル」セオドラが言った。「怖がっちゃだめよ。大丈夫、絶対にうまくいくわ」

「もちろん、絶対うまくいくさ」ルークが顔を強張らせた。「ぼくの首ぐらいは折れるだろうけどね。動くなよ、ネル。今、踊り場に移るからな。それで、ぼくがうしろにまわるから、きみが先に階段を降りるんだ」ここまで上ってきたというのに、彼は息を切らした様子もなく、それでも手すりに伸ばした手は震え、顔は汗に濡れていた。「さあ、来て」と彼が鋭く命じた。

エレーナは動こうとしなかった。「この前、あたしに〝先に行け〟って言った時、あなたはついてこなかったじゃない」

「ごちゃごちゃ言うと、ここから突き落として床に叩きつけるぞ。さあ、おとなしく言うことを聞いて、ゆっくりと移動するんだ。ぼくの横を通って、先に階段を行ってくれ」そして彼は怒りに任せて付け加えた。「うしろから蹴落としたい衝動を、ぼくが我慢できるように祈るんだな」

エレーナはおとなしく動き、固い石壁に張りつくようにして、おそるおそる移動するルークをうしろへ通してやった。「さあ、行って」と彼が言った。「ぼくはすぐうしろにいるから」

足元を探りながら歩を進めるたびに、鉄の階段は悲鳴を上げ、揺れた。エレーナは関節が白くなるほど強く手すりを握った自分の手と、精一杯の注意を払いながら一度に一段ずつ階段を降りていく自分の素足だけに注意して、はるか下の石床は絶対に見ないようにした。今は降りることだけに神経を集中しよう——そう何度も自分に言い聞かせながら、彼女は、足元で歪み曲がりかけている階段を、ゆっくりと慎重に、慎重すぎるほど、ゆっくりゆっくり、進み続けた。「その調子だ」ルークがうしろから言った。「落ち着いていけよ、ネル、心配することはない、もう少しで終わりだ」

下では、博士とセオドラが自然と前へ出て、彼女が落ちたら受け止める気でいるかのように、両手を差し伸べていた。途中、エレーナがつまずいて足を踏みはずし、とっさにしがみついた手すりが大きく揺れると、セオドラは息を呑んで駆け出し、階段を押さえた。「大丈夫よ、ネル」彼女は何度も何度もくり返した。「大丈夫。大丈夫だからね」

「あと少しだ」と博士が声をかける。

エレーナは一段、また一段と這うように降り続け、やがてとうとう石床に足をついた。足をついて、はじめて下まで来たという実感が湧いた。するとうしろで階段の大きく揺れる音がして、ルークが最後の数段を一気に飛び降りた。彼は力の抜けた足取りでまっすぐ部屋を横切ると、そこにあった椅子に座り込み、前のめりになったまま、身体を震わせ続けた。エレーナは振り返って、さっきまで自分が立っていた、今では小さくぽつんと見える果てしなく高い場所を見上げ、それから、塔の壁にそって揺れている、ねじれ歪んだ鉄の階段を見て、小さく言った。「わたし、駆け上がったのね。あそこまで、駆け上がったんだわ」

階段が崩れ落ちるのを警戒して、アーサーと戸口に避難していたモンタギュー夫人が、ずかずかと前に進み出た。「今夜はこのお嬢さんのおかげで、とんだ災難をこうむったと思うんですけど、みなさんはいかがかしら？」と彼女はわざとらしく持ってまわった言い方をした。

「わたくし、そろそろベッドへ戻らせていただきたいわ。アーサーも同意見ですよ」

「これは〈丘の屋敷〉が――」と博士が言いかける。

「こういう子供じみた馬鹿騒ぎをしたんじゃ、もう今夜は出るものも出てきやしませんよ。こんな猿芝居のあとで、あの世の友人たちが姿を見せてくれるわけがないじゃありませんか。ですから、みなさんさえよろしければ――あなたのお芝居も大道芸も忙しい人間を叩き起こす目的もこれで本当にすんだのなら――もう休ませていただきます。アーサー」モンタギュー夫人は、ローブの竜の模様と一緒に憤りに身を震わせながら、裾を翻してさっさと図書室を出ていった。

「ルーク、怖がってたわ」エレーナが博士とセオドラを見て言った。

「ああ、ルークはこれ以上ないほど怖がってたよ」と本人がうしろで相槌をうった。「彼は自分があそこから無事に降りられっこないと思って、心底、震え上がってたのさ。ネル、きみはとんでもない大馬鹿だよ」

「わたしも、ルークに賛成したい気分だね」博士に不機嫌な顔をされ、エレーナは思わず視線をそらしてセオドラを見た。するとセオドラがこう言った。「あなた、ああしなければならなかったんじゃないの、ネル？」

「わたし、どこもなんともないわ」そう彼女は答えたものの、もはや誰の顔も見ることができなかった。そして下に視線を落とし、そこにあるむきだしの自分の足が、屋敷をさんざん歩きまわり、しまいには何も感じることなく鉄の階段を降りてみせたことに、今更のように気づいて驚いた。彼女は足を見たまま考え、やがて顔を上げて言った。「わたし、本を取りに図書室に来たの」

2

それは屈辱的であり、苦痛以外のなにものでもなかった。朝食の席では、昨夜のことなど何ひとつ話題に出ることもなく、エレーナはほかの人たちと同じように、コーヒーと卵とロールパンを食べた。そして、みんなと一緒にゆっくりコーヒーを楽しみながら、外の陽射しを眺めたり、今日はいい日になりそうだという他愛ない会話にまぜてもらった。それがあまりに自然だったから、昨日は本当は何もなかったんじゃないかと、彼女自身しばらくは信じそうになったほどだ。ルークはマーマレードを取ってくれたし、セオドラはアーサーの頭越しに微笑みかけてきたし、博士もおはようと挨拶してくれた。やがて朝食が終わって、十時にダドリー夫人が登場すると、みんな文句も言わずに席を立ち、ひとりひとりが黙ったまま、いつもの談話室に戻った。博士は暖炉前の椅子に座った。セオドラはエレーナの赤いセーターを着ていた。
「ルークがきみの車を玄関にまわしてくれるからね」と博士が穏やかに言った。言葉の内容とは裏腹に、彼の目には思いやりと友情の色が浮かんでいた。「これからセオドラが部屋へ行って、きみの荷造りをしてくれる」

エレーナはクスクス笑った。「そんなの無理だわ。それじゃ、彼女の着替えがなくなっちゃうもの」

「ネル――」セオドラが途中で言葉を呑んでモンタギュー夫人を見ると、夫人は肩をすくめた。

「わたくし、あの部屋を調べてみましたの。それが当然のことですもの。なぜ、あなた方が誰もそうしようと思わなかったのか、その方が不思議ですわ」

「そのつもりでいたんだよ」と博士が弁解するように言った。「しかし、わたしにも考えが――」

「あなたはいつも考えてばかり。それがあなたの悪いところよ、ジョン。わたくしは当然、すぐにあの部屋を調べました」

「セオドラの部屋ですか？」とルークが訊いた。「ぼくだったら、二度とあそこへは入りたくないな」

モンタギュー夫人が驚いたように声を上げた。「まあ、どうして？ なんてことのない、ただのお部屋じゃありませんか」

「あたしも行って、自分の服を見てきたんですけれど」とセオドラが博士に言った。「それが、みんなきれいになっているんです」

「当然、お掃除は必要ですけどね、それにしても、あんな部屋に鍵をかけて、一体どうなさるおつもりだったの？ ダドリー夫人を締め出して――」

博士が妻をさえぎるように声を張り上げた。「とにかく、わたしとしても残念な限りなんだ。

もし、ほかに何かできることがあれば……」

　エレーナが笑い出した。「でも、わたしはここを出ていけませんわ」彼女はそう言って、理由を説明するために言葉を探した。

「きみは、ここに長くいすぎたんだよ」と博士。

　セオドラも彼女を見つめ「もう、あなたの服は必要ないの」と辛抱強く言った。「モンタギュー夫人が言ったこと、聞こえなかった？　あたしには、もう、あなたの服なんて必要ないし、たとえ必要だとしたって、これからは着るつもりもないの。ネル、あなたはここを出ていかなくちゃいけないのよ」

「でも、わたしは出ていけないわ」その理由は、どうしたって説明できるものではなく、エレーナはとにかく笑い続けるしかなかった。

「お嬢さん」ルークが真面目に言った。「ぼくはあなたをこれ以上、客人としてもてなすことができないんです」

「どうせなら、アーサーに街まで送らせた方がいいわね。彼なら、無事にこの娘を送り届けてくれるでしょう」

「送り届けるって、どこへ？」エレーナは自分の髪がうるさく顔にあたるのを感じながら、彼らに向かって首を振った。「どこへ行くの？」彼女は楽しそうに尋ねた。

「どこって、もちろん、家に決まっているだろう」博士が言うと、セオドラが続けた。「ネル、あなたの小さな家よ。あなたの持ち物がみんな待ってる、あなた自身のアパートメント」するとエレーナが笑った。

「アパートメントなんか持ってないわ」彼女はセオドラに言った。「あんなの作り事よ。わたしは姉のところの居候で、子供部屋の簡易ベッドで寝起きしてるの。家なんてない、そんな場所はどこにもない。それに姉のところへだって戻れないわ。だって、車を盗んできたんだもの」彼女はぶざまで情けないほど悲しい自分の言葉を聞きながら笑った。「わたしには家がないの」と彼女はくり返し、すがるように彼らを見つめた。「家なしなの。この世でわたしのものと言えるのは、車のうしろに積んできた、あの箱ひとつぶんだけ。あれで全部よ。子供の頃から持っている何冊かの本や細々したものと、あとは母がくれた時計がひとつあるきり。これでわかったでしょう、わたしを送り届ける場所なんて、どこにもないのよ」

もちろん、行けというなら出ていくわ——驚き恐れている彼らの顔を見て、エレーナは言ってやりたかった。セオドラに服だけ残して、出ていったってかまわない。あてもないまま出ていって、放浪したあげくに、いつまたここへ戻ってこようと、それはわたしの自由だもの。だから、わたしをこのまま置いておく方が、ずっと簡単で、ずっと理にかなっていて、ずっと幸せなんじゃないの？

「わたし、ここにいたいんです」と彼女はみんなに言った。

「お姉さんには、わたくしから電話しておきました」モンタギュー夫人がもったいぶって言った。「こんなことは言いたくないけど、真っ先に車のことを訊かれましたよ。本当に低俗な人。何も心配はいりませんと、話しておきましたけどね。でも、一番悪いのはあなたですよ、ジョン。あなたのせいで、この娘はお姉さんの車を盗んでまでここに来てしまったんですから」

「おいおい、おまえ」と、モンタギュー博士は言いかけ、困ったように両手を広げて黙った。

「なんにせよ、あちらではこの娘の帰りを待っているんです。本当は今日から休暇旅行に出かける予定だったとかで、お姉さんって人は、それを一番怒ってましたけどね。それにしても、なんでわたくしが怒られなくちゃいけないのかしら……」モンタギュー夫人はエレーナを苦々しく見た。「とにかく、この人が無事にあちらへ戻れるよう、誰かがちゃんと見届けるべきですわ」

しかし博士は首を振った。「それはよくない」彼はゆっくりと言った。「誰かが送っていくのは間違いだ。屋敷のことは、何もかもできるだけ早く忘れるようにしてやることが、今の彼女には必要なんだから。わたしたちとの関係を長引かせちゃいけないんだよ。ここを出てしまいさえすれば、彼女は本来の自分に戻れるはずだ。帰り道はわかるかね？」博士に問いかけられても、エレーナは笑うだけだった。

「あたし、荷造りをしてきます」とセオドラが言った。「ルーク、彼女の車を点検して、正面へまわしておいて。荷物は、スーツケースひとつだけだったわね」

「生き埋めにしてよ」一同の顔が石のように強張ったのを見て、エレーナはまた笑いはじめた。

「壁に生き埋めにして。わたしはここにいたいんだから」

3

彼らは〈丘の屋敷〉の玄関前の階段にずらりと並んで、エレーナを一歩も中へは戻らせない構えを見せていた。彼女には、上に見えるいくつもの窓がじっとこちらを眺めているのがわかったし、玄関脇にそびえる塔が確信に満ちた姿で自分を待っているのもわかっていた。この思いをどう説明すればいいのかさえ知っていたら、みんなに泣き叫んで訴えることもできただろう。しかし今の彼女は無理に笑みを浮かべて屋敷を見上げ、自分がいた部屋の窓を眺め、自分を静かに見守る屋敷の、どこか面白そうな〝表情〟を見つめ返した。そして、やはり待っているんだ、と思った。この屋敷はわたしを待っている。ほかの誰かでは、この屋敷を満足させることなんてできない。「この屋敷は、わたしにいてもらいたがってます」そう博士に言うと、彼は工レーナをじっと見た。身動きひとつせず立っている、威厳に満ちたその態度からは、彼女にはこの屋敷ではなく、彼自身の命令を尊重してほしいという期待や、自分の手紙の指示に従ってここまで来られたのだから、あれを逆にたどれば家に帰れるはずだという確信がにじんでいた。屋敷にきっぱり背を向けたまま、まるで動こうとしない博士に、エレーナは正直な思いを心から訴えた。「ごめんなさい。本当にわたしが悪かったんです。許してください」

「きみはヒルズデールへ行くんだ」博士はそっけなく言った。たぶん余計なことをしゃべるまいと気をつけているのだろう。やさしい言葉や同情的な言葉を口にしてしまったら、それが自分に跳ね返って、エレーナを引き戻す結果になるかもしれないと心配しているのだ。晴れた空に輝く太陽は、幾重にも連なっている丘を、屋敷を、庭を、芝生を、木立を、小川を明るく照らしている。エレーナは深呼吸すると、それらをゆっくり見わたした。「ヒルズデールへ戻ったら、五号線に入って東へ向かいなさい。アシュトンで三十九号線に合流し、そのまま進めば家へ帰れる。これはきみの安全のためだ」博士はしつこく続けた。「きみの安全のためなんだよ、エレーナ。本当に、こうなるとわかっていたら、わたしは最初から——」

「わたし、心から反省しています」とエレーナが言う。

「もう、ほかに手段はないのだよ。何ひとつね。きみたちをどんな恐ろしい危険に巻き込んでしまったのか、わたしもやっと気づきはじめた始末なんだ。今になって……」彼はため息をつき、首を振った。「ちゃんと覚えたかね？　ヒルズデールへ戻ったら、そこから五号線へ——」

「待って」そう言ってからエレーナは間をとり、どう説明すれば自分の気持ちが正確に伝わるだろうかと考えた。そしてやがて「わたし、怖くなかったんです」と続けた。「本当に、わたし、怖くありませんでした。それに今はすっかり元気です。わたし——幸せでした」彼女は熱のこもった目で博士を見た。「〝幸せ〟だったんです。ああ、どう言えばいいのかしら」そう言いながら、彼女はまた泣き出しそうな自分に気づいた。「わたし、ここを出ていきたくありません」

「物事にはやり直しがきく場合もある」と博士が厳しく言った。「しかしわれわれは、その二度目に賭けるわけにはいかないってことを、きみはまだ理解できんのかね？」

エレーナはひるんだ。「ある人が、わたしのために祈ってるんです」と彼女は愚かに口走った。「ずっと前に出会った、女の人なんです」

博士は苛立ちに爪先で階段を叩いていたが、それでも口調をやわらげて言った。「ここでのことは、きっとすぐに忘れるよ。きみは〈丘の屋敷〉での出来事を、すべて忘れなければいけないんだ。きみをここへ呼び寄せたりして、本当にわたしが悪かった」

「わたしたち、ここにどれくらいいたのかしら?」突然エレーナが尋ねた。

「一週間ちょっとだが。なぜだね?」

「わたしが初めて事件らしい何かを経験できた時間でしたもの。それが嬉しかったんです」

「それだよ」と博士が言った。「だからきみは一刻も早く、ここを去らなければいけないんだ」

エレーナは目をつぶり、屋敷の雰囲気や音や匂いを全身で感じながらため息をついた。台所のむこうの茂みでは、咲き乱れた野の花がうっとうしいほどの香りを放ち、小川を流れている水は、岩にあたってまぶしくきらめいている。ずっと上の方に感じる、これは子供部屋だろうか、吹き寄せあった風が小さく渦を巻き、床の上を滑って埃を運んでいった。図書室では鉄の螺旋階段が揺らいでいて、ヒュー・クレインの大理石像は目が明るく輝いている。セオドラの黄色いシャツは染みひとつなく、きちんとハンガーにかかっていて、ダドリー夫人は五人分の昼食をテーブルに用意しているところだ。そして〈丘の屋敷〉は傲然と、それでいて辛抱強く、ことの成り行きを見守っている。「わたしは出ていきません」エレーナは並んでいる高い窓を見上げた。

「いいや、出ていくんだ」ついに博士が苛立ちをあらわにした。「今すぐ」

エレーナは笑い、向きを変えて両手を差し出した。「ルーク」彼女が呼ぶと、彼は黙って彼女の方へ近づいた。「昨夜はわたしを助け降ろしてくれてありがとう。あれはわたしが悪かったわ。今はよくわかるの。それにあなた、とても勇敢だった」

「自分でもそう思うよ」とルークが言った。「あれはまさに一世一代の勇敢な行動だった。そして今は、きみを見送ることができて喜んでいるよ、ネル。これでもう二度とあんな真似はしないですむんだからね」

「さあ、出ていくなら行くで、もう出発した方がよろしいんじゃない？」とモンタギュー夫人が言った。「何もあなたと喧嘩別れをするつもりはないし、あなたがこの屋敷を相当に気に入ってることは、わたくしにも充分に伝わってきましたけどね、どのみち出ていくと決まっているのに、今更ここに突っ立って、ああだこうだとみんなで話しあっていたって、時間がもったいないだけじゃありませんか。あなただって、こうしてのんびりしてる間に、とっくに街へ帰れますよ。むこうではお姉さんも、休暇に出かけたいのを待っているんですからね」

アーサーがうなずいた。「別れに涙はつきものだが、わたしならみんなをいつまでも縛りつけたりしないね」

遠くの、談話室の暖炉で、灰が静かに崩れた。「ジョン」モンタギュー夫人が続けた。「やっぱり、アーサーに送らせた方が——」

「だめだ」博士がきっぱりと言った。「エレーナは自分ひとりで帰らなければいけない」

「こんなに素敵な時間を過ごさせていただけたなんて、わたし、誰にお礼を言えばいいのかしら？」とエレーナが訊く。

しかし博士は彼女の片腕を取ると、反対側にはルークをまわらせ、ふたりで車まで連れていき、ドアをあけてやった。段ボール箱は後部座席にのったままで、スーツケースはその床に、コートとバッグは助手席に置いてあった。エンジンはルークがかけたままにしておいた。「博士」エレーナは彼にしがみついた。「博士」

「申し訳ない」と彼は言った。「さよなら」

「運転に気をつけて」とルークが挨拶する。

「一方的に追い出そうったって、そうはいかないわ」彼女は半狂乱で叫んだ。「わたしをここに連れてきたのはあんたじゃないの！」

「だから、わたしの判断で送り出すんだ」と博士が言った。「みんな、きみのことは忘れないよ、エレーナ。でも、今後のきみにとって一番大事なのは、〈丘の屋敷〉とわたしたちのことを忘れてしまうことなんだからね。さようなら」

「さよなら」モンタギュー夫人がポーチの階段からそっけなく言い、続いてアーサーも「さようなら、道中気をつけて」と言った。

エレーナは車のドアに手をかけたものの、そこで止まって振り向いた。「セオ？」尋ねるように声をかけると、セオドラが階段を駆け降りてきた。

「あたしにはさよならを言ってくれないんじゃないかと思った」と彼女は言った。「ああ、ネリー、大好きなネル――幸せにね。お願いだから、幸せになって。それと、あたしのことを本当に忘れてしまってはだめよ。いつかまた、きっとすべてが本当に元通りになる日が来るわ。そうしたら手紙を書いてちょうだい。あたしもきっと、返事を書くから。それで互いに訪ねあって、あたしたちが〈丘の屋敷〉で見たり聞いたり体験したりした信じられない出来事を、一緒に話して笑い飛ばして――ああ、ネリー！　あたし本当に、あなたがさよならを言ってくれないんじゃないかと心配しちゃったわ」

「さようなら」とエレーナは彼女に告げた。

「ネリー」セオドラはおずおずと言い、片手を伸ばしてエレーナの頬に触れた。「聞いて――あたしたち、いつかまた、ここで会えるかもしれないわ、ね？　そしたら、小川のほとりでピクニックしましょうよ、ね？　あたしたち、結局ピクニックに行けなかったんです」彼女は博士にそう言ったが、博士はエレーナを見たまま、首を振った。

「さようなら」エレーナはモンタギュー夫人に言った。「さようなら、アーサー。さようなら、博士。お書きになる研究書が、素晴らしい成功を収めるよう、祈っています。ルーク、さようなら」彼女は改めて言った。「さようなら、みなさん」

「ネル」セオドラが声をかけた。「気をつけてね」

「さよなら」エレーナは運転席に乗り込んだ。しかし車の中はどこか居心地が悪く、自分に合っていない感じがした。わたしは〈丘の屋敷〉の心地よさに慣れすぎてしまったんだわ、と彼女は思い、それから、みんなに手を振らなければいけないと気がついた。「さようなら」ほかにどんな言葉を言えばいいのだろうと思いながら、彼女は叫んだ。「さよなら。さよなら」そして、ぎこちない手つきでハンドブレーキをはずすと、彼女はゆっくり車を出した。

みんなはまだ玄関に立ったまま、礼儀正しく手を振りながら見送っている。どうやら車が見える間は、ああしているつもりらしいと彼女は思った。視界から消えるまでわたしを見送るのが、彼らにとって唯一の礼儀なのだ。そしてわたしは帰っていく。〝旅は愛するものとの出逢いで終わる〟……でも、わたしは帰れない――そう思ったとたん、彼女は大声で笑い出した。〈丘の屋敷〉は彼らほど甘くない。だから「出ていけ」と言ったぐらいじゃ、彼らはわたしを追い払ったりできないのだ。そう、〈丘の屋敷〉がわたしの存在を望んでいる限り。「出ていけ、エレーナ」彼女は節をつけて歌った。「出ていけ、エレーナ。おまえなんか、もう必要じゃない。わたしたちの〈丘の屋敷〉にはいてほしくない。出ていけ、エレーナ。おまえはここにいることはできない……いいえ、いられます」彼女は歌った。「わたしはここに、いられるわ。彼らの作ったルールなんて、ここではなんの効き目もないの。このわたしを追い払うことも、このわたしを締め出すことも、このわたしを笑うことも、このわたしから隠れることも、彼らになんか、できはしない。わたしはどこへも行かないわ。だって〈丘の屋敷〉はわたしのものだから」

突然のひらめきを得て、エレーナはにわかにアクセルを踏み込んだ。今度ばかりは、わたしを追いかけてつかまえるのはとても無理ね。でも、みんなはもう気づきはじめたはず。最初にピンときた人は誰かしら？　ルーク、ええ、きっとそう。ほら、みんなの叫んでいる声が聞こえる。それから〈丘の屋敷〉の中を走りまわっている小さな足音も、周囲の丘が押し寄せてくる、静かな音も。今度は本当に大成功よ――彼女はそう思いながら、ハンドルを切って、私道のカーブに生えている大木めがけて突っ込んでいった。ええ、今度こそ本当に成功するわ。自分の手でしっかりと、ついに、やってみせるのよ。これがわたしなんだから。わたしが本当に、本当に、本当に、今度は自分で成功させるのよ！

大木に激突する直前の、まるで時間が止まったような、終わりのない一瞬の中で、彼女は最後にはっきり思った――なぜ、わたしはこんなことをしているの？　なぜ、わたしはこんなことをしているの？　なぜ、誰も止めてくれないの？

4

モンタギュー博士とそのグループが〈丘の屋敷〉を引き上げたと聞いた時、サンダースン夫人は大いなる安堵感に包まれた。もしも博士が居座るような様子を見せたら、強制的に追い出すようにと、顧問弁護士に話してあったのだ。自分のしたことを反省し、態度をやわらげていたセオドラの友人は、彼女がすぐに戻ってきたのを見てひどく喜んだ。ルークはパリへ向かったが、彼の叔母は、このまましばらくむこうにいてくれないものかと、心の底から願っている。モンタギュー博士は、〈丘の屋敷〉の心霊現象を分析した予備的論文を発表したところ、それが侮辱的ともいえる冷たい批判にさらされてしまい、以来、学究生活から引退してしまった。

そして〈丘の屋敷〉そのものは、どこか夢に見るような姿で、内に黒い闇を抱え、いくつもの小高い丘を背にしてぽつんと建っていた。これまでの八十年間、これはそうして存在してきたし、この先八十年間も、このまま残っていくのだろう。中に入れば今も壁はまっすぐに立っていて、積まれた煉瓦に崩れはなく、床は堅く頑丈で、ドアも隙間なくきちんと閉まっている。それら〈屋敷〉を構成している木材や石材には、どこも静寂が重く降りていて、ここを歩く者はみな、ひとりひっそり歩くしかない。

解説

植草昌実

《シャーリイ・ジャクスンについて》

シャーリイ・ジャクスンの作品を創元推理文庫に収録するのは本書が初めてなので、まずは著者とその作風について、簡単に紹介することにしよう。

シャーリイ・ジャクスンは一九一九年、サンフランシスコに生まれた。少女時代をカリフォルニアで過ごしたが、のちに東部に移り、シラキュース大学に学んだ。一九四〇年、大学を卒業し、文筆家スタンリー・エドガー・ハイマンと結婚。

一九四三年ごろから、さまざまな雑誌に短編小説を発表するが、彼女の名を（良くも悪しくも）世に広めたのは、一九四八年に《ニューヨーカー》誌に発表した『くじ』だった。この作品は、ある田舎町で年に一回くじびきが行なわれ、当たった者は投石によって殺される、という内容のもので、短編恐怖小説の傑作の一つに数えられている。

オカルティズムに関心が深く「魔女」を自称したこともあったが、実際は家事と執筆に専念していた。四人の子供を相手にした育児生活をコミカルに語った『野蛮人との生活』のようなユーモアあふれる作品も書いているが、やはり『くじ』がセンセーショナルだったせいか、本書がとびぬけて著名なせいか、恐怖小説の作家として言及されることが多いようだ。

実際、ジャクスンの作品には、あえてジャンル分けすると《恐怖小説》に入るものが多い。たとえば本書と並び称される代表作『ずっとお城で暮らしてる』の語り手は、狂気に陥った十代の少女であり、物語が進むにつれ読者は彼女の妄想の世界に引き込まれていく。未見だが、初期の長編 *The Bird's Nest* は、多重人格に苦しむヒロインを描いている作品だというし、本書の前に書かれた長編『日時計』は、彼女が愛好したゴシック・ホラーの道具立てを活用して黒いユーモアをふりまく怪作といわれている。

短編でも、その傾向は強い。たとえば処女作の「ジャニス」(『こちらへいらっしゃい』所収)は、自殺衝動にかられた女性の独白のみで構成された、読者を不安にさそうショートショートだ。また、「魔性の恋人」や「背教者」(ともに『くじ』所収)は、ぼんやりした不安が次第に恐怖へと高まっていく過程を、緊密に描いている。「チャールズ」(『くじ』所収)は、『野蛮人との生活』と同様の、子供を題材にしたユーモアものとして読んでももちろん面白いが、幼い息子が語る問題児チャールズの言動のエスカレートぶりや、その意外な正体があばかれるまでの流れは、ほとんどホラー的でさえある。

ジャクスンは、晩年をヴァーモント州の田舎町で、身体的にも精神的にも闘病を続けつつ暮らした。そして一九六五年、心不全で死去。享年四十五歳——というのは、なんとも早すぎる。

《なぜ〈丘の屋敷〉なのか？──あるいは、新訳について》

さて、本書はジャクスンの最高傑作として知られる *The Haunting of Hill House* の全訳である。

お気づきのように、この作品はかつて『山荘綺談』というタイトルで邦訳された、ゴースト・ストーリーの古典である。それをなぜ、わざわざタイトルを改めて新たに訳したのか、とお思いの向きもあるかもしれない。だが、その疑問も、本書をご一読いただければ解けることだろう。

いや、タイトルだけですでにお気づきかもしれない。かつての『山荘綺談』というタイトルは名訳だ。直訳すれば『丘屋敷の憑霊』となりそうな原題を、四字熟語よろしくまとめたのだから。しかし、本書の舞台となる屋敷は、はたして「山荘」だろうか？「山荘」という言葉は「山にある別荘」というような意味だし、そこから想像するのはロッジのようなものだ。中に入った者が迷ってしまうほどの広さと構造を持ち、食堂には銀食器が備えてあり、図書室や巨大な大理石像を飾った応接室があり、さらには塔がそびえている──こんな屋敷を「山荘」と呼んでいいものだろうか。そこで、訳者はあえて、文中の描写からくるイメージを優先して、名称をより直訳に近い〈丘の屋敷〉としたという。そして、同様の理由でタイトルも改めることとなった。

ちなみに、この新訳版刊行時のタイトルは『たたり』だったが、本書が一九六三年にロバート・ワイズ監督によって映画化されたときの邦題でもある（なお、ドリームワークス製作、ヤン・デ・ボン監督でふたたび映画化され、一九九九年七月にアメリカで公開される。主演は『シンドラーのリスト』のリーアム・ニースン）。

本書は幽霊屋敷テーマの古典であり、このテーマのふたつの傑作、リチャード・マシスンの『地獄の家』とスティーヴン・キングの『シャイニング』に影響を与えた、と言われている。マシスンが本書について何か語っているか、不勉強にも解説者は知らないが、『死の舞踏』でのキングの絶賛ぶりは熱がこもっている。本書をヘンリー・ジェイムズの『ねじの回転』と並べ、「この百年に世に出た怪奇小説の中でも群を抜いてすばらしい作品ではないだろうか」と評し、二作に続くものとしてアーサー・マッケンの「パンの大神」とラヴクラフトの「狂気の山脈にて」を挙げているほどだから。

本書はじつに怖い。なぜ怖いかというと、恐怖が直接にではなく、読者の想像力にはたらきかけるように描かれているからだ。それはまず、登場人物が屋敷から感じる、はっきりしない違和感として描かれる。やがてそれは不安感に、そして恐怖へと、静かに変わっていく。恐怖といっても、幽霊が姿を現すわけでもなければ、すさまじい超常現象が起きるわけでもなく、ついには惨劇が……などということも、もちろんない。だが、じわじわと怖くなってくる。

この流れは、ただ読み流しているだけではとらえられない。想像力が必要だ。想像力の入る余地があるぶん、物語は読者に向かって開かれている（この「読者」はもちろん、原文の読者である訳者を含む)。想像力を新たにすることで、微妙に、だが確かに変化する物語だ、といってもいいだろう。

本書はここに、新たな目を通して翻訳された。そしておそらく、ここにはじめて、ホラーとしての真価を問うことになるだろう。

《アンって誰? ——あるいは、引用について》

「まるで〝アンお姉さま〟になったみたいだわ」(本書52ページ)
この「アン」というのは誰のことだろう? 夾竹桃の広場(28ページ)は、なにを意味するのだろう? このように、本書には頭の中のどこかをかすめながら通り過ぎていく言葉が、しばしば出てくる。
たとえば、第一章の終わりのほうに、〈丘の屋敷〉を遠くから見たエレーナが「でも、ひょっとしたら、わたしだって、とてつもなくハンサムな密輸人に出会うかもしれない」と思うくだりがある(45ページ)。不思議な連想だが、考えるうちに思い当たるものが出てきた。ゴシック・ロマンの傑作『レベッカ』で有名な、ダフネ・デュ・モーリアの代表作のひとつ『埋もれた青春』(一九三六年)だ。簡単に物語を紹介しよう。孤独なヒロインが唯一の身寄りである叔父をたずねて、人里はなれた宿屋〈ジャマイカ館〉に行くと、実は悪党の叔父ひきいる密輸人たちの拠点になっていた。彼らの犯罪を食い止めるため孤軍奮闘する気丈な彼女の前に、流れ者の青年（実は彼女の従兄弟）が現れる。ヒロインは彼の協力で危機を脱し、結末では二人で旅立つ。――病床の母親によく小説を読んで聞かせていたというエレーナはこの本も読んでいて、〈丘の屋敷〉に〈ジャマイカ館〉を連想したのではないだろうか。

ここまでひねったものは他にはなさそうだが、ワイルドの『カンタヴィルの幽霊』やモリエールの『ドン・ジュアン』が会話に出てくるし、「チェシャ猫」や「ドラキュラ伯爵」のような普通名詞に近いものまで入れると、文学作品からの引用や文学がらみの台詞が、本書のあちこちに潜んでいる。極めつけはモンタギュー博士の文学談義（117ページ）だろう。サミュエル・リチャードスンの書簡体小説『パミラ』にはじまり、十八世紀イギリスの作家が並ぶのだが、博士の口を通すとどうも「読むと眠くなる作家」の一覧を見るようでおかしい。ルークの唄う『グラタン一家殺し』（282ページ）なんかも、もしかしたらちゃんと出典のあるものかもしれない（イギリスの古い流行り歌については研究者も多いらしく、犯罪がらみの歌ばかり選んだ研究書まで出ている）。

そこで、頭をかすめたもうひとつの詞を調べてみた。エレーナが〈丘の屋敷〉にたどりついたところでふいに思い出し、その後何度もくりかえし出てくる「旅は愛するものとの出逢いで終わる」（初出49ページ）という歌詞だ。原文を書いておこう。

"Journeys end in lovers meeting"

この出典は、案外かんたんに見つかった。シェイクスピアの『十二夜』第二幕第三場で道化がうたう歌だ。もっとも、出典ではただの戯れ歌だが、これに続く詞も併せて引用されているところを見ると、ジャクスンはこの歌に何か深い意味を持たせているのかもしれない。

さて、「アン」とは誰だろうか。ジャクスンはゴシック小説の愛好者だったから、その分野にアンというヒロインの登場する古典があるのかもしれない。『イタリアの惨劇』で知られるゴシック全盛期の作家、アン・ラドクリフも気になったが、こちらの綴りは Ann で、文中の Anne とは違う。

ここで、奇説をひとつ。これはモンゴメリの『赤毛のアン』（一九〇六年）にかけているのではないだろうか。アン・シャーリーが「男の子だと思っていたら女の子が来た」と言って不満顔の養母に部屋まで連れていかれるあたりに、似てはいないだろうか。もっとも、ヒロインが無愛想なおばさんに連れられて、自分の部屋まで案内される、というだけの共通項しかないわけだが。

《幽霊話の謎解き――ひとつの解釈として》

（この項は、できれば本文読了後にお読みください）

奇説はさておき。もう少し考えてみよう。

アンという名前はもう一カ所に出てくる。第六章の2で、ルークが図書室で見つけた本に書かれていた、〈屋敷〉の建設者ヒュー・クレインの娘の名前「ソフィア・アン・レスター・クレイン」だ（216ページ）。彼には娘が二人いたので、「アン」が姉か妹かは確定できない。だが、アンがこの屋敷で死んだ姉でも、ここに思いを残して遠くで死んだ妹でも、幽霊の一人としてここに憑くことはできるだけの「思い」を持っていたことだろう。もし「アン」がソフィア・アンを指しているとすれば、エレーナは〈丘の屋敷〉に入るやいなや、彼女の霊に同調してしまったのではないか。同調するだけの理由はある。どちらも不仲の姉妹を持ち、孤独だ。

するとと、壁に書かれた「エレーナ、うちに、かえりたい」(187ページ)というメッセージは、エレーナに向かって「うちにかえりたい」と呼びかけているのではなく、「エレーナはうちにかえりたい」と読むことができる。そして、第八章の終わりで子供の歌声を聞いてから、結末で命を落とすまでのエレーナの行動も、理解できる。〈丘の屋敷〉は、モンタギュー博士たちには恐ろしい幽霊屋敷だったが、エレーナにとっては安らぎの家だった。彼女は幽霊に発狂させられ、犠牲となったのではなく、死ぬことで屋敷に安住することができたのだ——と。すると、『十二夜』の詞のリフレインも、こう解釈することができる。母の介護と、不仲な姉夫婦との生活とで安らぐことのない「旅」を続けてきた彼女は、〈丘の屋敷〉に出会うことでようやく、その「旅」を終えることができたのではないだろうか。自己投影なのか、ジャクスンはしばしば、すすんで孤独な生活を選ぶ女性を小説に登場させているが、エレーナもその一人なのかもしれない。

さて、本書にはもう一つの謎がある。

エレーナが〈丘の屋敷〉を訪れるのは、六月二十一日の木曜日(25ページ)。ところが、滞在三日目に、モンタギュー夫人が明後日に来る、と博士が言うときに「土曜日は明後日のはずだ」という台詞がある（195ページ）。そして、エレーナが帰される、ちょうど一週間目の朝、「ここにどれくらいいたのかしら」という彼女の問いに、博士は「一週間ちょっとだが」と答えている（315ページ）。日にちがずれているのだが、ここは訳者と担当編集者が相談したうえで、原文を尊重してそのままにした、とのことだ。歪んで建っているうえに、幽霊まで棲む〈丘の屋敷〉である。時間の経過が歪んでもおかしくはないのかもしれない。

なお、ジャクスンの遺作と単行本未収録作品を集めた短編集 *Just an Ordinary Day* が一九九六年に刊行された。その序文によると数年前、彼女が晩年を過ごしたヴァーモントの納屋から大量の遺稿が発見されたが、その中には本書の原稿と、登場人物や場面について書かれた創作ノートがあったとのことだ。それらが公《おおやけ》になったときに、本書がはらむさまざまな謎は解かれるのだろうか。

【付記】「アン」について初版発行後に、ジェーン・オースティンの引用ではないかというご指摘を、編集部経由で戴いた。調べてみると、『説きふせられて』のヒロイン、アン・エリオットのことのようだ。エレーナが連想したのは第十五章、両親のカムデン・プレイスの新居を訪れる場面の彼女の心象描写と思われる。ご参考までに、以下に引用しておく。

《アンは、これから幾月かここで囚人のように暮らさねばならぬ自分を思い、「ああ、いつまた私はここを出るのであろう？」と不安そうに独言を言いながら、重い心を引摺って家の敷居を跨いだ。》

（冨田彬訳　岩波文庫　二〇八ページ）

シャーリイ・ジャクスン著作リスト

《長編小説》

1 THE ROAD THROUGH THE WALL (1948)
「壁の向こうへ続く道」渡辺庸子訳　文遊社

2 HANGSAMAN (1951)
「絞首人」佐々田雅子訳　文遊社
「処刑人」市田泉訳　東京創元社（創元推理文庫）
3 THE BIRD'S NEST (1954)
「鳥の巣」北川依子訳　国書刊行会

4 THE SUNDIAL (1958)
「日時計」渡辺庸子訳　文遊社

5 THE HAUNTING OF HILL HOUSE (1959)　本書
「山荘綺談」小倉多加志訳　早川書房（ハヤカワ・ノヴェルズ→ハヤカワ文庫NV）

6 WE HAVE ALWAYS LIVED IN THE CASTLE (1962)
「ずっとお城で暮らしてる」山下義之訳　学習研究社（学研ホラーノベルズ）
「ずっとお城で暮らしてる」市田泉訳　東京創元社（創元推理文庫）

《短編集》

1　THE LOTTERY, OR THE ADVENTURE OF JAMES HARRIS (1949)
「くじ」深町眞理子訳　早川書房（異色作家短編集）＊原書25編中22編を収録
2　THE MAGIC OF SHIRLEY JACKSON (1966)
3　COME ALONG WITH ME (1968)
「こちらへいらっしゃい」深町眞理子訳　早川書房（世界の短編）
4　JUST AN ORDINARY DAY (1996)
「なんでもない一日」市田泉訳　東京創元社（創元推理文庫）＊原書54編中30編を収録

《ノンフィクション》

1　LIFE AMONG THE SAVAGES (1953)
「野蛮人との生活」深町眞理子訳　早川書房（ハヤカワ文庫ＮＶ）
2　THE WITCHCRAFT OF SALEM VILLAGE (1956) ＊児童書
3　RAISING DAMONS (1957)
「悪魔は育ち盛り」深町眞理子訳（1の続編。早川書房《ミステリマガジン》一九七三年三月号から一九七八年三月号にかけて、一部を断続的に掲載）

検印
廃止

訳者紹介　法政大学（通信課程）日本文学科卒業。訳書にウッディング『魔物を狩る少年』、キーン『古時計の秘密』『幽霊屋敷の謎』『バンガローの事件』、ペティヴィッチ『謀殺の星条旗』などがある。

丘の屋敷
（『たたり』改題）

1999年6月18日　初版
2024年10月31日　10版

著者　シャーリイ・ジャクスン
訳者　渡《わた》辺《なべ》庸《よう》子《こ》

発行所　（株）東京創元社
代表者　渋谷健太郎

162-0814/東京都新宿区新小川町1-5
電話　03・3268・8231-営業部
03・3268・8204-編集部
URL　http://www.tsogen.co.jp
DTP　工友会印刷
暁印刷・本間製本

乱丁・落丁本は、ご面倒ですが小社までご送付ください。送料小社負担にてお取替えいたします。

ISBN978-4-488-58303-3　C0197